KB044173

묵계

1

한양의 사람들

默契

한양의 사람들

최성현 장편소설

황금가지

목차

1. 양화진(楊花津)

갈대밭을 따라 태연하게 누운 새벽의 물안개들이 강변을 휘감아 돌고 있었다.

그 물안개의 갈대밭을 뚫고 희끄무레한 것들이 몰려왔다. 저마다 손에 칼을 들고 그 칼의 냉기보다 더 서늘한 눈빛으로 무장한 일단의 무리들이 허연 무명천으로 복면을 한 채 다가오고 있었다. 자세를 숙이고 갈대를 헤치며 잠행하듯 나아가는 복면의 무리들 너머로 강가에 을씨년스럽게 서 있는 창고 하나가 보였다.

창고 굴뚝으로 연기가 흘러나오고 있었다. 쌍도끼로 무장한 복면 하나가 자리에 멈춰서자 뒤를 따르던 복면들이 일제히 멈춰 섰다. 멀리 창고 뒤편에서 거지패 꼴의 칼잡이 하나가 땔감을 챙겨 들고 돌아 나와 창고 문 안으로 들어가는 것이 보였다. 대장으로 보이는 쌍도끼 복면의 수신호를 따라 5명은 창고 쪽으로, 나머지 5명은 망을 보듯 산개하기 시작했다. 망보는 조원들이 각기 자리를 잡는 것이 확인되자 쌍도끼 대장이 창고 문 쪽으로 바짝 다가섰다. 그 쌍도끼 대장을 따라 돌격대 5명도 창고 문 쪽으로 자리 잡았다.

쌍도끼 대장이 문 안쪽의 인기척에 귀를 기울이다 살그머니 문고리를 잡는 순간, 문 안쪽에서 냄비를 들고나오던 거지패 칼잡이 하나가 화들짝 놀라며 이 복면들을 황망히 바라보았다. 거침없는 쌍도끼 대장의 일격에 거지패 칼잡이의 머리통이 터져 나가자 복면 돌격대 5명이 괴성을 지르며 창고 안으로 짓쳐 들어갔다. 곧이어 적과 나를 분간할 수 없는 괴성과 날카로운 비명과 칼 부딪히는 소리와 피비린내가 창고 안에서 소용돌이치기 시작했다.

그 살육의 창고에서 백여 보 떨어진 망 자리는 막내들이 지키고 있었다.

어젯밤부터 날밤을 새우며 거사를 준비하던 막내들의 흥분과 호기심은 이제 두려움과 공포로 채워져 서로의 눈빛을 타고 떠돌았다. 먼발치에서 보이는 사각의 창고 문은 지옥의 아가리 같았다.

저 혼자 살아보겠다고 동료를 적의 칼날 앞으로 밀치며 문밖으로 뛰쳐나오는 창고 패거리들.

그 패거리를 쫓아 날아드는 복면들의 칼부림.

목과 가슴과 등에 칼날이 찍히고 배가 갈라져 고꾸라지는 죽음.

피와 내장이 사방으로 튀는 학살.

결국 앳된 얼굴의 열일곱 동구가 복면을 내리고는 느닷없이 구역질을 하기 시작했다. 인왕산 암행대(暗行隊) 패거리 중에서도 제일 막내. 누구보다 오늘 이 선배들과의 첫 암행에 제일 흥분해있던 젊은 피. 이제는 눈물까지 흘리며 연신 속을 게워내는 동구를 보고 있던 젊은 눈빛 하나가 천천히 복면을 내렸다.

속절없이 흔들리는 눈빛과 심장과 호흡을 다스리고 있는 사내, 이강하(李江河).

스물하나의 나이로 처음 목격하는 생사의 현장.

학살극이 벌어지고 있는, 경강(京江)[1]의 양화진(楊花津)[2].

무오년(戊午年), 정조 22년, 1798년 여느 초여름의 새벽으로 뿌옇게 동이 터오기 시작했다.

---

1. 경강(京江) : 서울의 뚝섬에서 양화 나루에 이르는 한강 일대를 이르던 말.
2. 양화진(楊花津) : 서울 마포 서남쪽 잠두봉 아래에 있던 조선 시대의 나루.

2. 이강하(李江河)

피 묻은 창포검이 물속에서 피를 뱉어냈다.

새벽 살행을 마치고 반촌 근처 냇가에 이른 반촌패들이 피 묻은 칼과 옷과 몸을 닦느라 분주했다. 상처를 씻고 무명천으로 싸맨 대원들이 하나둘, 바위 턱에 앉아 탁주 호리병을 들고 기다리고 있는 대장 송기후 앞으로 모여들었다.

턱에 칼침 맞은 놈이 하나, 등짝에 맞은 놈이 하나, 허벅지에 맞은 놈이 하나.

치명상도 아니고 두어 달이면 상처도 분간 안 될 소소한 것들. 이 정도면 됐다. 송기후는 탁주 병을 들어 잔에 따라주었다. 피 맛을 본 놈들이 피 맛을 게워내려 탁주를 꿀떡꿀떡 잘도 비워내고 있었다. 돌격대로 칼을 잡았던 마지막 한 놈까지 잔을 비워내자 선임들의 상처에 붕대를 감거나 시중을 들던 망보기 막내들이 탁주 잔을 기웃거렸다. 그들 사이 인왕산 이륜의 아

들 강하가 있었다. 송기후가 손가락을 까닥거리자 강하가 쭈뼛
거리며 다가와 섰다. 송기후가 탁주를 한 잔 가득 따랐다. 강하
의 기대감이 탁주 잔을 따라 넘실거렸다.

"동구랑 나눠마셔도 괜찮겠습니까?"

송기후가 이쪽을 연신 기웃거리고 있던 동구를 힐긋 보더니
마지막 방울까지 탈탈 털어 자신의 입에 부어버렸다.

"이건 손에 피 묻힌 놈들이나 마시는 거야."

허탈하게 탁주 잔을 보고만 있던 강하가 고개를 끄덕거렸다.

"지당한 말씀입니다."

"너랑 동구가 붙어 있는 바람에 동남향으로 구멍이 났어."

양화진 강변에서 구역질하던 동구를 챙기던 강하를 송기후
가 놓치지 않은 모양이었다.

"죄송합니다."

"그 구멍으로 딴 놈들이 올 수도 있다."

"……."

"그런 빈 구멍이 여기 대원들 다 죽일 수도 있어."

강하의 시선이 초점 없이 탁주 잔에 박힌 채 움직일 줄 몰랐
다. 송기후가 자리에서 일어났다.

"곧 시험 아냐?"

대답에 관심 없는 질문을 한 듯, 강하의 답이 나오기도 전에
송기후는 엉덩이를 털며 일어섰다. 이윽고 강하가 중얼거리듯
말했다.

"맞습니다."

인왕산 본가의 호위대원 이강하.

이륜의 외동아들. 자신을 낳고 죽은 사연으로 어미의 얼굴도 기억도 없는 아이.

강하는 인왕산패의 중책을 맡고 있는 아버지를 따라 집보다 인왕산 본가에서 더 많은 시간을 보내며 자랐다.

세상 말귀를 알아들을 때부터 체감했던 아버지의 위치.

장안의 돈줄을 다 쥐고 흔드는 인왕산의 책사(策士)[3]이자 무시무시한 폭력단을 이끌고 있는 인왕산의 두뇌, 그 인왕산 이진사.

그 돈과 힘을 부러워하는 시선과 양반이 천한 상인의 청지기로 전락했다는 냉소가 늘 따라다니던 아버지의 그림자.

강하는 그 부러움보다는 냉소를 끌어안고 자랐다. 그래서 책을 파고, 무과 시험에 매달려 왔다. 무과라도 급제하면 인왕산을 떠날 수 있으리라 생각했던 것이다. 머리가 굵어지면서 인왕산 호위대의 일원이 되어 살아가고 있지만, 어디에도 정착하지 못하는 청춘으로 비틀거리는 갈지자걸음으로 하루하루를 보내고 있었다.

그래서 무과급제는 아버지 이륜의 바람이기도 했다. 자신에게 지워진 짐을 아들 강하가 온전히 물려받고 있다는 것이 깊

---

3. 책사(策士) : 남을 도와 꾀를 내는 사람. 정책이나 전략을 제시하던 지식인.

은 밤 짙은 한숨처럼 이륜을 맴돌았다. 그저 훨훨 제 하고 싶은 대로 살아가게 만들어 주고 싶은 아들. 그래서 그 유일한 탈출구, 무과급제에 이륜과 강하가 매달려 왔다.

"국밥 있어요! 피맛길 국밥!"
"주먹밥 사려! 깨밥! 콩밥! 주먹밥 사려!"
"쌀엿! 무엿! 고구마엿에 호박엿까지! 급제 엿이요! 대장군 엿 팔아요!"

무과 시험이 열리는 명철방(明哲坊)의 훈련원 담벼락은 온갖 장사치들의 난전으로 분주했다. 목말을 타고 훈련원 담장 너머 구경에 바쁜 사람들과 벽에다 온갖 합격 부적을 붙이고 연신 머리를 조아리는 사람들과 간만에 사람 구경 나온 사람들로 훈련원 담벼락은 바쁘고 소란스러웠다.

"지금 이 자리는 올해 식년 무과 초시(初試)에 합격한 이들이 치르는 복시(覆試)다. 이 복시에 합격하는 자들이 최종 관문인 전시(殿試)로 가게 된다. 오늘 복시에서는 고지한 대로 강서와 무예를 볼 것이며……."

단상에 올라 두루마리를 읽고 있는 감독관 무장 아래로 훈련원 마당에는 활을 든 무과 응시자들이 빽빽이 도열해 서 있었다. 그들 사이로 강하도 긴장과 설렘을 감추지 못하고 서 있었다.

"이번 복시에서는 지난 식년무과의 부정부패와 만과(萬科)[4]의 폐해를 근절하라시는 주상전하의 지엄한 어명이 있었다. 따라서 부정한 뇌물, 무리한 쟁접(爭接)[5], 태만한 협서(挾書)[6] 등의 부정을 저지른 자는 그 자리에서 귀가 조처할 것이며 향후 식년무과는 물론 각종 별시 무과의 응시자격을 박탈할 것이다."

돼지머리가 그려져 있는 과녁과 활쏘기를 준비 중인 응시자들을 긴장으로 바라보고 있던 강하의 눈에 부장 무관 하나가 감독관에게 뛰어오는 것이 보였다. 감독관이 부장 무관의 말에 귀를 기울이더니 응시자들을 향해 돌아섰다.

"거자(擧子)[7] 이강하! 이강하 여기 있나?"

부장 무관이 강하를 데리고 들어선 곳은 무과 시험의 최고 감독관인 시관(試官)의 집무실이었다. 하늘 같은 과거장의 시관이 강하를 부른 것이다.

뒷벽에 내걸린 장식용 조총과 온갖 병장기를 병풍 삼아 탁자에 앉아 있던 시관이 안으로 들어서는 강하를 빤히 응시했다. 그의 책상에는 읽다 만 응시자들의 답안지인 시권(試券)이 어지럽게 펼쳐져 있었다. 시관의 시선은 지나치게 깐깐해 보였다.

"자네가 이강한가?"

---

4. 만과(萬科) : 너무 많은 인원을 합격자로 뽑는 일.
5. 쟁접(爭接) : 자리 다툼.
6. 협서(挾書) : 과장에 책을 들고 들어오는 일.
7. 거자(擧子) : 과거 응시자.

"그렇습니다."

딱딱한 얼굴로 강하를 바라보던 시관의 눈길이 다시 응시자의 시권으로 향했다.

"인왕산 이 진사의 아들?"

그때 강하는 어렴풋이 짐작할 수 있었다. 이 대화가 어느 방향으로 흘러갈지. 그 경계와 폄하의 의도는 시관의 눈빛에서도 목소리에서도 충분히 느낄 수 있었다.

"이번 무과는 부정부패 척결의 대의로 치러지는 시험이다. 알고 있나?"

"네."

"자네 아버지는 내 잘 알지."

아버지를 잘 알고 있다고 말했다. 인간 이륜이 아니라 인왕산 이 진사에 대한 말일 터.

"돈이 좋아 양반의 신분으로 장사치의 수족이 된 인물. 초시의 시관이야 자네 아버지 돈으로 어찌 구워삶았겠지만 나는 아니야. 돌아가."

강하는 대답 대신 주먹을 움켜쥐었다. 오늘 여기 이 자리에 오기까지 전전긍긍했던 책과 활과 검의 시간들을 움켜쥐었다.

"돌아가란 소리 못 들었나?"

시관의 서슬에 부장 무관이 강하의 옷소매를 끌었다. 하지만 이대로 물러날 순 없었다.

"제가 사헌부다 홍문관이다 청요직 나가려고 온 것도 아니고 아버지가 역적도 아니고…… 무과라는 게 실력만 있으면 뽑아주는 것 아닙니까?"

실력이라…… 이놈의 입에서 뻔뻔하게 실력이란 소리가 나왔다. 시관의 눈빛이 찢어졌다.

"못 알아듣겠나? 식년 무과 시관의 자격으로 자네의 거자 자격을 박탈한다는 소리야."

강하의 입술이 부들거렸다.

"열 살 때부터 준비한 겁니다. 저는 이것 말고는…… 아무것도 없습니다."

한동안 말없이 강하를 보던 시관이 탁자 옆에 아무렇게나 세워져 있던 훈련용 조총을 강하의 발 앞으로 던졌다.

"초시를 장원으로 통과했더군. 해봐."

"네?"

"신기비결의 조총 발사 절차도 모르고 초시를 통과할 순 없지 않아?"

시관은 확신하고 있었다. 오늘 여기 이 자리까지 이놈이 어찌어찌해서 올라온 것인지. 돈 많고 뒷줄 좋은 인왕산이, 그것도 이 진사의 아들인데 무관 자리 하나 못 만들어 줄까. 하지만 그런 새치기도 여기까지. 너희들의 수작은 나에게 이르러 다 했음이야. 그런 혐오로 시관은 강하를 내리누르고 있었다. 강하는 훈련용 조총을 천천히 주워들고는 신기비결의 조총 발사 절차를 시작했다.

"하나, 세총(洗銃). 둘, 하화약(下火藥). 셋, 이삭장 송약실(以朔杖 送藥實). 넷, 하연자(下鉛子). 다섯, 이삭장 송연자(以朔杖 送鉛子). 여섯, 하지(下紙)! 일곱, 송지(送紙)! 여덟, 개화문(開火門)! 아홉, 하선약(下線藥)! 열, 요화문 사문약 하합어신약(搖火門 使門藥 下合於身藥)! 열하나, 잉폐화문(仍閉火門)! 열둘, 용두안화승(龍頭安火繩)! 열셋, 청령 개화문(聽令 開火門)!"

단계가 거듭될수록 거침없이 내달리던 강하가 마침내 시관을 향해 와락 총구를 겨누었다.

"열넷!"

총구로 시관의 머리를 겨눈 강하의 눈빛이 부르르 떨렸다.

"준적인 거발(准賊人 擧發)……!"

부장 무관이 옴팡 움츠러들었다. 저놈이 얻다 대고 총대가리를…… 저걸 막아야 하나…… 내가 나서야 하나…… 시관이 눈빛 하나 변하지 않고 강하를 노려보았다.

"네놈들을 잘 안다. 돈을 쓰든 뒷배를 세우든 급제만 하고 보자는 아이들. 너희 같은 부류들은 결코 북방의 삭풍 속에 서 있질 못해. 끝났어. 돌아가."

시관은 결코 흔들리지 않을 태세였다. 그의 확신은 확고했고 어떤 반증도 소용없었다. 강하는 그에게 있어 천한 잡배들의 세상에서 온 불순물, 그 이상도 그 이하도 아니었다.

강하가 굳게 입을 다물고 천천히 총구를 내렸다.

강하의 눈빛 바스러지는 소리가 부장 무관에게도 들렸다.

3. 이륜(李倫)

"허어 그놈. 해괴한 삼이로다."

"금삼이라……."

인왕산 중턱의 팔각정 정자.

가장자리를 검은 헝겊으로 두른 돗자리 등매를 깔고 화려한 꽃무늬가 수 놓인 왕골 방석 만화석(滿花席)에 두 명의 노구가 앉아 있었다. 조정을 양분하고 있는 노론 벽파와 시파의 두 대감. 그들 앞으로 정갈하고 소담한 소반 술상이 하나씩 자리하고 있었다. 생강과 계피 향이 은은한 이강주(梨薑酒)의 술향이 퍼지는 가운데 해괴한 금덩어리가 각자의 상 위로 올랐다.

금삼(金蔘).

노론 벽파와 시파의 거두라 할 수 있는 두 대감은 비단 천에 쌓인 상자에서 나온 실제 크기의 인삼 금궤를 보며 감탄을 금치 못했다. 그 두 대감을 응시하며 정갈하게 무릎을 꿇고 앉은 중년의 양반 사내가 담담한 미소를 물고 말했다.

"책문후시(柵門後市)[8]에 참여하는 청나라 산서상인들이 보내온 것입니다."

벽파 대감이 금삼에서 시선을 떼지 못한 채 수염을 쓸었다.

"요즘 장사치들은 이런 것을 가지고 노는 것이냐?"

양반 사내의 목소리는 가지런했고 높고 낮음이 경박하지 않았다.

"청으로 가는 사신들의 경비로 책정된 팔포정액(八包定額)[9]은 역관들이 다룹니다. 그 물량도 한정돼 있습니다."

시파 대감이 미간을 찌푸리고 탁한 쇳소리를 냈다.

"그걸 누가 모르나?"

"그 아래에 있는 거래들이 꽤 큽니다."

벽파 대감이 지나치게 부릅뜬 눈으로 말했다.

"자네 지금 뒷장의 밀무역을 말하는 건가?"

양반 사내가 가볍게 조아리고는 차분하게 답했다.

"저희는 민자 무역이라 칭하고 있습니다만."

시파 대감은 벽파 대감을 의식하고 있었다. 해괴한 금덩어리를 앞에 두고, 시파 대감은 벽파 대감보다 더 크게 목소리를 높였다.

"경을 칠 소리! 그런 잡다한 것을 들으라고 우릴 불렀나?"

---

8. 책문후시(柵門後市) : 만주 책문에서 이루어지던 뒷장 사무역.

9. 팔포정액(八包定額) : 청으로 가는 사신단에게 허용한 일정량의 인삼이나 은.

오래되었지만 가지런한 도포와 정갈한 눈빛을 가진 양반 사내는 결코 담담한 미소를 잃지 않았다. 한결같이 고요하고 담담한 사내, 인왕산 이 진사 이륜의 목소리가 정자 안에 차분하게 내려앉았다.

"그런 잡다한 것이 천 상자 만 상자가 됩니다."

일순 정자 안은 정적이 감돌았다. 경쟁이라도 하듯 역정을 내던 두 늙은 대감들은 입에 재갈이 물린 듯 아무 말도 하지 않았다. 서로의 눈도 쳐다보지 않았다. 오로지 금삼에 눈을 박은 채 이륜이 두 손 모아 올리는 이강주를 베어 물 뿐이었다. 탐욕과 흥분의 꿀꺽임이 이강주를 타고 목젖을 넘어갈 뿐이었다.

정자 아래는 대감들을 따라 수행 온 종복들과 수하들을 대접하는 돗자리로 부산했다. 그들에게도 넉넉한 미소와 여유로 인사하던 이륜의 시선이 저만치 정자 길 초입으로 향했다. 말 두 마리가 이쪽을 보며 서 있었다. 두 명의 무관이 그 말 위에 타고 있었다. 이륜이 주변 인사를 마무리하고 그들에게 다가갔다.

뚱뚱한 사내와 홀쭉한 사내가 말 위에 타고 있었다. 우포도청 포도대장 김영출과 그의 부관인 포도부장 황경도였다. 김영출의 말이 육중한 주인을 태우고 혼자 이륜 앞으로 다가왔다. 반기는 얼굴의 이륜이 깍듯하게 머리를 조아렸다.

"우포장 영감께서는 평안하신지요?"

김영출이 말 때리는 회초리로 날아드는 파리를 쫓았다.

"나야 뭐 항상 평안하지."

이륜이 그런 김영출의 말고삐를 잡았다.

"한자리하시겠습니까?"

김영출이 말에서 내려올 생각도 없이 정자를 바라보았다.

"벽파의 홍익서, 시파의 윤성필이…… 성상(聖上)[10]께서 호출하셔도 검상은 죽어도 싫다 칭병으로 둘러대는 대감들을 저리 딱 앉혀 놨구먼. 도대체 인왕산, 비결이 뭐야?"

"정성을 들인 술상이 비결이지요."

김영출의 시선이 정자 아래 종복들의 돗자리로 느릿하게 옮겨갔다.

"이 진사."

"예. 영감마님."

"조용조용히. 응?"

이륜이 다시 한번 깍듯이 조아렸다.

"명심하겠습니다."

김영출의 매서운 손놀림에 기어코 말 잔등을 희롱하던 파리 한 마리가 죽어 나갔다.

"쌀장사까진 좋은데, 너무 나대면 배 아픈 놈 꼭 나온다."

그 매타작에 이륜이 빙긋이 웃었다.

"또 뵙겠습니다."

김영출이 말머리를 돌려 황경도가 있는 곳으로 향했다. 황경

---

10. 성상(聖上) : 살아 있는 임금을 높여 이르는 말.

도가 이륜을 향해 슬쩍 손을 들어 보였다. 이륜이 황경도를 향해 정중하게 인사를 보냈다. 그런 이륜이 정자 아래로 시선을 주면, 기다리고 있던 이륜의 종복 홍길이 부리나케 보따리 두 개를 들고 김영출과 황경도에게로 뛰어갔다.

늘 언제나 그랬듯, 준비된 종복 홍길의 인사.

마침내 우포장 김영출과 포도부장 황경도의 느직한 발걸음을 따라잡은 종복 홍길이 보따리를 바치면 말안장에 보따리를 매는 김영출과 황경도가 이륜에게 손을 들어 인사를 보냈다. 그들의 시원한 웃음은 먼발치에서도 이륜에게 잘 보였다. 그 먼 길에다 대고 이륜이 다시 한번 깍듯이 인사를 올렸다.

진사 이륜.

인왕산패의 책사.

인왕산패 대주 하우도의 제갈공명.

폭력과 무력에 기반을 둔 인왕산패는 단순 폭력조직이라는 오명에서 벗어나고 싶었다. 한 계단 더 성장하기 위해서는 새로운 사업이 필요했다. 인왕산패의 대주 하우도는 사방팔방으로 인물을 찾아 나섰다. 돈과 무력으로는 정점을 찍은 인왕산에 새로운 영혼을 불어넣어 줄 인물. 그런 그에게 예상치도 못한 인물이 영입되었다.

지지리도 가난한 유생, 진사 이륜(李倫).

몰락한 남촌의 양반가 유생이었던 이륜은 진사시에 합격한 뒤, 성균관 유생으로 들어가려 했으나 임신한 아내가 아들 강하를 낳고 병을 얻게 되자, 글과 학문을 버렸다. 지지리도 가난한 살림에 아내마저 죽음의 문턱을 오가자 이륜은 아내를 살리기 위해 당시 경강 포구 제일의 부자, 하우도가 있는 인왕산을 찾아갔다.

아내의 약값을 위해, 우도의 청지기[11]가 되고자 자청한 이륜.

아직도 시전 상인들의 살인청부와 상단호위 등 주로 무력부대를 운영하던 우도의 인왕산 조직에 두뇌파 이륜이 영입되면서, 인왕산은 변곡점을 마련하고 급성장하기 시작했다. 이륜의 지략과 통찰로 인해 인왕산패는 무력보다는 사업에 방점을 찍을 수 있었다.

포도청과 평시서를 통해 조정의 인물들과 연줄을 만들고, 그 북촌 대감들의 소작미를 모두 책임지면서 인왕산패는 본격적인 조정의 연줄을 뒷배로 두게 되었다.

이륜은 한양의 싸전[12]들을 모조리 인수한 뒤, 경강으로 올라오는 연간 육십만 석의 세곡미를 모두 인왕산을 통해 유통되게 만들었다.

장안의 쌀이란 쌀은 모두 거머쥔 인왕산은 마침내 경강포구를 벗어나 한양 전체의 거부, 경상이란 이름의 모든 사업권을 막후에서 조종하는 전국구급 거상으로 발돋움하게 되었다. 인

---

11. 청지기 : 하인들의 우두머리로 하인들을 감독하고 주인의 자산을 관리하던 집사.
12. 싸전 : 쌀가게.

왕산은 이제, 연간 수입으로는 조선 최고의 상단인 송상과 어깨를 나란히 하는 데다 무력으로는 비교 불가의 위치에 오르게 된 것이다.

뛰어난 두뇌와 풍부한 소양으로 단숨에 인왕산패를 장안 제일의 상단으로 만든 이륜은 살인과 무법으로 무장한 인왕산패의 음성적이고 폭력적인 물줄기를 합법적인 방향으로 돌려세웠던 것이다.

그 중심에, 지략의 천재, 우도의 제갈공명, 이륜이 있었다.

장안에 난립하는 폭력 검계패들의 무력시위에도 이륜이 뛰어들었다. 조정에서도 어쩌지 못하는 이 골칫거리들을, 민가를 덮치고 대낮에도 폭력을 자행하던 폭력 검계패들을 일제히 소탕해 한양 땅에서 몰아낸 성과도 이륜의 업적이었다.

일찍이 그런 이륜의 그릇을 알아본 우포도청 포도대장 김영출의 눈에 띄어 둘은 신분과 위치를 뛰어넘어 친구와도 같이 허물없는 사이가 되었다. 특히 양반 출신이라는 후광과 뛰어난 학식과 품격있는 언변으로 조정의 연줄을 종횡으로 만들어 뒷배를 삼은 이륜의 활약은 비교할 인물이 없었다.

이륜의 승승장구에는 언제나 그의 세계관과 믿음과 확신을 지지해준 든든한 하우도가 있었다.

그 누구보다 이륜의 꿈과 의지를 신뢰하는 인왕산패 두목 하우도.

이륜이 우도에게 제시했던 미래.

앞으로 닥쳐올 돈의 세상.

오로지 자신의 능력만으로 힘껏 싸워서 쟁취할 수 있는 절대 경쟁의 세상.

엽전에는 그 어떤 혈통도 신분도 새겨져 있지 않다는 이륜의 세계관.

그 돈의 세상이 오면 양반도 천민도 사농공상의 위계도 하루아침에 무너질 것이라는 믿음.

그리고 그 세상이야말로 모두가 평등하고 공정한 기회를 얻는 세상이 될 것이라는 확신.

하지만 이륜은, 개인의 부귀영화만을 쫓지 않았다.

돈의 가치와 화려함 이면에 숨은 이율배반적인 부덕함도 언제나 경계해 왔다. 자신이 가질 수 있는 돈이라면 아흔아홉 칸 대궐 같은 집도 얼마든지 너끈한 이륜이었지만 그 쓰임새는 소박하고 청빈하기만 했다.

이륜 개인에게 돈은 단지, 자신이 유생으로 꿈꿔왔던 그 부국강병의 실마리, 학자로서 꿈꿔왔던 질서와 조화의 세상을 위한 도구였을 뿐이었다.

인왕산 이 진사.

이제 이 말은 장안에서 곧 돈이요, 밤의 질서를 뜻했다. 하지만 이 말은 또한 몰락한 양반, 변절한 유생, 돈에 팔린 비굴한 신세를 뜻하는 동의어로 세간에 떠돌아다녔다.

부러움과 질투, 냉소와 멸시가 뒤섞인 시선들이 이륜과 그 아들 강하에게 어지럽게 쏟아졌다.

　그래서인가. 근래 들어 이륜은 뜬금없이 불안하곤 했다.

　수상한 꿈자리가 수시로 찾아왔다. 아들 강하의 위태한 발걸음이 자주 눈에 걸려왔다. 아직 세상은 이륜의 꿈을 받아들일 준비가 되어 있지 않은 것인가. 돈의 축적과 분배의 깊은 통찰을 얻기에는 한참 멀었는데 자꾸 조급해지는 이유를 찾기 힘들었다.

　무엇이든, 항상, 불안한 미래는 미처 준비하기도 전에 어느새 닥쳐와 방문 앞에 서 있곤 하지 않았던가.

　홍길이 끄는 말을 타고 이륜은 강하가 시험을 치르고 있는 훈련원의 무과 과장으로 향했다.

　이륜은 그 훈련원의 대문 앞에서 무장들에게 멱살을 잡힌 채 끌려 나와 내팽개쳐지는 강하를 목격했다. 아비를 알아보고도 그 축축하게 젖은 눈길로 애써 외면하고는 저만치 길로 가버리는 아들 강하.

　말하지 않아도, 듣지 않아도 무슨 일인지 알 것 같았다.

　강하는 아비로 인해, 이 세상 또 하나의 벽을 만나고 말았다.

　돌덩이 하나를 가슴에 안고 이륜은, 말에서 내려오지 않았다.

　이륜의 연무장은 인왕산 본가에서 자신의 집으로 향하는 물가에 있었다.

연무장이라고 해봐야 조악한 거적때기 과녁 하나가 전부인 나대지. 조선 사대부의 덕목 중의 하나인 활쏘기. 임금마저도 천하명궁의 솜씨를 뽐낼 진데 지지리도 젬병인 이륜의 활쏘기는 언제나 제자리였다.

백 보 앞 과녁.

활시위를 당겨본다.

역시 오늘도 과녁을 빗나간다.

자라지 않는 실력, 자라지 않는 근육.

이륜이 다시 화살을 재어 과녁을 향하는데 낡은 거적때기가 혼자 우물쭈물하더니 시커먼 연기처럼 흐트러진다. 그러고는 이내 거대한 검은 무엇이 되어 사방으로 날기 시작한다.

이륜은 천천히 화살을 내리고 그 검은 무엇을 바라보았다.

저녁노을을 타고 새 떼들이 무수히 강변을 날았다.

활쏘기를 멈추고 이륜은, 그렇게 엉거주춤 서서, 하늘을 까마득히 메우며 날아가는 새 떼들을 우두커니 바라보았다.

그렇게 검고 수상한 것들을 내내 바라보았다.

4. 채경수(蔡景秀)

"씹창이 났는데요."

다 떨어진 전립을 쓰고 검은색 전복을 저고리 위에 걸친, 덩치 좋은 포도청 포졸 하나가 강변의 창고 밖으로 나오며 가래침을 뱉어내고는 중얼거렸다. 우포도청 포졸 만복이었다. 창고 담벼락 처마 아래 쪼그리고 앉아 있던 새까만 얼굴의 포교 하나가 그 말을 받았다.

"씹창이 뭐냐 씹창이. 포졸 나리 입이 어찌 그리 경망하니?"

창고 밖으로 들려 나와 햇빛에 생선 말리듯 거적때기에 널브러지는 봉두난발의 시신들을 뚱한 눈길로 보고 있던 포교를 따라 만복의 눈길도 거적때기로 향했다.

"뭐 그럼…… 아작?"

포교가 흙먼지 엉덩이를 툭툭 털며 자리에서 일어나 기지개를 켰다.

"뭐 그럼 개작살?"

역시 무대꾸로 일관하며 창고 안쪽의 살풍경을 향해 걸음을 옮기는 포교. 창고 안은 포졸들과 시신을 임검(臨劍)하러 나온 오작인과 피바람에 튄 벽과 바닥과 마구 난도질당한 시신들의 흔적으로 분주했고 창고 밖은 구경 나온 사람들과 그들을 떼어놓는 포졸들로 분주했다. 현장에 도착하고 나서 살인 현장을 설렁설렁 돌아보고는 밖으로 한참 나돌던 포교가 다시 창고 안으로 발길을 옮겼다.

벽과 바닥에 찍힌 칼날의 자국들은 예리하고 선명했다. 창고 구석에 잔뜩 쌓여있는 쌀가마니를 찢어 놓은 종과 횡의 칼자국들도 깊고 정교했다. 당한 놈들보다 찌른 놈들의 솜씨가 틀림없었다. 많이 해본 솜씨다. 이래저래 칼날의 자국들을 살피던 포교의 시선이 바닥에 흩뿌려져 있는 낟알로 향했다. 무수한 핏자국에 뒤엉켜 있던 낟알들이 사고 당시의 처참함을 선명하게 드러내고 있었다.

뚱하니 현장을 보던 포교가 찢어진 쌀가마니 속으로 손을 쑥 집어넣었다.

창고 밖 거적때기에 놓인 일곱 구의 시신들을 구경하러 온 주변 민가의 사람들을 탐문하던 만복이 창고 밖으로 나오는 포교에게 다가왔다.

"이태 전에 땅 주인이 죽으면서 버려진 창곤데 보름 전부터 험악하게 생긴 놈들이 들락거렸답니다."

대답 없이 뭔가를 오물거리며 뚱한 시선을 강 쪽으로 던져 놓고만 있던 포교가 손바닥을 펴 보였다. 창고 안의 그 낟알들. 만복이 몇 알을 집어 입에 털어 넣었다.

"쌀? 창고 안에?"

"물건만 챙긴 다음에 시신들은 전시해 놓고 갔다. 보란 듯이."

"칼잽이들이 칼잽이들 죽이고 쌀자루를 들고 갔다?"

포교의 눈에 강과 창고, 그리고 갈대숲을 따라 이어진 길이 들어왔다.

"강에서 왔을까? 땅에서 왔을까?"

"글쎄."

낟알들을 입에 모조리 털어 넣고 와그작와그작 씹어먹던 포교, 경수가 봉두난발 거지패로 눈을 돌렸다.

"훔쳐 갔을까……? 찾아갔을까……?"

우포도청 포교 채경수(蔡景秀).

정식 직제의 품계도 없고 월급도 없는 무료부장(無料部將).

경수는 최하급 군졸이라 할 수 있는 의금부 나장을 거쳐 착호군에 지원, 함경도와 평안도 북방 땅에서 호랑이 사냥으로 살아왔던 인물이었다. 그때 단짝이자 충복이었던 만복과 함께 능력과 배짱을 인정받아 한양 땅 우포도청으로 왔다. 무작정 한양 땅을 다시 밟고 싶었던 경수에게 우포도청이 그 실력을 인정해 한 자리 끼워준 셈이었다.

하지만 정식 품계도 녹봉도 없는 무료부장 포교의 신분. 순검을 다니며 거리의 무뢰배를 덮쳐 벌금을 받아 내거나 강도나 도둑을 잡아 그 포상으로 살아가는 형편이었다.

경수가 한양 땅에 포교로 와서 보아하니, 돌아가는 꼴이 개판 중의 개판이었다. 번듯한 갓을 쓴 권문세가라 하는 놈들은 시전의 뒷돈이나 받아 챙기기 바쁘고, 나쁜 놈들을 잡아 족쳐야 하는 포청 대가리들은 사람 죽이기를 개미 밟아 죽이는 것보다 쉽게 여기는 흉패들의 뒷배가 되어 있었다.

썩어도 단단히 썩어빠진 땅, 한양.

비록 품계도 없고 녹봉도 없으나 풍운의 꿈을 안고 떠났다 포도청 포교의 옷으로 다시 돌아온 한양은, 더 화려하고 더 번듯해졌으나 더 악취가 풍기고 더 부패해 있었다.

그런 한양 땅이 채경수에게 걸려들었다.

배짱이라면 경강을 덮고 복심이라면 한양 땅을 다 덮을 만큼 의뭉한 사내.

그런 그의 눈앞에 수상하기 그지없는 살인의 현장이 펼쳐진 것이다.

천변(川邊) 수표교(水標橋) 다리 아래로, 개천가를 따라 거지패 움막들이 옹기종기 모여있었다. 땅을 파서 바닥을 다지고 싸리 자루와 볏짚, 온갖 천 조각으로 얼기설기 지붕을 세워 만든 제각각의 움막들이 제멋대로 어지럽다. 그 천변 거지패 소굴로 경수와 만복이 찾아 들었다.

"물똥이 너 요즘 말뚝이 자주 보냐?"

경수가 냇가에 앉아 작대기로 하릴없이 그림을 그려대며 누군가에게 물었다. 어디론가 냅다 도망가다 만복이에게 잡혀 쥐 터진 꼴로 끌려온 절름발이 거지 사내 하나가 그 앞에 꿇어앉아 발발 떨고 있었다. 물똥이란 이름의 절름발이.

"말뚝이요? 모, 못 봤는데요."

"못 봤겠지. 못 본 지 사흘쯤 됐지? 그지?"

눈만 끔뻑이는 물똥이가 연신 경수와 만복을 힐긋거렸다.

"걔가 양화진에서 칼 맞고 자빠져 있더라."

비 맞은 똥개마냥 갈 길 못 찾던 물똥이의 동공이 딱 멈췄다.

"죽었어. 어제 새벽에."

물똥이의 눈빛이 멍해지고 입이 벌어졌다. 경수가 맨땅을 휘 젓고 있던 작대기를 들어 바닥에 그린 그림을 가리켰다.

"요거 보이지? 요게 말뚝이야. 요게 양화진 창고."

양화진 창고와 그 앞에 일곱 구의 시신들이 나자빠져 있는 그림이 코흘리개 호작질처럼 물똥이의 눈앞에 펼쳐져 있었다. 물똥이가 부르르 떨었다.

"저, 전 모릅니다. 진짜 아무것도 몰라요."

"너랑 말뚝이 내내 어울려 다니면서 사고치고 말이야. 나한테 몇 번 혼났지?"

"저는 진짜 모릅니다요!"

물똥이가 죽을 둥 살 둥 뻗대기로 작정한 모양이었다. 경수가 냇가 근처 움막촌으로 눈길을 돌렸다.

"니 움막 어디냐?"

아득해지는 물똥이. 이놈들이 움막을 뒤져볼 궁리인 게 틀림없다.

"포교 나리! 저는요! 진짜요! 아무것도 몰라요!"

"네 움막 다 뒤져서 쌀 한 톨이라도 나오면…… 너 죽는다."

아으으으— 물똥이가 개 거품이라도 뿜을 모양인데 심드렁하니 있던 만복이가 어디 한 곳을 가리켰다.

"저기네요, 저기. 아까 동냥밥 처먹던 데."

죽어도 움막 사수. 물똥이가 나오지도 않는 눈물을 짜내며 냅다 경수의 바짓단을 붙잡았다.

"아이고 나리! 아닙니다! 거기 아닙니다!"

경수가 얼른 그 때꼬장 새까만 손길을 뿌리치며 발을 뺐다.

"어허이! 검댕 묻어!"

"나리! 살려 주십쇼! 저는 진짜 모릅니다!"

"그럼 니네 왕초한테 갈까? 너랑 말뚝이 한몫 챙긴 거 왕초가 알아?"

왕초란 말이 나오자 물똥이의 거무튀튀한 낯빛이 더 어두워졌다. 이마를 땅에 박으며 물똥이가 기어코 눈물을 짜냈다.

"나리! 살려주십쇼!"

경수가 콧구멍을 벌름거렸다.

"나는 너 안 죽이지. 니네 왕초가 죽이겠지."

"아이고! 어쩐 일이십니까요, 형님! 여기까지 다 기별하시고!"

환갑은 되어 보이는 투전판 판주가 대문 안으로 들어서는 아들뻘 만복을 알아보고 굽실거렸다. 광통교 아래 자리 잡은 투전집은 대낮인데도 행랑채마다 투전꾼들이 삼삼오오 모여 바글거리고 있었다. 투전질 하다 말고 마당으로 들어서는 포도청 포교와 포졸들을 발견한 투전꾼들이 뭔 사달이라도 날까 눈알 번뜩 귀를 쫑긋 세우고 있는데 만복이 암행어사 모시는 수행 군관처럼 한바탕 으름장을 놓기 시작했다.

"여기 만리재 날다람쥐 김태봉이하고 애오개 두꺼비 조춘구! 셋 셀 동안 튀어 와서 인사하자. 꾸물딱대다가 포승 받고 용수 쓰지 말고."

포졸의 느닷없는 호명에 방방마다 투전꾼들이 그제야 서로 통성명에 바쁜 사이로, 행랑채 하나에서 느닷없이 튀어나오는 두 명의 사내가 보였다. 뻔했다. 김태봉과 조춘구. 투전판이 엎어지는 야단법석에 다들 들썩이는데, 포졸들을 힘으로 밀치며 마당을 가로질러 대문으로 냅다 뛰어가는 김태봉과 조춘구. 몇몇 포졸들이 그 기세에 밀리는가 하는데 육중한 만복의 날랜 움직임도 만만찮았다.

기다렸다는 듯이 눈알을 굴리던 만복이 문가에서 두 놈을 잡아채고는 넘어뜨린 것이다. 두 놈 다 품에서 단도를 꺼내 들고 죽을 기세로 한바탕하려 하는데 만복이 호랑이 잡던 실력을 뽐내기 시작했다. 육모방망이로 김태봉의 머리통을 냅다 후려치는가 하더니 칼 든 조춘구의 팔목을 잡아채고는 그대로 꺾어 버렸다.

투전판 구경이라도 하는 듯 뒷짐 지고 느긋하니 툇마루에 올라앉는 경수 너머로 조춘구 뼈 부러지는 소리와 곧이어 외마디 비명 소리가 마당에 울렸다.

"형님. 모양 다 냈습니다."

머리 터진 김태봉과 부러진 팔을 잡고 달달 떠는 조춘구를 포도청 빨간색 포승, 홍사(紅絲)로 묶어 마당에 꿇어 앉혀 놓고 만복이 으스댔다. 툇마루에 앉아 찐 옥수수를 날름거리던 경수가 피식 웃었다.

"많이 늘었다, 만복이."

"시늉만 한 거지요 뭐."

만복의 넉살을 받고 경수가 찐 옥수수를 물고 김태봉과 조춘구를 돌아보았다.

"양화진에서 칼질이 나서 여러 놈이 죽었는데 말이야. 그 죽은 놈 중에 하나가 이 천변 투전판에서 유명한 놈이라 말이지. 김태봉이하고 조춘구 네놈들하고 자주 다니던 놈이야. 천변 거지패 말뚝이라고."

김태봉과 조춘구의 앓는 소리가 일순 잦아들었다. 그걸 경수와 만복이 놓칠 리가 없다. 경수가 태연히 말을 이어갔다.

"그 말뚝이가 요새 성 밖 중도아(中都兒)[13]들한테 쌀 일곱 가마 팔아먹고 돈 좀 챙겼대매?"

약속이라도 한 듯 입을 꾹 다문 두 놈이 내내 말이 없다.

"말뚝이 그놈 그 쌀가마, 어디 꺼 훔친 거래?"

눈만 내리깐 채 신음도 없이 여전히 말이 없는 두 놈.

"인왕산 쌀가마, 맞아?"

두 놈의 눈빛이 동시에 번뜩이더니 낯빛이 어두워졌다. 그러고는 다시 벌벌 떨기 시작했다. 만복이 느긋하니 끼어들었다.

"느들 포청에 가서 불꼬챙이로 쑤시면 다 불게 돼 있다. 거 많이 아파."

"우린 모릅니다!"

김태봉이가 냅다 소리 지르며 고개를 흔들어댔다. 일단 우기고 보자는 모양새가 심했다. 경수가 한심한 듯 고개를 저었다.

"에라이…… 하여간 이 새끼들은 일단 모른다야."

만복이 다시 나섰다.

"제가 알게 만들어 볼까요?"

이래저래 죽는 건 마찬가지. 그래도 기왕이면 포청에 가서 죽겠다는 각오가 두 놈의 눈빛에서 읽혔다.

"우린 진짜 모릅니다."

---

13. 중도아(中都兒) : 시전에서 물건을 떼어 소비자에게 직접 팔거나 행상에게 팔던 일종의 중간 상인.

"그냥 죽이시는 게 빠를 겁니다."

경수가 그 도발에도 흥분하지 않는다. 옥수수 남은 것들을 말끔하니 빨아내고는 그릇에 던져두고 바지춤에 손을 닦는 경수.

"그럼 내가 인왕산 가서 너들이 불었다고 하면?"

인왕산 얘기에 김태봉과 조춘구가 와르르 무너졌다. 경수의 수가 통했다. 두 놈이 파랗게 질려서는 잔뜩 울상이 되었다.

"포교 나리! 우리가 무슨 죄가 있다고 이러십니까?"

"아무리 투전이나 하는 잡배들이라고 아무것도 모르는 우리덜을 그냥 이리 잡아 족치시면……."

조춘구의 말이 끝나기도 전에 경수의 눈짓이 만복에게 날아들었다. 그 신호를 받고 만복이 조춘구의 가슴팍을 차서 넘어뜨리더니 부러진 팔을 지그시 밟았다. 자지러지는 조춘구의 비명 소리가 마당 벽을 타고 돌았다. 경수가 두 놈 앞으로 다가와 쪼그리고 앉았다. 만복이 넘어진 조춘구를 다시 세워 앉혔다.

"이렇게 하자."

경수가 눈을 끔뻑이는 시늉을 했다.

"내 말이 맞으면 이렇게 눈만 한 번 끔뻑하는 거야. 너들은 절대 입 밖에 낸 적 없는 거고."

김태봉과 조춘구가 부들부들 떨었다.

"말뚝이가 훔친 쌀가마…… 인왕산 거 맞지?"

만복의 발이 조춘구의 가슴팍으로 올라왔다. 겁에 질린 조춘구가 살려달라는 듯 김태봉을 바라보았다. 침을 꼴깍이며 긴장하던 김태봉이 그런 조춘구를 보며 끄덕였다. 마침내, 김태봉과 조춘구가 경수를 향해 눈을 끔뻑였다. 너무나도 부자연스럽게, 아주 크고 확실하게 끔뻑. 됐다, 이놈들. 경수와 만복의 입꼬리가 슬그머니 올라갔다. 만복이 히죽거리며 발을 내렸다.

"아! 그 새끼들. 입 한번 존나 무겁네."

경수가 콧구멍을 벌름거리며 자리에서 일어났다.

"그러게 말이다."

우포도청은 창덕궁 오른편 서린동에 자리 잡고, 창덕궁 왼편 낙선방에 자리 잡은 좌포도청과 함께 한양의 치안을 맡고 있었다. 우포도청의 관할구역이 한양 서부와 북부, 경기 우도를 포함한다면 좌포도청은 한양 동남부와 중부, 경기 좌도가 관할구역이었다.

포교 채경수와 포졸 만복의 근무지.

종 2품 우포도대장 김영출과 종 6품 좌포도부장(左捕盜部將) 황경도가 소속되어 있는 곳.

그 우포청의 밤이 깊어가고 있었다.

"인왕산 쌀가마니 턴 놈들을 인왕산 놈들이 죽였다?"

우포장 김영출이 황경도가 올린 사건 일지를 보다가 고개를 쳐들었다. 황경도가 김영출의 갈라지는 미간을 의식하며 부동자세로 꼿꼿이 시립했다.

"네. 죽은 놈이 일곱. 일단 피해자 발생 상황만 형조와 한성부에 장계가 올라갔습니다."

"인왕산이 끼어있단 거는 어떻게 안 거야?"

"담당 수사를 채 포교가 하고 있습니다."

김영출의 미간이 한 번 더 갈라졌다.

"채경수?"

"네."

무슨 말을 하려다 생각에 잠기던 김영출의 미간이 제자리로 돌아왔다. 다시 특유의 느릿한 눈빛으로 김영출이 말했다.

"그놈 여기 들어 온 지 얼마나 됐지?"

"착호군에서 같이 있던 만복이란 놈하고…… 벌써 일 년 정도 된 것 같습니다."

김영출이 무슨 생각으로 말이 없다. 괜히 주눅 든 황경도가 쭈뼛거렸다. 그런 황경도를 힐긋 보던 김영출이 다시 읽고 있던 사건 일지로 눈길을 돌렸다.

"주저앉혀. 나대지 않게."

운종가 뒷길로 나 있는 먹자골목. 그 피맛골 술막 좌판에 앉아 황경도와 경수가 파전 안주에 탁주 잔을 비웠다. 나대지 않게 채경수를 주저앉혀야 하는 황경도의 임무가 시작됐다.

"채 포교. 이 포도청 일이 말이야. 포장 영감 정도가 되면 뭐가 될 거 같아?"

경수가 파전을 뜯어 물다 힐긋 황경도를 보았다. 자기보다 네

살이나 어린 상급자. 남촌 무관 출신에 무과 급제자.

"나야 모르지."

경수의 은근한 반말에 발끈할 만도 한데 늘 있는 일상인지 황경도가 얼굴 하나 붉히지 않는다. 북방 촌구석에서 짐승이나 잡던 놈이 본류의 예의고 질서고 뭐를 알겠어? 그냥 짐승 새끼다 생각하고 넘기면 될 일. 그런 대인배의 얼굴로 경수의 잔을 채우는 황경도.

"아랫것들이야 순검만 열심히 돌면 되지만, 윗선에서는 이게 다 정치거든."

그러고는 한껏 목소리를 낮추고 주변을 살피다 속삭인다.

"수틀리면 한 달에 두세 번도 날아가는 게 포장 모가지다 이거야."

황경도가 따라주는 탁주를 넙죽 비우고 입술을 훔치던 경수가 또 반말이다.

"그런가?"

"내 하나만 알려줄게. 인왕산 패거리가 뭐냐. 난전상들 때려잡던 시전 호위패로 시작해서, 경강 포구의 경상들을 끼고 북촌 대감들의 소작미를 실어 나르면서, 지금 장안의 쌀장사를 다 먹은 놈들이 그놈들이야."

경수가 파전을 쭉 찢어 입에 물었다. 파전 한 장을 혼자 다 독식한 경수가 입안을 가득 채우고 우물거렸다.

"거 모르는 놈도 있습니까?"

황경도가 세상 이치 모르는 촌놈을 훈계하는 훈장 선생 같은 얼굴로 말했다.

"그놈들 뒷돈이 어디로 줄줄줄 들어가는지 알아? 운종가 시전 관리하는 평시서에 호조에, 결국 그 줄 따라가면 벽파고 시파고 노론 대감들이 병풍처럼 앉아 있다 이거야."

경수가 황경도를 빤히 바라보며 자신의 잔을 채웠다.

"임금님도 맘대로 못하는 그 대감들. 감이 와?"

별말 없이 경수가 탁주 잔을 쑤욱 비우더니 탁 소리나게 내려놓았다.

"아이 진짜! 존나게 나쁜 놈들! 나라가 어떻게 될라고!"

주변에 다 들릴 만큼 큰 소리였다. 주변인들이야 이미 포도청 포도부장과 포교의 행차라 멀찍이 피할 만큼 다 피한 자리였음에도 들을 놈들은 다 들었을 것이다. 그 소리에 움찔 쫄아들었던 황경도가 주변을 의식하며 소리 낮추라는 손짓으로 바빴다. 하지만 경수는 전혀 개의치 않았다.

"그런 패악한 무리들을 황 포두(捕頭) 나리께서 싹 조져 가지고 포도대장 되셔야 하는데 말입니다."

또 한 번 움찔하는 황경도. 이놈 이거 분명히 날 엿 먹이는 거야, 지금. 황경도는 그럼에도 불구하고 대인배 세 글자를 가슴에 새겼다.

"뭐 그럼 좋지."

남은 파전 쪼가리를 마저 입에 물고 경수가 자리에서 일어섰다.

"잘 먹었시다! 먼저 갑니다!"

"어딜 가?"

경수가 이미 저만치 멀어지고 있었다.

"순검이요, 순검!"

일말의 존경심도 예의도 없는 태도.

가라는 허락도 받지 않고 알아서 가버리는 하급자.

지가 돈도 안 내면서 안주도 술도 거의 태반을 혼자 다 처먹은 놈.

나대지 않게 주저앉히라는 포장 영감의 지엄한 하명을 순식간에 개똥으로 만들어 버린 새끼.

황경도가 포장의 집무실에서 본 우포장 김영출의 갈라진 미간을 흉내 내며 절반밖에 비우지 않은 자신의 잔을 들었다.

"아! 졸라 기분 나쁜 새끼……!"

5. 하상익(河相益)

연화루(蓮花樓)는 한양에서도 다섯 손가락 안에 드는 상급 기방이었다.

일 년 내내, 설날이고 한가위고 동지고 하지고 간에 쉬는 날이 없는, 말 그대로 불철주야 근면함과 성실함으로 무장한 곳. 하루가 멀다 하고 궁중 별감들과 남촌 한량 무관들이 찾아오는 곳. 게 중에서도 돈깨나 있는 무리들이 아니면 상급 기생들이 포진한 연화루 안쪽 처소는 꿈도 못 꾸고 대문간 행랑채에서 늙은 퇴기들 시중이나 받아야 하는 곳.

입구부터 대낮같이 밝힌 청사초롱 휘황찬란한 그곳으로 일단의 무리들이 들어섰다.

날래 보이는 호위무사를 여섯이나 대동하고, 분별없이 드나드는 취객들을 파도처럼 갈라놓으며 대문 안으로 들어서는 사내. 번들거리는 흑립에 수정 갓끈에 값비싼 비단 도포를 휘감고 최고급 가죽신 태사혜를 신은 사내가 기생들의 인사를 줄지어 받고 있었다. 끗발 날리는 액정서 별감도 아니요 실속 없는 남촌 무관도 아니요 서슬 퍼런 나장이나 군졸은 더더욱 아닌 사내. 명문 사대부의 자제 같은 위세를 뽐내지만 가슴에 두른 양반의 술띠가 보이지 않아 그 정체성이 오리무중이 되는 인물.

우람한 체구에 쾌걸 풍의 사내, 인왕산 하우도의 외동아들, 인왕산 소대주 하상익(河相益)이 연화루 마당을 휘저어 놓으며 들어오고 있었다.

상익은 하우도와 후처 하 씨 부인 하명혜 사이에 태어난 외동아들이었다.

우도가 전처에게서 낳은 두 아들을 일찍 떠나보내고 후처에게서 낳은 귀하디귀한 아들이었다.

상익의 존재는 외할아버지라 할 수 있는 하청수의 거대 유산을 우도가 공식적으로 접수할 수 있는 명분이 되어주었고 우도 자신의 손으로 죽인 주인 하청수의 딸 명혜를 온전히 품을 수 있는 축복이 되어주었다.

그래서 상익은 태어나자마자 금이야 옥이야 극진한 대우를 받으며 자랐다. 우도는 상익이 태어나자 연일 잔치를 벌였고, 경강 사람들에게 엄청난 돈을 뿌렸다. 상익의 탄생은 양부 하청수를 죽였다는 비난을 잠재우고 하청수의 유산을 우도가 당당하게 차지할 수 있는 대의명분 그 자체였다.

그래서일까. 모두가 궁궐의 왕세자 모시듯 떠받드는 어린 시절을 보낸 상익은 똑바로 하늘을 보고 자라는 나무가 되지 못했다.

무슨 짓을 하든 용서될 수 있는 어린 시절이 가져온 결과.

한양 최고의 한량. 한양 최고의 난봉꾼.

연화루 상급 기녀 화홍(花紅)과 수하 기생들과 문지기 하인들이 대문간부터 대기하고 있다가 그런 상익을 반겼다.

"어서 오시지요, 도련님."

상익이 시원하게 웃으며 화홍의 손부터 덥석 잡았다. 화려한 얹은머리에 짧디짧은 삼회장 저고리에 보일 듯 말듯 속살을 덮은 청록색 비단 허리띠가 날씬한 화홍의 허리를 감싸고 있었다. 은은한 살구 향이 상익의 코를 간지럽혀왔다.

"여— 화홍이— 오늘따라 신수 훤하네. 오늘 달이 좋아 그런가?"

"아이 무슨 말씀을. 도련님 오신다니 설레어서 그런가 보옵니다."

인기 많은 기방의 상급 기생과 돈 많은 물주의 인사. 적당한 희롱과 적당한 교태가 섞이고 흩어지면서 기방 마당이 적당히 달구어질 때쯤이었다. 기방 저편 후원으로 들어가는 입구에서 몽둥이 든 하인들에게 잡혀 나오는 두 명의 사내가 보였다. 먼 발치에서도 상익의 눈에 들어오는 그 익숙한 걸음, 그 익숙한 어깨. 상익이 화홍의 손을 잡은 채 멈춰 서서 제집 마당인양 그들을 불러 세웠다.

"어이— 거기 뭐야?"

연화루 하인들에게 잡혀있던 사내 하나가 상익의 목소리를 알아듣고는 흠칫 놀라다가 외면했다. 상익이 기어코 다가왔다.

"맞네. 강하 맞네. 너 뭐하냐? 여기서?"

연화루 하인들에게 잡혀 나오던 사내의 정체는 강하였다. 그리고 그 옆, 겁먹은 십 대의 얼굴은 동구였다. 새벽의 양화진, 눈물 콧물 구역질하던 그 반촌패 막내. 두 손이 동아줄로 묶인 강하와 동구의 꼬락서니를 보며 상익이 누구에게랄 것도 없이 물었다.

"지금 뭐냐니까?"

하인 하나가 머뭇거리다 답을 대신했다.

"창고 술을 훔치러 들어 왔습니다."

상익의 옆에서 강하에게 눈길 주고 있던 화홍이 소리 없이 웃었다. 그런 화홍을 보던 강하의 고개가 더 떨어졌다. 상익이 황망히 강하를 보다가 이내 피시식 웃었다.

"지랄 났다."

상황은 이러했다.

무과 시험에 떨어진 강하는 반촌으로 기어들어 갔고 동생같이 지내는 단짝 동구와 탁주 한 병을 비우고 이곳저곳을 어슬렁거리다가 연화루 앞까지 오게 된 것. 과거에도 떨어지고 술도 한잔 들어갔고 뭔가 신나는 일 하나쯤은 저지르고 싶은 기분이 들 때쯤 동구가 꺼낸 연화루 죽력고(竹瀝膏) 이야기.

죽은 동구 아버지가 관청에 술독 나르는 일을 할 때 따라다니며 마셔보았다는 죽력고. 조선의 3대 명주. 푸른 대나무를 쪼개 항아리에 넣고 열을 가해 만든 대나무 기름에 꿀과 생강 등을 넣어 만든다는 명주 죽력고. 한양에 죽력고 파는 데가 세 군데도 안 되는 데 연화루 죽력고는 성읍 술공방에서 바로 올라오는 상품 중의 상품이라는 이야기. 동구의 한바탕 구라에 고민도 없이 냅다 연화루 담장을 넘고 술독 창고로 직행한 이 두 놈이 술 창고 안에서 죽력고 항아리를 통째로 비울 기세로 달려들 때쯤 꼬리가 잡히고 만 것이다.

어린 것들의 치기. 어린 것들의 일탈. 어린 것들의 방황.

강하는 그 어린 것들의 뭉뚱그려진 갈지자 속에 그날만큼은 제멋대로 자신을 던져보기로 했던 것이었다. 그리고 그 결과는 어릴 때부터 친형처럼 따랐던 상익에게 들켜버린 것.

이제는 인왕산 식구 전원이 하늘같이 떠받드는 인왕산의 도련님, 인왕산의 후계자, 인왕산의 소대주, 유일무이한 우도의 핏줄, 그 상익과 마주친 것이다.

"쟤는 뭐야? 인왕산 아닌데?"

기생방에 차려진 푸짐한 술상 상석에서 화홍의 시중을 받으며 술잔을 기울이던 상익이 반대편 끝자락에 무릎 꿇고 앉은 동구를 궁금해했다. 상익의 얼굴은 언감생심 쳐다보지도 못하는 동구를 대신해 강하가 답했다.

"반촌패 막냅니다."

"송 대장 따까리?"

"네."

상익이 술잔을 비우자 기다렸다는 듯 굴전 하나를 상익의 입에 곱게 안착시키는 화홍. 상익이 그 굴전을 우적우적 씹어대다가 또 물었다.

"이번에 같이 양화진 간 거야?"

"네."

상익이 술상 아래로 화홍의 치마 속을 희롱하다가 뭔가 생각난 듯 강하를 보았다.

"너 오늘 무과 보는 날 아냐?"

"맞습니다."

"붙었냐?"

대답 대신 강하의 고개가 떨어졌다. 상익의 짐작이 농담처럼 술상 위를 굴러 강하에게 닿았다.

"그거 떨어져서 열 받는 김에 기방 술이나 훔쳐 먹으러 왔다?"

역시 대답 없는 강하. 상익의 가벼운 웃음소리가 또 술상 위를 굴러 강하에게 닿았다.

"허이구—"

수치심으로 질식할 것 같은 시간이 흐르자 강하가 발작적으로 고개를 쳐들었다. 그때 강하의 눈에 들어온 얼굴. 상익 옆에서 빤히 강하의 일거수일투족을 호기심 어린 시선으로 보고 있는 화홍. 그 화홍의 시선에 강하가 이를 악물었다. 기생년에게도 함부로 능욕당하는 신세.

"야! 무과 붙어봐야 저기 함경도 골짜기 가서 군관들 따까리나 하다가, 오랑캐 놈들하고 칼쌈하다가 재수 없음 뒤지는 거, 그걸 뭐하러 그렇게 기를 쓰고 할라 그래?"

강하가 또 말이 없다. 굳게 다문 입, 방바닥에 박아놓은 눈길만으로 버티고 있는 강하를 상익이 히죽거리는 얼굴로 보고 있다가 화홍의 엉덩이를 툭 쳤다.

"가서 술 한 잔씩 올려. 인왕산 협사님들이다."

화홍이 나붓하게 술병을 들고 다가와 강하와 동구 사이에 앉았다. 살구 향 분 냄새가 훅 날아 들어왔다. 쭈뼛쭈뼛 어찌할 줄 모르는 동구와 이를 악다물고 말을 잃은 강하에게 번갈아 술잔을 들라는 눈짓으로 재촉하는 화홍. 동구가 먼저 술잔을 들었다. 화홍이 준비된 자에게 먼저 술을 따랐다.

"화홍이라고 합니다. 잘 부탁드려요."

동구가 꾸뻑 인사했다.

"동구예요."

이제 강하의 차례. 강하를 향해 돌아앉은 화홍이 술병을 든 채 강하의 눈길을 쫓았다. 강하가 그런 화홍을 의식하고는 천천히 술잔을 들었다. 화홍이 술을 따랐다.

"화홍이라고 합니다."

강하가 통성명 대신 고개를 까닥거렸다. 화홍이 술을 따르는 동안 역시 화홍에게는 눈길 한번 주지 않는 강하. 그 꼴을 보고 있던 상익이 너털웃음을 터트렸다.

"술이 땡기면 말을 하지 그랬어. 내가 동생 놈 술 한 잔 못 사주는 칠푼이가 됐네."

강하가 술잔을 들고 고개를 숙였다.

"아닙니다, 도련님."

상익이 잔을 들었다.

"마셔."

강하와 동구가 고개를 돌리더니 얼른 잔을 비웠다. 한 방울도 남김 없는 마무리. 상익이 밖을 향해 소리쳤다.

"어이! 밖에!"

마당으로 난 지게문이 열리더니 마당에서 대기하고 있던 상익의 호위무사들 너머로 연화루 하인들이 굽실거렸다.

"네, 도련님."

방 안쪽에서 상익의 시원시원한 목소리가 툇마루를 넘어왔다.

"애네들 건드린 술독, 통으로 가져와."

하인 하나가 우물쭈물 나섰다.

"그게 죽력곱니다 도련님. 그게 또 태황죽력고라 해서 으뜸

중에 으뜸인데 그거 한 통이면 일 년 장사할 분량이라……"

상익이 빤히 그 하인을 쏘아보았다.

"뭐 집 한 채 값이라도 돼?"

"못해도 소 한 마리 값은 나옵니다요."

눈알 한번 굴리지 않고 상익의 입에서 모진 소리가 나왔다.

"네 아가리를 찢는 건 또 얼마냐?"

하인은 순간 깜빡했었다. 이 자가 누군지. 지금 한양을 다 휘어잡는 인왕산 소대주. 맘만 먹으면 이런 연화루 정도야 그 자리에서 열 채도 사버릴 수 있는 재력의 소유자.

"바로 대령하겠습니다요!"

물러나는 인사도 잊고 하인이 부리나케 뛰어갔다. 그 꼴을 보고 있던 화홍에게 상익이 으스댔다.

"이 두 사람 나랑 같이 온 내 손님이다."

인왕산 도련님의 손님들. 화홍이 곱게 미소를 머금었다.

"네, 도련님."

"쓸데없는 말 안 돌게 하고."

"여부가 있겠습니까."

상익이 강하와 동구의 빈 잔을 눈짓으로 가리켰다.

"뭐해? 술잔 볐잖아."

한층 더 올라간 입꼬리와 미소를 담아 화홍이 강하와 동구의 잔에 술을 채웠다. 강하가 와락 잔을 비웠다. 동구가 얼른 강하를 따라 잔을 비웠다. 화홍이 강하를 위해 수육 하나를 집어 들었다. 우물쭈물 상익의 눈치를 보던 강하가 입을 벌리자 화홍의 젓가락이 능수능란하게 수육 하나를 강하의 입에 넣어 주었다. 이래저래 과분한 자리, 과분한 시간, 과분한 접대. 강하가 안주를 우물대다가 히죽이 보고 있는 상익을 향해 넙죽 인사를 했다. 상익의 피식거리는 웃음이 또 터졌다.

"야— 괜찮아. 쫄지 마."

강하가 쭈뼛거렸다.

"네, 도련님."

다시 잔을 채워줄 듯 술병을 들고 미소를 머금은 채 강하를 빤히 바라보는 화홍. 급히 마신 술기운 탓일까. 술잔을 드는 강하를 온통 덮어버릴 만큼 화홍의 살구 향 분 냄새가 또 날아들었다.

불도 안 밝힌 어스름 방 안.

연화루의 안채에 딸린 기생들의 행랑채, 화홍의 거처.

엎드린 화홍의 치마만 걷어 올리고 뒤에서 화홍과 정사 중인 강하.

여인의 신음 소리와 살과 살이 부딪히는 파열음과 죽력고와 이강주와 탁주와 소주가 뒤섞인 술 냄새와 그 사이를 미세하게 떠돌고 있는 살구 향으로 가득한 방.

그 방의 쪽창을 뚫고 달빛이 갈라져 들어오고 있었다. 여인의 하얀 엉덩잇살에 손을 올리고 아랫도리를 놀리고 있던 강하의 시선이 천천히 달빛의 쪽창으로 향했다. 갈라진 달빛이 강하의 얼굴에 쏟아졌다. 시선을 쪽창에 던져두고 잔뜩 술기운에 그저 기계적인 몸놀림으로 바쁘던 강하가 갑자기 고개를 돌리더니 방바닥에 한바탕 토사물을 쏟아내고 만다. 화들짝 놀란 화홍이 부리나케 몸을 빼며 벽으로 물러났다. 앙칼진 여인의 목소리가 방 안을 찢었다.

"뭐야 이게?"

강하의 참담하고 부끄러운 눈빛을 담은 젖은 눈시울이 화홍에게 닿았다.

"미안하오……"

무참히 늘어져 있는 자신의 양물을 내려다보던 강하가 요란한 소리와 함께 방바닥에 먹은 것들을 다 토해내기 시작했다.

"속은 괜찮아?"

장죽 연기를 뿜어 올리는 화홍이 벽에 기대앉아 강하에게 물었다. 무릎을 껴안고 반대편 벽에 기대앉은 강하가 대답 대신 고개를 끄덕였다. 호롱불도 없이 달빛만이 비추는 방 가운데에는 걸레와 대야가 놓여 있었다. 강하의 난장질을 화홍이 치우고 나서 한 입 장죽을 문 것이다. 화홍의 목소리가 한결 차분하게 강하에게 닿았다.

"그 술은 워낙 비싼 데다 독해서 두 잔 석 잔 입만 데우고 탁주나 마시는 거야, 원래."

묵묵부답.

"공짜 술이라고 진짜 통으로 그걸 비워?"

또 묵묵부답.

"그러다 죽어."

방바닥에 눈길 박은 채 말을 잃고 앉은 강하를 빤히 보던 화홍이 장죽 연기 한 모금을 길게 허공으로 올렸다.

"너 혹시 인왕산 이 진사 나리 아들이야?"

강하가 고개 들어 화홍을 보았다. 강하의 젖어있는 눈길을 바라보던 화홍이 고개를 끄덕였다.

"맞네."

강하가 달빛의 쪽창으로 눈길을 돌렸다.

"피는 양반 피가 흐르는데, 잡놈들하고 어울려 다니는 게 힘들구나."

강하가 대답이 없다. 화홍이 땅땅 장죽을 타구통에 때려 끄면서 물었다.

"마저 할래? 아님 식혜라도 내줘?"

화홍을 물끄러미 바라보던 강하에게서 나직하게 잠긴 소리가 흘러나왔다.

"식혜."

무심한 표정으로 강하의 대답을 안아 든 화홍이 자리에서 일어났다. 환기시킬 요량으로 지게문을 활짝 열어젖힌 화홍이 밖으로 나가려다 강하에게로 돌아섰다.

"너 혹시 처음은 아니지?"

역시 묵묵부답으로, 창백한 시선으로 화홍을 응시하는 강하. 화홍이 가만히 그런 강하를 바라보다가 댓돌로 내려갔다.

"잠깐만 기다려. 금방 가져다줄게."

활짝 열린 지게문 너머로, 사라지는 화홍을 쫓던 강하의 시선이 쪽창으로 옮겨갔다. 창백한 달빛이 강하의 얼굴로 쏟아졌다.

6. 하우도(河雨道)

인왕산 싸전은 육조거리 서편, 인달방(仁達坊)과 누각동(樓閣
洞)을 지나 옥류동(玉流洞)에 있었다.

인왕산을 등에 두고 사직(社稷)을 옆에 끼고 경복궁을 앞에
둔 지세(地勢). 번듯한 운종가 시전 대로가 아니라 인왕산 초입
의 외진 골목길을 끼고돌아 나가야 만날 수 있는 가게. 장안의
쌀이란 쌀은 모두 쥐고 있는 인왕산 싸전의 본점치고는 찾아오
기도 힘든 곳에다 백여 칸 육의전 시전에 비하면 소박하기 이
를 데 없는 서른 칸의 행랑만이 전부인 곳. 소박하다 못해 누추
해 보이는 이곳이 바로 인왕산패의 본가가 있는 곳, 인왕산 대
주 하우도가 사는 곳이었다.

서른 칸 2층짜리 행랑이 길가 전면에 나서있고 그 옆으로 본
가로 들어가는 대문이 자리 잡고 있다. 1층은 가게로 꾸며 손
님들이 드나들고 2층은 창고 겸 인왕산패의 회의 장소 및 대주

하우도와 책사 이류의 사무 공간으로 쓰이고 있었다.

해가 저물어 1층 가게는 문을 닫았고 골목길은 행적이 드물었다. 스산한 골목길을 싸전 2층에서 새어 나오는 작은 불빛들이 다독이고 있었다.

인정(人定)[14]이 가까워져 오는 시간. 일각(一刻)[15]만 지나면 스물여덟 번 종루의 종소리가 울릴 테고 통행금지가 실시된다. 그 인적 드문 골목길에 제등(提燈)[16]도 없이 순검 둘이 모습을 드러내더니 인왕산 싸전 2층의 불빛을 보며 발걸음을 멈췄다. 가래떡을 우물거리며 나타난 경수와 만복. 한참 동안 싸전 2층의 불빛을 달구경 하듯이 보고 있던 만복이 골목길 저편으로 눈길을 돌렸다.

"뭐가 옵니다."

저만치 인왕산 싸전 골목길로 말 한 마리가 들어섰다. 술에 잔뜩 취한 상익을 태우고 호위들이 말고삐를 잡고 돌아 나오고 있었다. 대문 앞에 다다라 제 몸도 가누지 못하는 상익을 호위들이 말에서 부축해서 내릴 때 안가의 호위들이 대문 밖으로 우르르 몰려나와 부산하게 인왕산 소대주를 맞이했다. 그 요란한 귀갓길에 경수와 만복은 이미 흔적도 없이 사라지고 없었다. 스물여덟 번 인정의 종소리가 멀리서 밤하늘을 타고 싸전까지 날아왔다.

---

14. 인정(人定) : 조선 시대 밤 10시, 통행금지가 시작되는 시간.
15. 일각(一刻) : 현재의 15분.
16. 제등(提燈) : 자루가 있어서 들고 다닐 수 있는 등.

인왕산패가 회의실로 쓰고 있는 싸전 2층의 창고는 안가 마당에서 계단을 타고 오르는 구조였다. 사방이 뚫린 넓고 커다란 공간에 등불이 벽마다 자리하고 있고 이런저런 궤들과 함들, 쌀가마니들이 사방에 빼곡했다. 창고 가운데에는 스무 명도 넘게 앉을 수 있는 기다란 회의용 탁자와 의자가 마련돼 있었고 창고 계단 입구 반대편으로 자그마한 독방 하나가 보였다.

두 평도 될까 말까 한 사무 공간. 작은 일인용 책상을 끼고 두 평을 빽빽하게 채우고 있는 책들과 두루마리 서류들과 정체를 알 수 없는 온갖 사무용품이 가득한 서랍들로 채워져 있는 공간. 그곳이 장안 최고의 거부 하우도의 집무실이었다.

문 열린 쪽방 틈새로 이륜이 등지고 서서 서류들을 누군가에게 보여주며 보고에 바쁜 모습이 보였다. 중인 신분의 낡은 무명 철릭을 입고, 돋보기안경을 끼고 무표정하니 이륜이 내민 서류들을 보고 있는 사내. 허연 머리에 진중한 눈빛, 노쇠한 위엄이 서려 있는 인왕산 우두머리, 대주 하우도가 거기 있었다.

인왕산패의 대주(大主) 하우도.

떡두꺼비 같은 아들만 하나 점지해주시오. 그렇게 우도는 아들 하나만 바라던 늙은 외거 노비 부부의 오랜 소원으로 태어나 그 이름마저 두꺼비로 불리며 자랐다. 비록 비천한 집안이었지만 늦둥이 우도는 부모의 귀한 사랑을 받으며 컸다. 하지만 미관말직 관리였던 인왕산 주인집의 제사 용기를 훔쳤다는 모함을 받아 아비 어미가 모두 멍석말이로 맞아 죽고 난 뒤 하루 아침에 고아가 돼버린 우도.

코흘리개 여섯 살 아이가 그때부터 동냥 밥과 저자의 온갖 허드렛일과 경강 포구의 뱃일 따위로 어린 목숨을 부지해갔다. 그런 밑바닥 삶 속에서 우도는 다져지고 또 다져졌다. 덩치가 어른만 해질 때쯤부터 우도는 경강 일꾼들 중에서 제법 따르는 아이들이 많은 소년 대장이 되어 있었고, 자신만의 사업을 펼칠 궁리를 하기 시작했다. 우도가 인왕산 출신이라는 이유로 인왕 산패라는 이름으로 불린 우도의 소년폭력단이 태어난 것이다.

힘이 붙고 덩치가 커지자 우도는 강도로 위장, 부모를 죽인 옛 주인집을 습격해 그 주인과 가족들을 몰살시켜 버리며 부모의 복수를 감행했다. 이때부터 우도의 인왕산패는 돈이 되는 일이라면 살인까지 가리지 않고 뭐든지 척척 해내는 경강 포구의 손꼽히는 검계패로 성장하기 시작했다.

노비 출신의 젊은 두목 '인왕산 두꺼비'의 신흥 폭력조직 인왕산패는 거칠 것 없이 세력을 확장해 나갔다.

기방을 전담 관리하는 기부사업, 영조의 금주령으로 비롯된 밀주사업, 반촌(泮村)의 불법 쇠고기 매매, 난전 영세 상인들을 상대로 한 고리대금업과 보호세, 경강 상단의 호위 용역, 살인 청부업 등으로 그 수입원을 확보하고 있던, 말 그대로 돈 되는 일이라면 무슨 일이든 마다하지 않던 무뢰배 집단으로 악명을 떨쳤다.

하지만 온갖 음성적인 사업으로 세를 불리고 돈을 벌어들인다지만 아직 동네 무뢰배 수준에 머물러있던 우도의 인왕산패는 마포 포구의 알짜 부자로 소문난 하청수를 만나면서 일대 전환점을 맞게 되었다.

영조 임금 시절, 장안의 시전(市廛)[17]을 관리하던 평시서(平市署)[18]의 하급 관리 하청수는 시전의 금난전권(禁亂廛權)[19]으로 배를 채우고 있던 인물로 글 읽는 양반의 인생보다 돈의 힘이 얼마나 무서운가를 현장에서 배우고 깨달은 현장파였다.

일찌감치 경강 마포 포구의 여각들과 칠패(七牌)[20]와 이현(梨峴)[21] 시장의 점포는 물론 운종가의 시전까지 사들여 야금야금 부를 채워가던 하청수는 금난전권을 어기고 불법 영업을 하던 난전의 영세 사상인들을 내쫓기 위해 신흥폭력조직 인왕산패를 끌어들였다.

하청수는 인왕산 두꺼비의 활약으로 정적들을 해치우고 마포 나루 제일의 거부가 되었다. 이에 고무된 하청수는 인왕산패 두목 인왕산 두꺼비를 자신의 양자로 삼으면서 자신의 성씨 하(河) 씨와 우도(雨道)라는 이름을 주었다.

그렇게 이름도 없던 무뢰배 '인왕산 두꺼비'는 '하우도'로 다

17. 시전(市廛) : 지금의 종로를 중심으로 설치한 상설 시장.
18. 평시서(平市署) : 도량형(度量衡)과 시장, 유통, 물가를 조절하는 등 시세의 조절을 맡던 관청.
19. 금난전권(禁亂廛權) : 난전(亂廛)을 규제할 수 있도록 나라로부터 부여받은 시전(市廛)의 특권.
20. 칠패(七牌) : 지금의 남대문 밖에 있던 난전시장(亂廛市場).
21. 이현(梨峴) : 배오개의 한자 표기. 지금의 광장 시장으로 배오개길을 중심으로 형성된 시장.

시 태어나게 되었다.

하청수의 인왕산 암행대라는 이름으로 활약하던 우도의 인왕산패는 우도의 뛰어난 통솔력과 거침없는 무력시위로 하청수의 도움 없이도 경강 포구 전역을 휘어잡는 세력으로 성장했다.

하청수의 양자로, 인왕산 암행대로 양화진에서 광나루까지 경강 포구 전역으로 세력을 확장해 나가며 어느덧 서른을 넘긴 우도.

이제는 돈도 남부러울 것 없이 가졌고, 힘쓰는 인물들 중에 인왕산패 하우도라면 장안에 모르는 사람이 없는 자리까지 올랐고, 경강 여각 객주라는 명분으로 중인 신분까지 꿰차고, 인왕산에 번듯한 집도 지었건만 자식이 태어나기만 하면 한 해를 버티지 못하고 일찍 세상을 뜨고 말았다.

후세가 없는 우도는 자신의 비운에 복수하듯 사업에만 매달렸다.

경강의 강상들은 우도를 찾아 거의 매일 인왕산 본가 앞으로 줄을 섰다. 돈이 궁한 사람, 억울한 일을 당한 사람, 사업에 목매단 사람들이 우도를 만나기를 희망했다. 우도는 그런 사람들을 내쫓지 않고, 일이 안 맞으면 손에 떡 하나라도 들려 보내는 인심을 베풀었다.

한양 땅의 맹상군, 대인배 하우도.

소문은 무성해지고 날개를 달았다. 힘든 일이 생길 때면 사람들이 우도의 주인이자 양아버지이자 경강 포구 제일의 부자

하청수를 찾는 게 아니라 우도를 찾아오는 것이었다. 돈은 곳
간을 다 채울 만큼 많았지만 이기적인 구두쇠 하청수가 자초
한 일이기도 했다. 우도를 따르는 사람들과 소문들이 날로 커
가자 하청수는 위기감을 느꼈다. 경강 여각의 사업 제안도 하청
수를 건너뛰고 우도에게 가는 경우가 빈번해졌다.

하청수는 이대로 주저앉아 있다가는 우도에게 잡아먹힐 것
만 같은 불안감에 시달렸다.

토사구팽.

우도의 남다른 행보에 자신의 심복들마저 내심 우도를 따르
게 되자 이제는 위협을 느끼게 된 하청수는 자신이 키운 개를
잡아먹을 계획을 세운다.

하청수가 장안의 검계(劍契)[22] 패들을 사주해 우도의 암살을
지시하고 실행에 옮긴 날, 우도에게 이 일을 누설한 자가 바로
그 하청수의 딸 하명혜(河明惠)였다.

명혜는 평소 마음을 주던 우도에게 도망가라 일렀건만, 우도
는 자신의 가족과 심복들마저 모두 제거 대상임을 알고는 하청
수와 맞서게 되고, 결국 하청수는 접전 도중 우도의 손에 죽임
당하고 말았다. 그러곤 하청수의 외동딸 명혜를 후처로 들이고
하청수의 유산 위탁관리자를 자처했다.

자연히 하청수의 집과 재산, 조직을 접수하게 된 우도는 막
대한 돈을 풀어 주변의 환심을 샀다. 경강 포구의 여각조합과

---

22. 검계(劍契) : 칼을 차고 다니던 조선 후기의 폭력 조직.

경강상인들의 전폭적인 지지와 찬동 하에 강상(江商)[23]의 새로운 주인이 된 우도는, 명실공히 한양 최고의 거부로 거듭나게 된 것이다.

2년 뒤, 하명혜가 열여덟 나이에 아들 상익을 낳게 되자 우도는 하청수가 가진 유산의 공식적인 주인이 되었다. 그렇게 하청수의 재산을 모두 차지한 우도는 경강 포구 대부분의 여각을 관리하고 일감을 독차지하는 경강 포구 제일의 부자가 되었다.

폭력검계패 출신 우도는 세상이 모두 알아주는 부자가 되고부터, 단순 폭력단 대장으로서는 인왕산패의 미래가 불투명하다는 사실에 직면한다. 아직도 거친 성정으로 장안을 휘젓는 부하들이나 수시로 찾아오는 반대파들의 살해 기도를 겪으며 인왕산이 변해야 생존할 수 있다는 숙제를 안게 된 것이다.

그때 만난 진사 이륜.

양반 출신의 이륜은 아내의 병수발을 위해 우도를 찾아와 무릎을 꿇었다. 구구절절 긴 말은 없어도 그 형형한 눈빛과 인왕산을 조선 제일의 거상으로 만들겠다는 그 담대한 포부를 받아들인 우도는 이륜과 함께 인왕산의 전성기를 열어갔다.

우도는 이제 남부러울 것 없는 장안 제일의 부자, 돈과 힘을 다 쥐고 있는 상단의 대주가 되어 더 큰 꿈을 모색하기 시작했다. 돈으로 신분을 사들여 어느 시골 마을의 양반으로 살아가

---

23. 강상(江商) : 경강상인(京江商人)의 다른 말. 경상(京商)이라 하기도 한다.

는 일은 어쩌면 우도에겐 쉬운 일이었을지도 모른다. 하지만 상인이 대우받는 미래, 그 자존심을 위해 중인 신분을 고집하는 우도.

양반도 버리고 장사의 길로 뛰어든 이류이 제시하는 미래와 당위성에 우도는 신분 세탁의 미련을 접었다. 하지만 모든 것을 다 가진 우도에게도 풀리지 않는 좌불안석의 집안 문제가 있었다.

자신의 부와 자신의 미래를 감당할 아들 상익은 소양 부족 자질 부족으로 자라나 끝장판 파락호의 진수를 보여주고 있고, 귀한 아들을 낳아준 후처 하명혜는 아버지 하청수를 죽이는 데 일조했다는 죄책감으로 병을 얻고 우도와 소원해지더니 이젠 원수와도 같은 사이가 되고 만 것이다.

그럴 때면 우도는 이류을 본다.

강하를 낳고 우도의 청지기가 되었고, 결국 병든 그 아내마저 떠났지만 자신의 곁을 지키고 있는 이류. 돈은 얼마든지 지원할 테니 유학자의 인생을 살아가라 떠밀어도 이류은 우도를 버리지 않았다. 함께했던 부하들 모두 제 몫의 돈과 부를 가지고 제각각 떠나갔어도 이류은 떠나지 않았다. 이류의 그 충심과 의리가 우도의 인왕산을 한양 땅, 그 밤의 제국을 공고히 지키는 반석이 돼준 것이었다.

"부르셨습니까?"

술에 만취한 상익이 호위들의 부축을 받으며 쪽방 앞에 서 있었다. 그 술기운으로 가득한 인사. 쪽방에서 나온 우도가 무표정한 눈빛으로, 돋보기 너머 그런 상익을 빤히 보다가 창고 중앙 탁자로 걸음을 옮겼다.

"무슨 생각인 게냐?"

그 뒤를 상익이 비틀비틀 따랐다.

"뭐가…… 말입니까?"

우도가 상석에 앉았다.

"양화진 말이다."

상익이 아무 자리나 털썩 앉았다. 이륜이 우도 옆에 자리하면서 상익을 부축해 온 호위들에게 물러나라 손짓했다. 호위들이 빠른 걸음으로 2층 창고를 빠져나갔다.

"아― 그거? 그 쥐새끼들이 말입니다. 야금야금 쌀가마니나 훔치더니 간덩이가 부어가지고 이젠 나주에서 올라오는 세곡선 한 척을 아예 통으로 먹었습니다. 인왕산 거라는 거 뻔히 알면서 이 새끼들이요."

우도의 마뜩잖은 눈길이 상익에게 쏟아졌다.

"암행대 사업은 당분간 다시 이 진사가 맡는다."

상익과 이 진사가 같이 놀랐다. 이 진사에게도 전혀 언질이 없던 이야기.

"아버님. 그건 좀 곤란합니다. 그럼 제 꼴이 뭐가 됩니까?"

"아무 때나 휘두르라고 너한테 칼자루 쥐어준 게 아냐."

상익의 불쾌한 심경이 이륜에게 향했다.

"이거 이 진사 생각이오?"

"저도 지금 처음 듣습니다."

애꿎은 이륜을 향한 상익의 발끈한 호흡을 우도가 끊었다.

"송도 일은 어떻게 돼가?"

아직도 이륜에게 의심을 눈초리를 거두지 못한 상익이 옷매무새를 고치는 시늉을 했다.

"송상의 당화거간(唐貨居間)[24], 환전거간(換錢居間)[25]들. 요놈들 작업은 거의 다 끝났고요. 인삼 거래하는 삼거간(蔘居間)[26]들. 요놈들이 깐깐한데 장철기 배진남이 지금 막판 작업 중입니다."

"새 나갈 일은 없고?"

"그 작업 들어간 지 햇수로 벌써 삼 년이 넘어가는데 새 나갔음 벌써 새 나갔죠."

"너는 당분간 송도 일 그거나 신경 써."

"아버님. 그래도 암행대 손 떼라니요? 명색이 소대주가……"

우도가 날카롭게 상익의 말을 자르고 들어왔다.

"명색이 소대주가 밤낮 술에 절어 다니는 게냐? 내가 멀쩡한 네놈 낯짝을 언제 봤더냐?"

상익이 고개를 떨궜다.

"죄송합니다……"

---

24. 당화거간(唐貨居間) : 청에서 수입되던 물품을 중개하던 거간.
25. 환전거간(換錢居間) : 금전거래를 중개하던 거간.
26. 삼거간(蔘居間) : 인삼거래를 중개하던 거간.

우도가 옅은 한숨을 내뱉고 잠시 입을 다물고 있다가 나직하게 말했다.

"송도 사업은 한 치의 빈틈도 있어선 안 돼. 거기에 인왕산의 미래가 다 걸려있어."

"압니다. 아니까 제가……"

결국 우도의 고성이 창고 안에 터져 나왔다.

"아는 놈이 아무 데서나 칼질을 해!"

우도의 노기에 상익이 부르르 떨었다. 그런 상익을 노려보다 깊은 한숨을 내뱉고는 우도가 딱딱한 목소리로 말했다.

"나가."

굳은 얼굴로 바닥만 내려다보고 있던 상익이 벌떡 일어나 넙죽 인사하더니 요란하게 창고 계단을 내려갔다. 쿵쿵쿵— 한참이나 그 소리가 창고 안을 맴돌았고 우도와 이륜은 아무 말도 없었다.

이륜이 쪽방 문을 자물쇠로 채우고 열쇠를 들고 돌아섰다. 반쯤 열려있는 창밖으로 창고 밖 골목길을 내다보고 있던 우도에게 이륜이 공손하게 열쇠를 내밀자 우도가 목걸이처럼 열쇠를 목에 걸고 품 안에 채비했다.

"포청은 어떻게 됐어?"

"사건 담당하는 포교를 만나볼 생각입니다. 여기저기 쑤시고 다니는 걸 보니 냄새를 맡은 듯합니다."

"강하도 거기 있었던 거야?"

"그 아이가 무과를 본다니까 담력 키우라고 도련님이 송 대장한테 얘기해서 암행 일에 끼워준 모양입니다."

"무과는 어찌 됐어?"

"인연이 없었던 것 같습니다."

우도의 시선이 누군가를 찾듯 창밖에서 떠나지 않았다.

"그래서 술만 먹고 돌아다니는 거야?"

이륜은 대답할 말을 찾지 못한 사람처럼 서 있었다.

"상익이 놈한테 배운 게 뭐가 있겠어?"

그저 고요한 눈빛만으로 서 있는 이륜을 뒤에 남겨두고 우도가 걸음을 옮겨 창고 계단으로 향했다.

"세상 사업 중에 제일 힘든 게 자식 사업이야. 임금도 어쩌지 못해."

우도가 떠난 자리, 이륜이 일상인 듯 창문을 닫기 시작했다.

이륜이 본가의 마당으로 나 있는 싸전 행랑 창고 계단 입구로 나오자 창고 입구를 지키던 본가의 호위들이 허리를 세우고 일제히 인사를 올렸다. 이륜의 시선에 저만치 몸종들이 대기하는 사랑채 대청마루로 올라서는 우도가 보였다. 몸종들이 우도를 보필해 사랑채로 들어갔다. 그 대청마루로 걸음을 옮긴 이륜이 대청마루 앞에서 깊이 절하고 물러났다.

이제 퇴근할 시간. 우포청에서 발급한 통행허가서를 지닌 이륜은 야심한 밤이 되어야 집으로 돌아가곤 했다. 이륜이 마당을 가로질러 대문 가로 오는데 행랑채 담벼락 검은 어둠 속에서 기다리고 있던 상익이 앞을 막았다.

"이 진사."

짐작하고 있었던 듯 이륜의 대답이 차분했다.

"네, 도련님."

"암행대 그거 꼭 내 손에서 뺏어야겠소?"

"제 의중이 아닙니다."

"그럼 거절이라도 하시든가."

"대주 어르신 일 처리 방식, 아시지 않습니까? 제 의중이 필요했다면 제게 물어보셨을 겁니다."

상익이 인상을 구기며 머리를 쓸었다.

"아— 이렇게 사사건건…… 소대주 시켜놓고 뭐 키워주는 맛이 전혀 없잖아."

이륜이 상익에게 인사를 하고 대문으로 걸음을 옮기다 멈춰섰다.

"인왕산은 강상의 육십만 석을 움직이는 조직입니다."

"누가 모른답니까?"

"거기에다 지금 추진하는 인삼 사업을 더하면, 전국 최고의 거상이 됩니다."

"다 안다고."

"그 황금과 부귀를 쥐고 흔드실 분이 도련님이십니다."

상익이 입맛을 다셨다.

"예. 뭐……"

"한낱 칼부림에 행여 빈틈이 생기면 모든 게 물거품이 될 수도 있습니다. 어떻게든, 무슨 수를 쓰든 그걸 지켜내는 게 제 역할입니다."

"뭐 그렇죠."

"도련님은 송도 일만 신경 쓰시면 됩니다. 작고 날카로운 일에는 나서시지 않는 게 좋습니다. 인왕산 소대주의 위신에 어울리지 않습니다."

상익의 입에서 긴 한숨이 터져 나왔다.

"거 참……!"

이륜이 다시 깍듯하게 상익에게 조아리며 인사했다.

"그럼 물러가 보겠습니다."

이륜이 자리를 뜨자, 대문간에서 말을 잡고 대기 중인 홍길이 나설 채비를 했다. 이륜의 뒤끝을 떨떠름하게 보고 있던 상익이 실팍한 눈으로 중얼거렸다.

"당신 말이 맞겠지. 그지?"

7. 도라지

인적이 드문 밤, 송도(松都)[27]의 어느 다리.

그 다리로 누군가 검은 인영이 발걸음을 재촉하며 걸어오고 있었다. 갓을 쓴 도포 차림의 사내 하나가 연신 뒤를 힐끔거리며 다리 중간으로 진입하고 있었다. 인왕산 소대주 하상익의 밀정 역할로 송도로 파견 나온 장철기였다.

장철기가 다리 중간쯤에 이를 즈음 반대쪽 다리 진입로 근방에서 말발굽 소리가 들려오기 시작했다. 장철기가 자신이 건너왔던 방향으로 몸을 틀다가 우뚝 멈춰 섰다. 그곳에서도 말발굽 소리가 어둠을 찢고 들려왔다. 곧이어 다리 양쪽에서 2마리씩의 말들이 모습을 드러냈다. 다리 가운데 우두커니 서 있는 장철기를 향해 4마리의 말이 달려왔다. 목표는 명확했다. 겁에 질린 채 어쩔 줄 모르고 서 있는 장철기였다.

---

27. 송도(松都) : '개성'의 옛 이름. 고려의 수도.

달려오는 말을 피해 도망갈 곳은 단 하나. 겁에 질려있던 장철기는 이를 악다물고 황급히 다리 난간을 향해 뛰었다. 장철기가 다리 난간을 짚고 뛰어오를 때쯤 맹렬한 속도로 장철기를 지나며 올가미 하나가 날아들었다. 다리 위에서 강을 향해 뛰어오른 장철기는 곧장 목을 휘감는 올가미와 함께 몸이 허공으로 떠오르는 걸 느꼈다.

차가운 물세례가 쏟아졌다.

장철기가 땔감 창고 안에서 눈을 떴다.

돼지고기 달아 놓듯이 창고 대들보에서 내려온 줄에 장철기를 달아 놓고 매타작이 한바탕 쏟아진 직후였다. 땔감들이 여기저기 마구잡이로 쌓여있는 창고 안을 벽에 걸린 횃불이 비추고 있는 사이로, 피투성이 얼굴로 매달려 있던 장철기가 허연 김을 뿜어내며 마지막 안간힘을 짜내듯이 중얼거렸다.

"그냥…… 죽여라."

어둠 속에서 곰방대 연기가 피어올랐다. 그 연기를 뚫고 사내 하나가 어둠 속에서 모습을 드러냈다. 눈가에서 입까지 세로로 길게 난 칼자국, 느물거리는 웃음과 번들거리는 인광의 사내, 송방(松房)[28]이 부리고 있는 검계패, 월악산 패거리의 젊은 두목 도라지였다. 걸쭉하고 흉포한 목소리가 도라지의 입에서 나직하게 흘러나왔다.

---

28. 송방(松房) : 개성 사람이 주단, 포목 따위를 팔던 가게, 또는 송상(松商)을 달리 이르는 말.

"에라이…… 인왕산 새끼들……."

도라지.

출생도 부모도 모르는 고아.

월악산 출신의 검계패들이 한양으로 모여들면서 길가에서 주워 온 아이.

한양 땅에서 월악산 검계패들의 밥 수발에 잔심부름이나 하던 도라지는 검계패들의 손에 자라면서 검을 배우고 주먹을 배우고 배짱을 배우고 잔혹함을 배우고 세상의 어둠을 배웠다. 그러다 어느덧 월악산 검계패 젊은 주먹패들 중에 가장 눈에 띄는 인물로 성장한 도라지는 그 잔인함과 비정함으로 월악산패의 부두목 자리까지 올라 세를 키웠다. 한양 땅의 여러 폭력단들 사이 가장 두각을 나타내는 인왕산패와도 어깨를 나란히 할 정도로 성장한 월악산패의 핵심에 도라지가 있었다.

그런 도라지가 여차하면 한판 벌일 모양새로 운종가 시전까지 접수에 나서려던 때, 인왕산이 본격적으로 무력 사업에 손을 대기 시작했다. 이전까지 칼싸움에는 흥미 없어 보이던 인왕산이 민심이 들끓고 조정이 검계 소동으로 연일 대책 마련에 바쁘자, 일거에 한양 땅 검계패들을 소탕하기 시작한 것이었다.

그 배후에 인왕산 책사 이륜이 있었다.

천 명의 인왕산 호위대들을 총동원하고, 암행대라 불리는 반촌패의 칼날을 앞세워 장안의 검계패들을 모두 소탕하고 한양 땅에서 추방해 버린 이류. 이때 두목을 잃고, 남은 잔당을 끌고 전국을 부랑자 신세로 돌아다니던 도라지가 겨우 정착한 곳이 송도였다. 강도떼에게 둘러싸여 곤욕을 치르던 송상 대행수 황정균을 구해준 인연으로 황정균의 호위패로 들어간 도라지는 황정균이 벌이는 사업의 무력 용역배로 날개를 달고 훨훨 날았다. 황정균의 눈 밖에 난 놈들만 목 따주면 되는 편한 직장에서 살진 돼지처럼 살아가던 자신과 부하들의 꼬락서니에 시큰둥해질 즈음, 장철기를 만나게 된 것이다.

뭔가 인왕산의 냄새가 물씬 풍겨 나오는 작자. 이놈 장철기.

도라지 부하들의 극진한 인사를 받으며 커다란 흑립과 하얀 비단 도포에 검은 술띠를 맨 양반 사내가 창고 안으로 들어섰다. 송상 대행수이자 도라지의 주인 황정균이었다. 황정균의 뒤로 이미 피떡이 된 사내가 창고 안으로 끌려들어 왔다. 황정균이 비단 수건을 꺼내 코를 막으며 새 옷에 피라도 튈까 얼른 옆으로 몸을 피했다.

"어허이— 살살."

연신 굽실거리며 금방 데리고 온 피투성이 사내를 창고 가운데 묶여 있던 장철기 옆에다 매다는 도라지의 부하들. 장철기가 피투성이 눈빛으로 자신의 옆에 매달리는 사내를 알아보았다.

"진남아……."

피투성이 사내가 장철기를 알아보았다. 같이 송상의 밀정으로 투입된 배진남이었다.

"형님……."

얼굴을 알아보기 힘들 정도로 피떡이 돼버린 배진남을 보며 장철기의 눈에서 피눈물이 흘렀다. 배진남도 같이 피눈물을 흘렀다. 그 꼴을 보고 있던 도라지가 혀를 끌끌 차더니 황정균에게 뭔가 귓속말을 했다. 황정균이 간단하게 끄덕이자 도라지가 칼을 질질 끌면서 장철기와 배진남 앞으로 다가왔다. 배진남이 도라지를 향해 눈을 부라렸다.

"너희들이 이대로—"

배진남의 말이 채 끝나기도 전에 도라지의 칼이 거침없이 허공을 갈랐다. 그대로 배진남의 목이 속절없이 떨어져 바닥에 뒹굴었다. 배진남의 목에서 터져 나온 붉은 피가 장철기의 얼굴에 뿌려졌다.

"진남아!"

장철기가 울부짖었다. 몸을 비틀어대며 울부짖는 장철기를 도라지가 느물하게 보았다.

"너희들이 이대로…… 잘 살 거 같으냐 뭐 이런 거 아니겠어?"

눈알이 튀어나올 듯 장철기가 도라지를 노려보았다.

"이 개새끼들……."

도라지가 아직도 배진남의 피가 흘러내리는 칼을 들어 장철기의 머리통을 툭툭 건드렸다.

"니들 인왕산 맞지? 인왕산이 너들 뒷배 맞잖아. 또 누가 있어? 여기 겨들어 온 놈들."

"나 따라 저승 가면…… 거기서 가르쳐 줄게. 개새끼들아……."

도라지가 시큰둥하니 장철기를 보고 있다가 황정균을 돌아보았다. 황정균이 비단 수건으로 코를 막은 채 고개를 끄덕였다. 도라지가 칼날을 장철기의 목덜미 여기저기에 대보았다. 어디를 칠까…… 여기를 칠까, 저기를 칠까…… 입술을 삐죽 내밀고 한동안 물끄러미 장철기를 보던 도라지가 중얼거렸다.

"그래. 거기서 보자."

그러고는 이내 도라지의 칼이 허공을 갈랐다. 사방에 장철기의 피가 흩뿌려졌고 장철기의 목이 땅에 떨어졌다.

8. 장문정(張文貞)

"대주 어르신. 이게 매번 우리 싸전 도중(都中)[29]들만 손해 보는 게 억울해서 그럽니다. 시전에서 장사 걷는 손해는 포구의 여각들도 같이 책임져야지요."

운종가 싸전 전주가 물잔을 내려놓으며 우도를 향해 말문을 열었다. 인왕산 싸전 2층 창고는 싸전 도중에서 나온 싸전의 전주들로 북적거렸다. 중앙 상석에 앉은 우도와 그 좌우로 앉은 이륜과 상익에게 하소연 바쁜 전주들 너머로 인왕산 막내 호위들이 물 주전자와 떡 쟁반을 들고 수발에 바빴다. 그들 사이 강하도 수발에 바쁘다가 싸전 전주의 하소연이 시작되자 이륜의 손짓에 따라 막내 호위들과 함께 구석에 시립했다.

"아예 두 배로 올리든가요."

상익이가 회의 탁자를 치며 고개를 끄덕였다.

---

29. 도중(都中) : 시전의 동업자 단체. 일종의 조합.

"까짓것 올립시다. 보름 장사 접고 두 배 어떻습니까?"

전주들의 반응이야 뜨거울 수밖에.

"역시 도련님이 시원시원하십니다!"

"저희야 대찬성입니다!"

그런 분위기에 찬물을 뿌리며 이륜이 나섰다.

"강상곡(江上穀)[30] 매점매석은 신중해야 합니다. 신해년 통공[31]이 있은 뒤부터 조정도 예전 같지 않고 장안에 쌀이 끊겨 불만이 거세지면 폭동이 일어날 수도 있습니다."

전주들의 혀 차는 소리가 쏟아지자 상익이 이륜을 보며 목소리를 높였다.

"그걸 막아주는 게 인왕산이고, 그래서 이 전주들이 우리 인왕산만 믿고 장사하는 거 아니요?"

"조정의 일이야 어찌어찌 막아도 백성이 들고일어나면 그건 아무도 못 막습니다."

이륜의 그 말에 상익도 전주들도 아무 대답을 못 했다. 우도도 말이 없었다.

"장안 사람들 중에는 하루 벌어 하루 곡식으로 살아가는 사람들이 많습니다. 싸전이 오래 문 닫으면 그 원한이 어디로 오겠습니까? 해서, 쉬는 기간 돌아가며 한 군데는 열어둬야 합니다. 장사 접는 기한은 열흘은 길고 이틀은 짧고, 나흘로 하는

---

30. 강상곡(江上穀) : 경강으로 올라와 한양 일대에 공급되는 곡식.
31. 신해통공(辛亥通共) : 1791년. 정조 15년. 각 시전(市廛)의 국역(國役)은 존속시키면서 도가(都價)상업에 대해 공식적으로 금난전권(禁亂廛權)을 금지시킨 조치.

게 어떻겠습니까?"

이륜의 말을 상익이 받았다.

"나흘 가지고 간에 기별이라도 간답니까?"

"삼도(三道)[32]가 모두 흉년이라 비축해둔 강상미(江上米)[33], 공가미(貢價米)[34]가 다 삼도로 내려갔다 하면 될 것이고, 현재 싸전 시세가 가마니에 닷 냥 두 전이니까 닷 냥 닷 전까지만 올립니다."

결국 전주들의 불만이 터져 나왔다.

"그거 올려가지고 뭐가 남습니까?"

"우리는 뭐 땅 파서 장사한답니까?"

운종가 시전의 전주가 다시 나섰다.

"이건 대주 어르신 말씀이 계셔야 하지 않겠습니까?"

말없이 듣고만 있던 우도가 그제야 입을 뗐다.

"셈이야 이 진사 계산이 틀린 적 있었소? 이 진사 생각대로 합시다."

상익의 미간이 갈라졌다. 언제나 이 진사 이 진사…… 오늘 또 아버지는 나를 묵살하고 이륜을 밀고 있다.

"각 싸전마다 그동안 장사 접는 손해는 인왕산이 일괄 계산해 보내드리겠습니다. 동의하시면 거수하시지요."

이륜의 그 말에 서로 눈치만 보고 있던 전주들이 하나둘 손

---

32. 삼도(三道) : 조선 시대 경상도, 전라도, 충청도를 아울러 부르던 말.
33. 강상미(江上米) : 경강에 집하하는 쌀.
34. 공가미(貢價米) : 백성들이 특산물 대신 나라에 바치는 쌀.

을 들었다. 괘씸하니 보고 있던 상익이 벌떡 일어나 자리를 떴다. 봤는지 못 봤는지 우도는 창고 계단으로 내려가는 상익에게 시선 한번 주지 않았고 창고에 모인 전주들 전원이 손을 드는 것만 지켜보았다. 이륜이 자리를 정리했다.

"다음 회동은 영업 개시 전날 하겠습니다. 수고들 하셨습니다."

전주들이 모두 빠져나간 자리를 막내 호위들이 치우기에 바빴다. 우도와 이륜이 쪽방에서 서류 작업을 마치고 나오자 호위들과 강하가 꾸벅 인사하고는 계단으로 내려갔다. 갓을 챙겨 든 이륜이 우도에게 인사했다.

"저는 정자에 좀 다녀올까 합니다."

강하가 내려간 계단으로 우도가 눈길을 돌렸다.

"언제까지 애를 저렇게 굴릴 셈이야? 뭐라도 쥐여줘야 할 거 아냐. 여각이라도 하나 내주든가."

"아직 제 몫을 할 깜냥이 아닙니다. 이제 무과의 뜻을 접었다고 하니 조만간 거간 일을 가르쳐 볼까 합니다."

"나는 그 나이에 이 인왕산 사업을 시작했어."

이륜이 아무 대답도 하지 않고 우두커니 서 있기만 하자 우도가 쪽방을 향해 돌아섰다.

"이 진사 생각이 있겠지."

한동안 말없이 서 있던 이륜이 우도가 들어간 쪽방을 향해 허리 숙여 인사하더니 강하가 내려간 계단으로 향했다. 하루도 빼놓지 않고 부자가 오르고 내리던 계단. 오늘따라 그 계단이 유독 가팔라 보였다. 중심을 잘 잡고 넘어지지 않게. 삐걱거리는 소리 하나 안 나게, 조심스럽게 이륜이 계단을 내려갔다.

산해진미가 깔린 안주상을 놓고 이륜이 경수와 마주 앉았다. 사람을 보내 포교 채경수를 모신 자리. 저 자리에 우포장 김영출이 앉았었고 포도부장 황경도가 앉았었다. 그 자리에 채경수가 와서 앉아 있는 것이다.

"뇌물이네?"

경수가 쇠고기 산적을 날름거리며 눈빛을 빛냈다.

"그렇습니다."

술잔을 채우는 이륜의 담담한 대답에 피식거리던 경수가 주변을 돌아보았다.

"인왕산 이 진사 팔각정은 소문만 들었는데…… 조선팔도 산해진미는 다 먹을 수 있다는 게 사실이었구만."

"보잘것없습니다."

"이렇게 몸보신시켜주는 이유가 뭐요?"

자신의 잔에도 술을 채운 이륜이 술잔을 들고 차분하게 말했다.

"양화진, 저희가 했습니다."

바쁘게 안주를 고르던 경수의 젓가락질이 일순 멈췄다.

"세게 나오시네. 솔직하고."

"어느 안전이라고 거짓이 있겠습니까?"

경수가 안줏거리를 마저 골라 입에 물었다.

"이 진사요? 하상익이오? 세간에는 하상익이 짓이다, 그런 말들이 많던데."

술잔을 든 이륜의 눈빛은 고요하기만 했다.

"제가 했습니다."

흘깃 이륜을 흘려보던 경수가 술잔을 비웠다.

"하상익이가 했네. 소문대로구만."

잔을 비운 이륜이 흔들림 없는 시선과 호흡으로 경수를 바라보았다.

"양화진 창고는 천변 거지패들의 쌀 보관 창고였는데 근처를 지나던 북방의 군도패들이 쌀이 탐 나서 칼질을 불렀다. 이 잡다한 흉패들끼리 싸움을 벌여 그 사달이 났다. 어떻습니까?"

경수가 한입 가득 쇠고기 산적을 욱여넣었다.

"초면에 그렇게 나오면 두 가진데…… 날 개좆으로 봤거나 종 2품 포장 자리에 앉혀줄 생각이거나."

"좋은 일을 같이 좀 도모할까 합니다."

"좋은 일?"

"요즘 경강의 나루마다 인신매매가 극성이지 않습니까? 듣자 하니 청으로 팔아넘긴 처자들의 머릿수가 벌써 기백이 넘는다고 들었습니다."

"그래서?"

"어전에서도 심려가 깊다고 들었습니다. 좌우포청과 형조 한 성부 모두 나섰지만 근절이 안 되고 있지 않습니까? 일각에서 는 임금께서 훈련원의 군관들까지 모두 동원하신다는 말까지 하고 있습니다."

어전이란 단어가 이륜의 입에서 나왔다. 임금이란 단어가 나 왔다. 걸신들린 듯했던 경수의 젓가락질이 느려졌다.

"그래서…… 요?"

이륜의 정갈한 얼굴에는 어떤 미동도 없었다.

"싹 그리 잡아다 나리께 드리겠습니다. 포도부장으로 오르시 는 데 문제가 없으실 겁니다."

경수가 술잔 너머로 이륜을 흘깃 보았다.

"구 년인가 십 년 전에, 우리 우포장 영감께서 포도부장할 때, 장안에 검계패들 싹 정리해서 종사관 달아 준 이가 인왕산 이 진사라는 소문…… 사실이오? 내 그때 의금부 나장으로 빡 빡 길 때였는데."

이륜이 다시 경수의 잔에 술을 따랐다.

"소문은 그저 소문일 뿐입니다."

"경강 인신매매, 것두 소문이 될 테고?"

이륜이 자신의 잔을 채웠다.

"아마도."

경수가 천천히 잔을 비우더니 내려놓았다.

"승진해봐야 일만 많아지지 뭐…… 생각해 봅시다."

경수가 다시 경망하게 젓가락을 놀리기 시작했다. 물끄러미 경수의 젓가락질을 보고 있는 이륜에게 텁텁한 오후의 바람이 스쳐 지나갔다.

밤길을 강하가 비틀거렸다.

오늘도 반촌의 동구와 술을 비웠다. 강하가 호위대 술창고에서 더덕주를 훔쳐 나왔고 동구가 반촌에서 닭 한 마리를 훔쳐 나왔었다. 훔쳐 나온 술과 안주는 달았고 냇가의 모닥불은 잘도 탔었다. 그렇게 또 하루가 가고 인왕산 싸전으로 귀가하는 길, 그 골목길에서 강하는 만취한 걸음으로 비틀거렸다.

강하가 골목길 모퉁이를 돌아 나올 때였다. 인기척 하나가 화들짝 놀라며 물러나는 것이 느껴졌다. 비틀거리는 시선으로 강하가 그 인기척을 궁금해했다. 꾀죄죄한 행색에 무명천으로 감싼 함 보따리를 든 처자 하나가 강하를 노려보고 서 있었다. 길을 가다 강하와 부딪힐 뻔했던 것이다. 악다문 입술에 서슬 퍼런 눈빛의 처자. 아직 스물도 되지 않은 나이에 여느 집 하녀의 몽당치마로 서서 취객 강하를 째려보고 있는 처자. 강하가 허우적대듯 무의미하게 손을 뻗었다.

"미안하네. 옆에 있는 줄 몰랐네."

그 손길을 피해 옆으로 쌩하니 비켜난 처자의 눈빛과 목소리에서 싸늘하다 못해 독기가 뿜어 나왔다. 낮고 갈라진 독기.

"꺼져."

그러고는 쌩하니 걸음을 옮겨 바삐 가버리는 처자. 저 쥐똥만한 게. 강하는 올라오는 욕지거리를 간신히 참고 우물거렸다.

"저 씨……."

인왕산 싸전이 파장으로 바빴다. 쌀가마와 쌀 바구니를 정리하고 있는 싸전의 점원들 너머로 함 보따리를 끌어안은 처자가 다가오는 것이 보였다.

"끝났소. 내일 오시오."

처자는 물러날 생각이 없었다.

"인왕산 어르신 만나러 왔어요."

대문간을 두고 싸전 행랑에 와서 인왕산 어르신을 찾는 손님은 없었다. 그것도 이 시간에, 그것도 하녀 따위가. 점원의 눈빛이 싸늘하게 찢어졌다.

"누구 소개로 왔소?"

처자가 눈빛 하나 흐트러지지 않고 점원을 응시했다.

"장철기 거간이 제 아비예요."

눈알을 부라리고 서 있는 그 처자, 장문정(張文貞).

인왕산패의 거간 장철기의 딸.

금전거래를 중개하던 환전거간 장철기의 딸인 문정은 서촌의 중인층 집안 여식이었다. 막내를 낳다 돌아가신 어머니를 대신해 어린 두 동생을 엄마 대신 키우다시피 한 소녀 가장으로 인왕산 아래 서촌에서 태어나 자랐다. 똘똘하기 그지없는 큰딸이 대견해 아비 장철기는 문정을 가르치는 재미로 살았었다. 장철기의 별난 애착으로 어릴 때부터 언문과 한자, 셈과 부기 등을 모두 배워 똑똑하고 당차기가 웬만한 사내 저리가라였던 문정.

그런 문정이 늦은 밤, 함 보따리 하나 들고 인왕산을 처음 찾아온 것이었다. 오늘 낮, 송도에서 왔다는 등짐장수 하나가 마당으로 들고 들어 온 그 함 보따리.

문정의 아래위를 날카롭게 훑던 점원이 싸전 안으로 급하게 뛰어 들어갔다.

문정은 꼼짝도 하지 않고 자리에 서 있었다. 그러다 어떤 인기척을 느끼고 옆을 돌아보았다. 비틀거리는 인기척 하나가 저만치 싸전 기둥을 잡고 문정을 물끄러미 보고 있었다. 아까 그 부딪힐 뻔했던 젊은 취객, 그 재수 없던 무뢰배. 문정은 혐오 가득한 얼굴로 강하에게서 눈길을 거두고 점원이 들어간 싸전으로 시선을 돌렸다. 그렇게 일말의 미동도 없는 석상이 되어버린 문정.

싸전으로 들어갔던 점원이 대문간에서 나와 문정을 불렀다. 문정을 대문 안으로 데리고 들어간 점원이 문정을 세워 놓고 다시 어디론가 뛰어갔다. 잠시 후에 비단옷의 도련님 하나가 문정 앞으로 점원과 함께 나타났다. 상익이었다. 다가온 상익이 문정을 빤히 보다가 한숨을 내쉬었다.

"죽었다……? 장철기가 죽었다 이거지?"

함 보따리를 안은 문정의 눈에서 아비 잃은 슬픔 따위는 보이지 않았다. 또랑또랑한 결기로, 싸늘한 냉기로 상익을 쏘아보고 있는 문정. 상익이 마당 저편 우도의 사랑채를 힐긋거리다 문정에게 시선을 돌렸다.

"그 소식 언제 온 거야?"

문정이 딱딱 부러졌다.

"저녁 짓기 전에, 집으로, 사람이 왔습니다."

상익이 품을 뒤져 엽전 주머니를 찾아 들었다.

"장 거간 딸이라고?"

"네."

상익이 문정의 손에 엽전 몇 푼을 꺼내 쥐여주었다.

"아버님은 너 같은 계집종들이 막 만나고 그럴 분이 아냐. 이거 들고 가고, 함부로 찾아오는 거 아니다."

상익의 말이 끝나기도 전에 문정의 말이 날카롭게 상익의 면상으로 날아들었다.

"복수해 주세요."

상익이 황당하니 문정을 보다 점원을 돌아보았다. 내가 누군지 말 안 했나 이놈이? 점원이 상익의 시선에 잔뜩 겁을 집어먹고 우물쭈물하는데 문정이 다시 쏘아붙였다.

"인왕산 일하다 죽었어요. 복수해야죠."

상익의 입에서 허이구— 소리가 절로 나왔다. 문정이 손에 든 엽전을 상익의 손에 내던지듯 돌려주었다.

"그리고 저 계집종 아닙니다. 그런 천것 아니라고요. 아비가 환전거간! 서촌의 중인집 여식입니다!"

뭐라도 한 대 맞은 양 입을 쩍 벌린 상익이 문정과 점원을 번갈아 보았다.

"뭐냐 이건?"

이제는 아예 울상이 되어버린 점원은 아랑곳없이 문정은 한 걸음도 물러날 생각 없이 서 있었다.

술을 깨려고 파장이 끝나가는 싸전 좌판에 퍼질러 앉아 있던 강하가 시끌시끌한 소리에 고개를 들었다. 저만치 본가 대문가에서 점원이 아까 그 처자를 멱살잡이하듯이 끌고 나오는 게 보였다. 함 보따리를 안은 처자를 패대기치듯 대문 밖으로 내동댕이친 점원이 처자를 쫓아내는 게 보였다. 처자가 눈을 부라리며 소리를 지르고는 냅다 골목길 저편으로 뛰어갔다.

"이 썩어 죽을 것들아!"

"저 씨발년이!"

점원이 쫓아가려다 가래침을 뱉어내고는 돌아섰다. 강하의 시선에 골목길 저편으로 뛰어가는 처자의 어깨가 울고 있는 듯이 보였다. 흔들리는 어깨가 격심하게, 울고 있는 것이 분명해 보였다.

　싸전 골목길을 지나, 인왕산 초입으로 걸음을 옮기면 아름드
리 버드나무 하나가 서 있는 공터가 나온다. 그 버드나무 아래,
문정이 바빴다. 함을 쌌던 무명천을 나뭇가지에 걸고는 올가미
를 만들고 있는 문정. 무명천이 짧아 매듭이 힘든지 낑낑대고
있었다. 올가미에 목을 걸어 보는데 영 시원찮았다. 치마라도 벗
어서 끈을 이을까. 문정이 고민에 고민을 더하고 있는데 어느새
근처까지 다가온 취객 강하가 물끄러미 구경하고 서 있는 꼴이
보였다. 올가미 걸던 손을 멈추고 문정이 강하를 째려보았다.
　"구경났어?"
　강하가 콧잔등을 슬슬 긁으며 느릿하게 말했다.
　"그래가지고 안 죽어."
　"뭐?"
　강하가 나뭇가지에 걸어 놓은 무명천 올가미를 힐긋 보았다.
　"매듭이 약하잖아. 해봐. 끊어지지."
　올가미를 툭툭 당겨보는 문정이 새침하니 말을 받았다.
　"뭔 소리야? 갈 길 가. 남의 일 신경 쓰지 말고."
　강하가 팔짱을 끼고는 멀거니 문정을 보았다.
　"나 장 거간 아저씨 안다. 경강 낚시도 몇 번 따라갔어."
　문정의 몸이 굳어졌다.
　"너…… 누군데?"

그저 벌건 얼굴로, 아직도 달아나지 않은 술기운으로 강하가 대답도 없이 문정을 보았다. 문정의 눈빛이 흔들리는 게 보였다. 구름이 태반을 가린 달빛에도 잘 보였다.

인정이 지난 한밤중에 창고 2층의 불이 모두 밝혀진 건 오랜만이었다. 더욱이 그 시각에 우도가 자리하고 있는 것도 일 년에 몇 번 없는 일이었다. 상석에 앉은 우도 옆으로 이륜이 자리하고 있고, 무장한 인왕산 호위들 십여 명이 벽에 붙어 서서 시립하고 있었다. 모두 다 탁자 위에 놓인 함을 보고 있었다. 정확하게는 그 함에서 나와 무명천 위에 올려져 있는 사람의 머리통, 장철기의 머리통을 보고 있었다. 문정이 내내 들고 다니던 그 함에는 아비 장철기의 머리통이 소금에 절여진 채 들어 있었던 것이다.

강하와 문정이 탁자 건너편 계단 입구에 우두커니 서 있었다. 문정은 아비의 머리통에서 눈을 돌리지 않았다. 그저 주먹을 굳게 쥐고 넘어지지 않으려 애쓰고 있을 뿐이었다.

창고 안은 바스락거리는 소리 하나 흐르지 않았다. 묵직한 그 침묵을 깨고 상익이 헐레벌떡 잠옷 차림으로 뛰어 올라왔다. 무슨 일인지 금세 알아차린 상익이 짜증 난 얼굴로 문정을 노려보고는 우도 옆자리에 털썩 앉았다.

"아이 거참!"

상익은 안중에도 없던 우도가 문정을 보았다.

"이렇게 왔더냐?"

기죽거나 슬픈 기색도 없이, 그저 당돌한 눈빛으로만 버티고 있는 문정.

"네. 함에 넣어서, 소금에 절여서 머리만 왔습니다."

이륜이 그런 문정을 보았다. 죽어라 버티고 있는 저 아이…… 철기의 딸……. 돌잔치 때 보고 지 어미 상 치르는 날 보고 몇 해 전 길을 지나다 철기와 같이 보았던 아이. 열 아들 안 부럽다 철기가 그렇게 자랑하던 아이.

상익이 치우라는 듯 호위들에게 손짓으로 재촉하면 호위들이 부리나케 장철기 머리통을 함에 넣어 치우기 시작했다. 문정이 독기를 가득 담아 떨리지도 않는 목소리로 우도를 향해 말했다.

"복수해 주세요. 저런 식으로 아비 받아서 살아갈 자식 없습니다."

상익이 함을 치우고 있는 호위들을 향해 역정을 냈다.

"니들은 이런 일을 뭐 여기까지 끌고 들어와?"

애꿎은 호위들이 쭈뼛거리며 긴장하고 있는 사이로 강하가 술김을 뿜어대며 호위들이 치우는 함만 물끄러미 보고 서 있었다. 상익이 우도를 향해 말했다.

"저 계집 내보내시면 말씀 좀 올리겠습니다. 송상 일 얘기도 있고……."

상익의 말이 끝나기도 전에 문정이 느닷없이 은장도를 빼 들었다.

"약속받기 전에는 못 나갑니다. 그냥 여기서 죽어버릴 겁니다!"

우도 앞에서 무기가 등장했다. 우도는 미동이 없었지만 이륜이 벌떡 일어났다. 본능적으로 호위들이 날카롭게 뛰어들었다. 하지만 옆에 있던 강하가 더 빨랐다. 부리나케 문정의 손을 잡고 문정을 낚아채듯 뒤에서 안았다.

"왜 이래?"

문정이 강하의 품에서 요동을 쳤다.

"놔! 놔!"

그 꼴을 보고 있던 상익이 피식거렸다.

"냅둬 봐라. 진짜 찌르나 보게."

문정의 앙칼진 목소리가 창고 안을 때렸다.

"놔! 이거 놔!"

문정의 요란한 몸부림에 흔들리던 강하가 문정의 은장도를 겨우 잡는가 하더니 우도와 이륜을 향해 다급하게 말을 뱉었다.

"제가 하겠습니다!"

문정이 요동을 멈췄다. 우도와 이륜도 시간이 멈춘 듯 강하를 보았다. 상익도 호위들도 무슨 말인가 꼼짝 않고 강하를 보았다. 문정의 손에서 천천히 은장도를 빼낸 강하가 몸을 추스르고 우도를 향해 반듯이 섰다.

"장 거간 복수…… 제가 하겠습니다."

무슨 소린가…… 모두가 황망히 강하를 보고 있는데 상익이 기가 막힌 얼굴로 강하에게 말했다.

"너 지금 이게 애들 장난으로 보이나?"

강하가 잔뜩 상기된 얼굴로 대답했다.

"아뇨. 진짜 제가 하겠습니다."

그 벌건 얼굴이 상익의 눈에 들어왔다.

"저 얼굴 벌건 게…… 너 또 술 훔쳐 먹었어?"

이륜이 우두커니 선 채 앉을 생각이 없어 보였다. 우도는 그런 아버지 이륜의 얼굴을 보지 않았다. 강하의 벌건 얼굴에는 이제 술기운이 보이지 않았다.

"장 씨 아저씨 모르는 사람도 아니고 낚시도 몇 번 따라갔고…… 제가 하겠습니다."

문정의 손이, 몸이 그제야 떨려오기 시작했다. 치맛자락을 부서질 듯 움켜쥐고 문정이 떨었다. 그 떨림이 강하에게 온전히 다가왔다. 그래도 문정은 울지 않았다. 치맛자락을 부여잡고 절대 무너지지 않을 각오로 서 있었다. 우도는 강하와 문정을 보며 아무 말도 없었다. 이륜은 그제야 아들 강하와 철기의 딸 문정 너머로, 호위들의 손에 치워지고 있는 함으로 시선을 돌렸다. 그 함 안에서 철기가 울고 있었다. 그 울음소리가 창고 안을 휘돌아 이륜의 귀에, 심장에 박혔다.

이륜은 그 울음에 침묵한 채, 어떤 질문도 없이 그렇게 우두커니 서 있었다.

"지금 송상에서 가장 두각을 나타내고 있는 자가 대행수 황정균입니다."

우도의 찻잔에 이륜이 차를 채우면서 말했다. 모두가 나가고 우도와 이륜과 상익만의 시간이 흐르고 있었다.

"힘쓰는 놈들도 열심히 모으고 있고, 인삼 밀무역을 놓고 의주의 만상들과도 거침없이 힘겨루기하는 잡니다."

찻잔을 입에 물고 우도는 말이 없었다.

"황정균이 데리고 있는 놈들이 대부분 월악산에서 놀던 검계패들입니다. 십 년 전 한양 땅에서 우리 손에 쫓겨난 놈들의 잔당이 그리로 몰린 모양입니다. 손속이 잔인한 데다 죽고 사는 데 두려움이 없는 자들이라 황정균이 그놈들을 믿고 일을 크게 벌이고 있는 셈입니다."

이륜이 상익의 찻잔도 채웠다.

"장철기 배진남이 소식은 사흘 전에 들어왔습니다."

상익이 눈알을 부라렸다.

"그걸 알고 있었단 말이오? 근데 나한텐 아무런 말을 안 해?"

우도의 찻잔 내려놓는 소리가 유난히 창고 안을 울렸다.

"말이 돌아 좋을 게 없어서 내가 함구령 내린 일이다."

"송상 일이잖습니까! 송상은 제 담당이지 않습니까! 근데 제가 그 둘 죽은 걸 모른다니요!"

"앞뒤 없이 흥분해서, 준비도 없이 설칠 게 뻔히 보이는 건

나쁨이더냐?"

상익이 무슨 말을 할 듯 씩씩거리다 우도에게서 시선을 거두고 허공에다 한숨을 뿌렸다. 이륜이 그런 상익에게 가볍게 조아렸다.

"뒷일을 어찌할 건가 도모한 다음에 도련님에게 모두 보고드리려 한 일입니다."

상익은 좀처럼 화가 풀리지 않는 기색이었다.

"아 예— 잘하셨습니다."

"내달 보름에 송상 회동이 있을 예정입니다. 송상 대방 유형준과 송상 대행수들 전체 회동입니다. 매년 열리는 회동이지요. 이번에는 황정균이 대접하는 자리라 합니다."

상익이 바닥에 눈길을 박고 말했다.

"이 정도면 이젠 전면전 가야죠."

"그래서는 답이 없습니다. 협상해야지요."

상익이 이륜을 째려보았다.

"협상? 지금 이런 판에 협상하자고?"

우도가 다시 찻잔을 물었다.

"이버님. 이거 우리 쪽 명줄을 둘이나 내쳤는데 그렇게 야들야들 나가면 뒷감당이 되겠습니까? 아무리 이 진사라도 이건 아닙니다."

우도가 찻잔 너머로 상익을 주저앉히듯 말했다.

"너는 들어야 할 자리야. 가만있어."

우도의 딱딱한 눈길에 상익이 입을 다물었다.

"누가 갈 거야?"

이륜이 그제야 자신의 찻잔을 채우며 입을 뗐다.

"인왕산 얼굴로 가는 일입니다. 일의 경중으로 보나 당연히 도련님이 가셔야 합니다."

상익의 미간이 갈라졌다. 우도가 그런 상익을 읽었다.

"자칫하면 명줄을 걸어야 하는 일인데 괜찮겠어?"

상익이 멀거니 우도를 바라보았다.

"명줄이요? 명줄이라……."

이륜이 조용하게 찻잔을 내려놓았다.

"아직 시간이 많으니 한 치의 빈틈도 없이 면밀하게 준비하면 됩니다. 반촌 송 대장이 같이 움직이니까 걱정 안 하셔도 될 일입니다."

상익이 어처구니없다는 듯 이륜을 보았다.

"누가 내 명줄 걱정한답니까? 우리는 피를 봤는데 꼬랑지 잔뜩 내리고 협상이나 하자고 가는 게 말이 되냐 이거지."

"이번 일로 고삐를 틀어쥐면 경상 내에서도 도련님 입지가 강건해지십니다. 칼부림보다는 수완으로 인정되시는 게 장래에 더 좋습니다."

우도가 상익에게 물었다.

"해볼 테냐?"

상익이 우도와 이륜을 번갈아 보다가 시큰둥한 얼굴로 대답했다.

"예— 뭐 가는 건 어려울 것 없습니다."

우도가 탁자 위에 두 손을 올려놓았다.

"상익이가 송도 가서 정리한다. 잘 됐어. 이참에 고삐 틀어쥔다."

듣고 있던 상익이 크게 고개를 끄덕이더니 이륜을 바라보았다.

"네! 좋습니다! 여튼 이제부터 내 명줄이 이 진사 손에 달렸다 이거네?"

이륜은 어떤 답도 하지 않았다. 단지 이륜의 찻잔 비우는 소리만 조용히 떠다녔다.

이륜의 집은 인왕산 싸전에서 도성 북문인 창의문으로 가는 길에 있었다. 작고 정갈한 가옥. 식구라고는 이륜과 강하, 행랑 살이하는 종복 홍길과 홍길의 처 네 식구가 전부였다. 아내가 죽고 나서 남촌을 떠나 인왕산에 적을 두면서 처음 얻은 집이 었고 여태 그곳에서 붙박이로 살고 있던 중이었다.

홍길 처가 부엌 앞에서 무와 배추를 다듬고 홍길이 볏짚을 들고 마구간으로 바쁜 어느 일상의 아침. 문 열린 사랑채 너머 로 아침 겸상을 하는 이륜과 강하 부자의 모습을 살피던 홍길 처가 필요한 것이 없는지 묻고는 다시 야채 손질로 돌아섰다. 그들의 식사가 끝나야 홍길 부부의 아침이 끝나는 것이었다.

이륜의 방은 서책들이 사방으로 빽빽했다. 그 흔한 화병도 그림도 없었고 선반마다 가득한 서책과 두루마리들, 아랫목의 이부자리와 책 보고 글 쓰는 경상과 붓과 벼루의 연상이 전부였다. 간결하고 담백한 공간, 겉치레와 허세가 비집고 들어올 틈이 없는 공간, 책 읽는 유생의 공간일 뿐이었다. 이륜과 강하의 아침 독상도 간결하기 그지없었다. 구 첩은 고사하고 소금과 천초로 절인 김치, 미나리나물과 간장 종지, 밥 한 사발과 새우젓국이 전부인 식사.

"한번 떨어졌다고 낙담하면 세상에 될 일이 없다."

젓가락 소리만 들리던 식사 시간의 침묵을 이륜이 깼다.

"이제 벼슬 같은 건 관심 없습니다."

강하가 낙담도 기대도 없는 무미건조한 말투로 아비의 말을 받았다. 이륜이 젓가락질을 멈췄다.

"무슨 생각으로 그 아이 복수를 하겠다 한 것이냐?"

강하는 젓가락질을 멈출 생각이 없어 보였다.

"저도 인왕산 식군데 못 할 것도 없지 않습니까. 장 거간하고 낚시도 가고 꽤 친했던 사인데."

이륜이 다시 젓가락을 들고 식사를 이어가다 낮은 한숨과 함께 넋두리처럼 말했다.

"한번 손에 사람 피 묻으면 잘 지워지지 않는다."

강하의 입에서 또 흥분도 파동도 없는 무미건조함이 새어나왔다.

"남을 시켜 묻히나 제 손에 묻히나 매일반이지 않습니까."

이륜이 결국 수저를 내려놓고 따박따박 말대꾸하는 강하를 보았다. 그런 아비를 흘깃 보던 강하가 밥상에 얼굴을 파묻고 득득 밥그릇을 긁었다. 한참이나 그런 강하를 보고 있던 이륜이 국그릇을 들고 비웠다.

"홍길이더러 쌀 열 가마 준비하라 했다. 네가 앞장서서 장 거간 집에 부려놓고 오거라. 다른 일도 있는지도 알아보고."

아비의 말이 끝나기도 전에 강하가 끼어들었다.

"저 오늘 선약이 있습니다."

이륜이 강하를 빤히 보았다. 가만히 쏘아보는 아비의 시선. 강하가 국그릇을 들고 그 눈길에 쭈뼛쭈뼛하더니 국물을 홀짝거리기 시작했다.

"네…… 알겠습니다."

문정의 집은 사직에서 육조거리 사이, 우대에 사는 중인들의 집단촌에 있었다. 그중에서도 뒷길에 자리 잡은 낡고 남루한 가옥 중의 하나였다. 그 초라한 가옥으로 쌀가마를 진 지게꾼들이 나타났다. 쌀가마 지게를 지고 문정의 집으로 찾아온 홍길과 강하 일행이었다.

강하가 마당으로 들어서자 네 살 사내아이와 여섯 살 여자아이가 공기놀이를 하고 있다가 무슨 일인가 놀라 바라보았다. 문정의 어린 동생들이었다. 강하가 아이들과 집 안 꼴을 휘 돌아보다가 뒷짐을 지고 어른 행세를 했다.

"여기가 장철기 거간 집이 맞느냐?"

강하의 말이 끝나기도 전에 부엌에서 문정이 부지깽이와 숯통을 들고나왔다. 둘이 서로를 빤히 보며 인사도 없다. 그 어색함을 깨듯 강하가 다시 하릴없는 시선을 집 안 여기저기로 돌려댔다.

"맞네."

아비 이륜이 들려 보낸 쌀 열 가마가 차곡차곡 부엌 창고에 쌓였다. 홍길과 지게꾼들이 쌀가마 나르는 뒤끝을 남동생 기상이 졸졸졸 따라다니고 있었고 툇마루에 앉은 문정은 여동생 기정의 머리를 만져주고 있었다. 강하는 그들 사이 어디쯤에 우두커니 서서 쭈뼛거리고만 있었다. 문정이 그런 강하를 힐긋 보았다.

"왜 그러고 섰어요?"

강하가 궁금하지도 않은 질문을 툭 던졌다.

"어머니는…… 안 계셔?"

문정이 여동생 기정에게 귓속말로 뭐라 하면 여동생이 남동생을 쫓아 뛰어갔다. 동생 머리 손질하던 빗이랑 끈을 치우는 문정의 얼굴이 어두워졌다.

"막내 낳다가 돌아가시고 아버지하고 우리 셋, 그렇게 살았어요."

강하가 슬그머니 툇마루에 앉았다.

"아— 그랬구나. 난 첨에 그쪽 애들인 줄 알았어."

문정이 가자미 눈깔로 강하를 째려보았다. 강하가 콧잔등을 긁었다.

"근데 저렇게 어린 동생들만 냅두고 죽을 궁리를 한 거야? 아버지 머리 두고 자살해서 세상에 알리겠다는 거야, 뭐야?"

"그만하시죠."

미간을 잔뜩 찌푸린 문정이 이 불편한 인간을 내내 쏘아보았다. 강하가 우물쭈물하더니 다시 콧잔등을 긁었다. 문정이 낮은 한숨을 뱉어내고는 툇마루 틈새에 끼인 머리카락을 찾아 손을 놀렸다.

"쌀은…… 고마워요."

"거 뭐. 인왕산이 가진 게 쌀밖에 더 있나. 그리고 말이야. 왜 깍듯하지? 그런 처자 아니잖아."

문정이 힐긋 강하를 보고는 다른 틈새에 숨은 머리카락을 찾아 손과 눈을 놀렸다.

"이 진사 나리 자제신 줄은 몰랐어요. 첨 뵐 때 양반 행색이 아니시라서."

강하가 바람 빠지는 웃음을 터트렸다.

"양반도 양반 나름이지. 장안에 인왕산 이 진사 가문을 양반네로 생각하는 사람은 아무도 없어. 갓 떨어진 양반, 중인네 청지기 집안이야 우리 집안이."

문정이 손길을 멈추고 강하를 향해 돌아앉았다.

"그럼 편하게 해도 됩니까?"

강하가 문정의 눈길을 제대로 받지도 않고 고개를 끄덕였다.

"그래 뭐. 그런 거 잘 어울리잖아."

문정이 허리를 꼿꼿이 세웠다.

"아버지 복수, 고마워."

무슨 소린가. 강하가 멀거니 문정을 보았다.

"아직 안 했잖아."

"할 거잖아."

강하가 쭈뼛거렸다.

"그치……."

문정의 눈길이 강하에게서 떨어지지 않았다.

"설마 빈말은 아니지?"

강하가 우물쭈물하다 느닷없이 손을 내저었다.

"아냐 아냐. 그게 왜 빈말이야? 사내가 한번 뱉은 말은 목숨 걸고 지켜야지."

문정은 강하에게서 시선을 떼지 않았다. 믿을 수 없는 허세로 뭉친 이 어설픈 풋내기. 믿을 수 없는 왈짜의 세상에 기생하는 무뢰배. 강하가 다시 또 무의미하게 콧잔등을 긁었다.

"너는 여자애가 뭐랄까…… 좀 그래. 너무 그러지 마. 무섭게."

문정의 부리부리한 시선이 강하에게 쏟아졌다.

"아버지 머리가 잘려서 사람 머리통만 집으로 돌아왔어. 너 같음 지금, 어쩔 건데?"

강하의 잔뜩 억울한 눈길이 바닥만 긁었다. 문정의 목소리가 한층 더 서늘해졌다.

"아버지 복수부터 하고 와. 그전까지 내 몸뚱어리 꿈도 꾸지 마."

강하가 억울한 눈으로 문정을 보았다. 마른 문정의 눈에 물기가 얼핏 보였지만 문정은 결코 울지 않았다. 그렇게 툇마루의 침묵이 꽤 길게 흐르고 있었다.

그 미묘한 긴장과 알 수 없는 적개심이 뒤섞인 공간으로 한낮의 햇살과 부유하는 먼지들이 슬며시 기어들어 왔다.

9. 반촌패(泮村牌)

송기후의 현방(懸房)[35]은 반촌에서도 알아주는 푸줏간이었다.

담벼락을 트고 점포를 내어 손님을 받았는데 고기 질이 좋고 가격이 좋아 송기후의 푸줏간을 찾는 이들이 많았다. 하지만 그 푸줏간이 곧 인왕산 암행대 반촌패의 집단 숙소라는 걸 아는 이들은 많지 않았다.

간만에 이륜이 그 푸줏간을 찾았다. 도축된 고기들이 즐비한 도축장 안에서 탁주 호리병을 놓고 앉은 이륜에게 송기후가 의문의 두건을 내밀었다.

"칼 쓰고 힘쓰는 놈들은 그런 표식으로 서로 연결돼 있는 것 같습니다."

안감에 열십자 동그라미가 쳐진 문양이 그려진 두건을 내보이며 송 대장 송기후가 이륜에게 말했다. 이륜이 그 두건을 받

---

35. 현방(懸房): 고기를 공급하던 가게. 주로 백정 등의 천민이 경영하였다.

아들고 아무 말이 없었다. 고기 잡는 싸리 자루 앞치마를 걸친 송기후는 이륜에게 두건을 내밀고는 다시 도끼를 들고 고기를 찍었다.

송기후의 반촌패(泮村牌).

우도는 인왕산패가 전문적인 상단으로 탈바꿈한 뒤, 그의 사업을 보호하는 합법적인 일꾼으로 인왕산 호위대를 조직했지만, 아직 음성적인 살인과 폭력을 대행할 조직이 필요했다.

우도의 발상과 이륜의 관리하에, 반촌의 송기후가 이끄는 검계패들을 인왕산패의 암행대로 끌어들였다. 겉으로는 인왕산과 그 어떤 연관성도 드러내지 않았지만 반촌패가 불법적인 폭력사업을 전담하는 인왕산패의 암행대라는 사실은 공공연한 소문이었다.

일당백 쌍도끼, 반촌의 관운장이라 불리는 송 대장 송기후와 오로지 반촌인들로만 구성된 검계 조직 반촌패는 매년 정월 초하루에 연 계약을 갱신하며 인왕산패의 온갖 불법적인 폭력사업을 대행하는 인왕산 암행대로 활약해 왔다.

그런 갱신이 벌써 열두 해.

무엇보다 그 갱신의 실체적 근거는 이륜과 송기후의 신뢰와 협력이었다.

송기후에게 인왕산은 그저, 진사 이륜을 뜻할 뿐이었다.

"얼마나 되지?"

이륜의 물음에 송기후의 도끼질 소리가 멈췄다.

"경강에서 인신매매 사업을 벌이는 자들은 대략 오십에서 칠십, 아무것도 모르고 허드렛일로 딸려서 힘쓰는 놈들이 넉넉잡아 이백 정도."

"어디 출신인지는 나왔고?"

"예전 검계 잔당 놈들도 아니고 출신도 팔도 출신 제각각이라 딱히 조직이라곤 없습니다만……, 그 두건 쓴 놈들 중에 천변패들이 많았습니다."

"뒷배에 거기 왕초 꼭지딴 애꾸가 있단 거야?"

"천변패 단독인지 다른 놈이 주도하는 일에 껴 있는지까진 잘 모르겠습니다."

이륜이 갓 도축된 피비린내 사이로 탁주 잔을 비웠다.

"양화진 창고도 그놈들 짓이고?"

송기후가 도끼질과 함께 끄덕였다.

"천변패들이 험하고 독종이긴 해도 독자적으로 큰일을 도모하진 않아. 그래서 아직 살아남은 거고."

"요즘 들어 움직임이 예전 같진 않습니다. 좀 더 커지고 좀 더 대범해지고."

이륜이 자리에서 일어나 도축장 창문을 열었다. 시원하고 맑은 바람이 이륜의 얼굴로 날아들었다.

"그래서 인왕산 세곡선까지 노렸다……?"

"제물포를 통해 청으로 가는 밀항선이 한 번씩 경강으로 오고 가면 그 두건 썼던 놈 중에 하나가 쌀가마와 소금 자루를 싣고 어딘가 다녀온다고 했답니다."

이륜이 송기후에게 시선을 돌렸다.

"어디라든가?"

"수표교 아랫동네."

불안한 예감으로 이륜의 동공이 멈췄다. 송기후가 도끼를 내려놓고 목에 건 무명천으로 얼굴을 쓸어내렸다.

"평시서 주부 박사용의 집."

예감은 적중했다. 한동안 굳은 얼굴로 말없이 송기후를 응시하던 이륜이 두건을 송기후의 도마 위에 올려놓았다. 자리를 뜰 모양이었다.

"수고했네."

송기후가 그 두건을 품 안에 갈무리하고는 문으로 향하는 이륜을 따랐다.

"예정대로 오늘 밤도 탐문조가 나갈 계획입니다. 어떻게 하면 되겠습니까?"

문을 열고 바깥의 햇살을 온몸으로 받는 이륜이 하늘을 보며 멈춰 섰다.

"예정대로."

"네."

송기후가 끄덕였다.

곳곳이 훤하게 불을 밝힌 경강 마포 나루의 여각촌은 밤인데도 나그네들, 장사치들, 짐꾼들로 북적거렸다. 곳곳에 여각과 주점이 즐비하고 홍등이 분주한 공간으로 나그네 하나가 말을 타고 나타났다. 보따리 하나를 말잔등에 맨 나그네 행색으로 밤의 마포 나루를 찾은 이륜이었다. 그런 이륜에게 여각 손님을 호객하는 여리꾼[36] 하나가 잽싸게 다가왔다.

"나리! 묵을 곳 찾으십니까?"

이륜이 주변을 휘 둘러보다 한 발 느리게 여리꾼의 흥정에 응했다.

"쓸 만한 데가 있나?"

"엽전 따라 상품부터 하품까지 원하는 대로 있습죠."

"여비는 넉넉하네만."

해가 저물고 내내 허탕만 치던 여리꾼의 눈빛이 반짝거렸다.

"닷 푼이면 구들장에 기름종이 독방이 있고, 닷 전까지 보시면 조석으로 고기 찬에 밥도 나옵니다요. 혹시 한 냥까지 보시면…… 계집도 있습죠."

부르는 돈의 삼 할은 여리꾼의 몫일 것이다. 깎자는 얘기도 없이 이륜이 주변을 훑었다.

"창기들인가?"

무뚝뚝해 보이는 사내가 관심을 보이자 여리꾼이 눈알을 굴리며 바짝 다가섰다.

---

36. 여리꾼 : 손님을 끌어들여 물건을 사게 하고 주인에게 삯을 받는 사람.

"소문 듣고 오셨소?"

"꼭 말해야 하는가? 일 없음 됐네."

말머리를 돌리려는 이륜의 말고삐를 여리꾼이 잽싸게 낚아 챘다.

"에헤이! 사람 말을 끝까지 듣도 않고!"

여리꾼이 안내하는 여각 마당으로 이륜이 들어섰다. 점원과 여리꾼의 흥정이 바쁘더니 여리꾼이 이륜에게 다가와 꾸벅 인사하고는 종종걸음으로 물러났다.

"그럼 나리! 회포 푸시고!"

행랑채로 안내받은 이륜이 자리 잡고 앉자마자 늙은 하녀가 밥상을 들고 들어왔다. 그 밥상 너머로 낡고 추레한 장옷을 입은 여인네 셋이 마당을 가로지르는 것이 보였다.

저녁 식사도 마치고 불을 끄고 누워있는 이륜의 방문 밖에서 인기척이 났다. 여각의 점원이었다. 기침 소리를 내고는 빼꼼히 문을 열고 점원이 고개를 들이밀었다.

"들일깝쇼?"

불 꺼진 방 안에서 이륜이 일어나 앉으며 고개를 끄덕였다. 점원 뒤로 기다리고 있는 검은 인영이 주춤 앞으로 나섰다. 꼬질꼬질 무명 장옷을 뒤집어쓴 여인 하나가 엉거주춤 안으로 들어와 구석 자리 벽에 기대섰다.

"그럼 좋은 시간 보내십쇼!"

점원이 문을 닫고 사라진 뒤에도 여인은 벽에 붙어 선 채 꼼짝하지 않고 있었다. 이륜이 호롱불을 밝히자 눈만 내놓고 장옷을 뒤집어쓴 여인의 겁먹은 두 눈이 이륜의 시선에 들어왔다.

"앉거라."

장옷의 여인이 주춤거리다 벽을 타고 미끄러지듯 자리에 주저앉았다.

"그 장옷은 언제까지 쓰고 있을 셈이냐?"

호롱불에 흔들리던 장옷의 여인이 뭔가 결심한 듯 장옷을 벗었다. 열댓 살이나 됐을까. 앳된 얼굴의 소녀. 이륜의 짧은 탄식이 새어 나왔다. 겁에 질린 소녀의 눈동자가 호롱불을 따라 흔들렸다.

"몇 살이더냐?"

겁먹은 소녀의 잠긴 목소리가 겨우 목구멍을 비집고 나왔다.

"열…… 넷……."

뻑뻑한 것이 가슴 속에서 밀려왔다. 이륜은 소녀를 자세히 보았다. 뺨과 이마에 난 상처, 터진 입술, 목덜미의 상흔…… 구타당한 흔적들이 분명했다.

"팔을 걷어 보거라."

소녀가 의아한 시선으로 이륜을 훔쳐보다가 소매를 걷으니 양손 팔목에 쇠고랑을 찼던 자국이 드러났다. 이륜이 숨을 한 번 들이키고 다시 물었다.

"발목을 보자."

소녀가 이제는 순순히 치마를 걷고 발목을 내보였다. 역시 발목에도 쇠고랑 자국으로 짓이겨진 상처가 보였다. 이륜이 옅은 한숨을 내뱉자 우물쭈물하던 소녀가 옷고름을 풀기 시작했다.

"아니다. 두어라."

손길을 멈추고 이륜을 빤히 보던 소녀가 다시 옷고름을 매었다.

"혹시…… 군관 나리신가요?"

이륜이 품에서 엽전 몇 닢을 꺼내 소녀 앞에 내밀어 놓았다.

"오늘은 많이 피곤하구나."

소녀의 시선이 방바닥에 놓인 엽전에 머물렀다.

"그럼 이 돈은……?"

이륜이 바깥의 인기척을 느끼고는 호롱불을 껐다. 그리고 나지막이 방 안의 어둠을 향해 말했다.

"잠시 눈이라도 붙이고 있거라. 내 일 좀 보고 올 테니."

이륜이 갓을 챙기고 윗옷을 찾아 들고 방문을 열고 나갔다. 무슨 일인가. 소녀는 이 이상한 손님의 태도가 무서우면서도 뭔가 안도감이 들었다. 작고 가녀린 눈빛이 어둠 속에서 반짝이다가 이내 방바닥 엽전을 챙기는 소리가 들려왔다.

이륜이 말을 타고 여각을 나와 골목길로 접어들었다. 천천히 말을 모는 이륜을 따라 여각부터 미행이 붙어 따라왔다. 이륜이 여느 골목길로 접어들자마자 두건을 쓴 2명의 사내가 황급히 그 길로 뛰어들었다. 골목길 안에는 이륜이 말에서 내려 사내들을 기다리듯 서 있었다. 그곳이 막다른 골목길임을 안 두건 사내들이 이륜을 포위하듯 느긋하게 다가왔다.

"나리. 어디서 오셨소?"

이륜이 우뚝 선 채 무뚝뚝하니 대답했다.

"포도청에서 나온 것 같아 보이나?"

두건 사내가 피식거렸다.

"관에서 나오셨소?"

"조정이 우스운 자들이군."

두건 사내의 얼굴에 냉소가 어렸다.

"머니까. 그런 건 우리하고 좀 머니까."

그 말이 끝나자마자 두건 사내 하나가 품에서 단도를 꺼내들더니 동료에게 눈짓을 보냈다. 그 신호와 함께 단도를 빼든 두 사내가 이륜에게 달려들었다. 두건 사내들이 막 이륜을 덮칠 즈음 골목길 어둠 속에서 번개같이 날아드는 사내들의 몽둥이가 두건 사내들을 덮쳤다. 반촌패 행동대원들이었다. 어둠속에서 복면을 한 채 기다리고 있던 반촌패가 모습을 드러낸 것이었다. 느닷없는 일격에 당했던 두건 사내들이 비틀거리며 일어서자 반촌패 복면들이 가볍게 그들을 제압했다. 입을 막은 채 손날치기로 목을 가격하자 두건 사내들이 그대로 기절해버렸다. 결국 대자로 뻗어버린 두건들을 구석으로 끌고 가는 복면들 너머 송기후가 모습을 드러냈다.

"현장 나오신 지가 칠팔 년 됐지 않습니까?"

이륜이 그제야 말에 올랐다.

"그런가?"

송기후의 얼굴에 엷은 웃음이 떠올랐다.

"오랜만인데 아직 쓸 만하십니다."

"그런가……."

송기후가 두건 사내들이 나타난 골목길 입구로 시선을 돌렸다.

"눈치로 사는 놈들이라 저놈 둘 소식이 없으면 비상이 걸릴 겁니다."

이륜도 그 골목길 초입으로 시선을 던졌다.

"미안하게 됐네만 일단 여기 마포 나루부터 서두를 수 있겠나?"

송기후가 어깨를 펴고 고개를 끄덕였다.

"언제까지 준비하면 되겠습니까?"

"지금."

송기후의 호흡이 일순 멈췄다. 이륜의 담담하고 묵직한 시선이 골목길을 넘어 여각을 넘어 마포 나루 전체로 향했다.

"가능하면, 말일세."

이륜이 천천히 말을 몰아 움직이기 시작했다. 그 뒤에서 송기후는 말이 없었다. 오늘은 단순한 사전 탐문, 전투를 준비하진 않았다. 하지만 이 진사가 저렇게 앞뒤 없이 서두른 적이 있었던가. 무언가 사정이 있다. 송기후의 목덜미를 따라 핏줄이 곤두서기 시작했다.

마포 나루 강변의 어느 한적한 민가를 앞에 두고 검은 인영들이 몰려들었다.

복면을 한 송기후와 반촌패 십여 명이었다. 강변 민가의 대문 앞에는 횃불을 밝혀놓고 문지기 두건 2명이 쇠창을 껴안은 채 쪼그리고 앉아 졸고 있었다. 쇠창을 든 문지기가 지키고 있는 민가. 예사롭지 않은 민가임에는 틀림없었다. 대문 앞까지 소리 없이 다가든 반촌패 2명이 순식간에 문지기에게 달려들어 목을 비틀었다. 그 신호로 일제히 반촌패 복면들이 담을 타고 넘어 들어갔다.

마당 안은 인적이 없었다. 담을 타고 침투한 반촌패들이 행랑채와 안채를 향해 빠르게 산개하기 시작했다. 반촌패 몇몇이 행랑채 창고를 지날 때였다. 창고 문을 열고 등롱을 든 하녀 하나가 복면의 반촌패를 발견하고는 그대로 굳어버린 채 서버렸다. 송기후가 조용하라는 신호로 손가락을 입에 대 보이자 하녀가 주억거렸다. 송기후가 눈짓으로 어디냐고 묻자 하녀의 시선이 방 하나를 향했다. 송기후의 지시에 따라 반촌패 서넛이 툇마루로 올라 방문 앞으로 빠르게 나아갔다. 창포검을 빼든 반촌패가 방문을 열려는 순간 느닷없이 쇠창살 하나가 문짝을 뚫고 쏟아져 나오며 반촌패의 어깨를 찢었다. 동시에 하녀의 고함 소리가 마당 안에 울려 퍼졌다.

"왔어!"

그 고함 소리를 신호로 이방 저방 행랑채가 열리며 두건들이 창과 칼을 들고 쏟아져 나왔다. 이들은 반촌패를 기다리고 있었다. 서른 명도 넘었다. 오히려 송기후와 반촌패가 포위된 형국으로 마당 한가운데로 몰렸다. 송기후가 뒤춤에 꽂아 놓은 쌍도끼를 천천히 빼 들었다. 두건들 사이 우두머리로 보이는 흑두건 사내가 송기후와 반촌패를 알아보았다.

"반촌패?"

흑두건의 미간이 갈라졌다.

"인왕산 암행대가 왜?"

송기후가 말없이 무기를 버리지 않으면 목을 따겠다는 시늉을 했다. 흑두건이 고민하는 얼굴로 주저하듯이 거나하게 가래침을 뱉었다.

"조까! 죽여!"

흑두건의 일성과 함께 서른 명의 두건들이 일제히 달려들었다. 피와 살점이 난무하는 혈전이 시작되었다. 고함을 질렀던 창고 하녀도 허리춤에서 단도를 꺼내 들고 전투에 뛰어들었다. 남녀 할 것 없이 모두가 피싸움에 잔뼈가 굵은 자들이었다. 창고 하녀가 접전 중인 반촌패의 어깨에 단도를 박자 칼에 찔린 반촌패가 돌아서며 그대로 하녀의 목을 창포검으로 그었다. 격렬한 난투극이 곳곳에서 벌어졌다. 애초부터 두건들은 반촌패의 상대가 되지 못했다. 반촌패는 조선 최고의 암행 조직이었다. 이런 집단 전투와 야간 습격으로 잔뼈가 굵은 반촌패에게 나루터 두건들의 칼질은 허무할 뿐이었다.

마침내 난투전 끝에 송기후가 상처투성이로 쓰러져 있는 흑두건의 가슴을 밟고 섰다. 전의를 상실한 두건들이 무기를 버리고 자신들의 두목을 보고 있었다. 흑두건이 피침을 뱉어내며 하소연을 쏟아냈다.

"우리가 인왕산한테 뭘 잘못했소? 이건 인왕산 사업이 아니잖소."

흑두건은 쓰고 있는 복면 너머 쇠비린내를 풍기는 송기후의 시선을 보았다. 일말의 감정도 동요도 없는 무생물의 그 눈빛. 흑두건은 이내 자신의 운명을 직감했다.

"씨발……."

송기후가 무심하니 도끼를 들더니 도축장 고기를 가르듯 흑두건의 이마를 찍었다. 그제야 모든 두건들이 남김없이 무기를 버리기 시작했다.

행랑채 창고 문이 활짝 열리고 반촌패가 등롱을 들고 안으로 들어섰다. 겁먹은 수십 명의 눈동자들이 등롱을 든 사내에게 일제히 몰렸다. 가축우리처럼 생긴 칸칸마다 손과 발목에 쇠고랑을 찬 처녀들이 즐비했다. 모두가 납치된 채 끌려와 있던 처녀들이었다. 개중에는 나이 어린 소녀들도 꽤 많이 보였다.

송기후가 부하의 안내를 받으며 창고 안으로 들어섰다. 송기후의 손에 들린 쌍도끼는 아직도 피를 흘리고 있었다. 겁에 질린 소녀 하나가 그런 송기후의 쌍도끼를 보며 움츠러들었다. 저

피투성이 야차 같은 자가 왜 여기 와있는지 영문도 모른 채 소녀가 떨었다. 그렇게 열네 살 소녀는 이상한 손님이 주고 간 엽전을 품에 품은 채, 피범벅 된 송기후의 도끼와 그 너머 살육의 현장을 떨리는 시선으로 보고 있었다.

날이 밝자 두건들의 민가는 포도청 포졸들과 군관들의 발걸음으로 분주했다.

민가의 종복들이 모조리 엎드려 있는 사이로 납치당한 여자들이 풀려나왔다. 그 뒤로 인신매매 두건들이 포승에 묶인 채 끌려 나왔다. 그들 사이로 포도청 군관 하나가 위세를 부리듯 으스대며 현장을 진두지휘하고 있었다. 포도부장 황경도였다. 그 뒤를 따라 경수와 만복이 황경도의 지시를 받으며 현장을 정리하느라 바빴다.

먼발치서 누군가 그 현장을 보고 있었다. 홍길이 고삐를 잡은 말 위에 탄 이륜이었다. 범죄자들을 가르고 나누어 포승과 용수를 씌우고 있던 만복이 경수의 옆구리를 툭 치며 어딘가를 가리켰다. 경수가 이내 먼발치의 이륜을 알아보았다. 경수가 이륜을 향해 손을 흔들며 이를 드러내고 한껏 웃어 보였다. 이륜은 웃지 않았다. 그 넉살을 한동안 묵묵히 보고 있던 이륜이 홍길을 돌아보면 홍길이 말고삐를 돌려세웠다. 인왕산으로 돌아오는 길 내내 이륜은 아무 말도 하지 않았다.

인왕산 싸전 앞길은 행인들과 짐 부리는 일꾼들과 분별없이 뛰어노는 아이들과 피곤에 전 지게꾼들과 야채 바구니를 머리에 인 아낙들로 분주했다. 그 분주한 일상 너머로 싸전 행랑이 잘 보이는 골목길 담벼락 아래 사람 구경이라도 나온 노인네처럼 경수가 퍼질러 앉아 있었다. 대문간에서 점원과 함께 강하가 나왔다. 점원이 손짓으로 경수를 가리켰다. 이상한 포교 하나가 죽치고 앉아 싸전을 내내 보고 있었던 것이다. 뻔한 수작이었다. 돈 뜯을 궁리로 바쁜 무뢰부장 포교 놈의 허세. 골라도 잘못 골랐다. 여기는 인왕산이었다. 경수 앞으로 강하가 다가왔다. 한껏 예의를 갖춘 낮은 자세로 강하가 입을 열었다.

"포교 나리. 점심은 하셨습니까?"

경수는 강하를 쳐다볼 생각이 없었다.

"비켜. 안 보여."

강하가 경수의 시선을 따라가면 싸전 행랑과 그 앞에서 뛰어노는 아이들이 보였다.

"순검 도시느라 힘드실 텐데 괜찮으시면 국밥이라도 대접할까요?"

경수가 그제야 강하를 힐긋 올려다보았다.

"넌 뭐냐?"

강하가 입가에 예의 바른 미소를 머금었다. 아버지에게 그리 배웠다. 나랏일 하는 사람들을 대하는 태도.

"싸전 일 돌보는 일꾼입니다."

"쌀 파는 쪽이야? 칼 잡는 쪽이야?"

강하는 순간 저도 모르게 얼굴이 굳어졌다. 애써 평정심을 찾던 강하가 우물거렸다.

"허드레 잡일들 이것저것 합니다."

경수가 다시 싸전으로 시선을 돌렸다.

"비켜. 너들 싸전에 쌀 훔치러 오는 놈 있나 보고 있으니까."

무슨 말을 해야 할까. 강하가 상대하기에 벅찬 인간임은 분명하였다. 강하가 우물쭈물하다가 자리를 뜨려는데 경수가 불러 세웠다.

"양화진에서 사람 죽일 때 너도 거기 있었어?"

강하의 머리털이 솟구쳤다. 인왕산 본가에 와서, 그것도 포청 포교가 이런 말을 하리라고 생각한 적이 있었던가. 게다가 양화진 일이라면 대주 어르신과 아버지의 엄명으로 극비 중의 극비로 다뤄지고 있는 사안. 그런데 일개 포교 따위가? 어떤 대답도 못 하고 멍하니 있는 강하에게 누군가 바쁜 걸음으로 다가왔다. 이륜이었다.

"너는 들어가 있거라."

우물쭈물하던 강하가 아버지 이륜과 이상한 포교를 남겨두고 대문으로 걸음을 옮겼다. 이륜이 경수에게 정갈하게 인사했다.

"잠시 시간 좀 내주시겠습니까?"

경수가 엉거주춤 일어나 엉덩이를 털었다.

"누구요? 저 새파란 놈?"

"제 자식 놈입니다."

아하— 그런 얼굴로 경수가 끄덕였다. 경수가 쇠좆매로 자신의 어깨를 툭툭 쳤다.

"내가 뭐 얻어먹자고 온 건 아니고. 그냥 기찰이요 기찰."

"압니다."

경수가 싸전과 인왕산 본가의 대문과 그 대문 앞에 서서 이쪽을 보고 있는 강하를 번갈아 눈에 담다가 이륜에게 끄덕였다.

"알았수다. 갑시다."

좌판 술막의 주모가 술병과 파전을 내놓고 가면 이륜이 경수의 잔에 탁주를 따랐다.

"인왕산 이 진사께서 이런 데도 오나 봅니다."

"여기 파전은 장안 제일이지요."

경수가 술잔을 들고는 마실 생각도 없이 빙글빙글 돌렸다.

"그건 아는데…… 이거 근무 중에 낮술 안 되는데."

이륜이 파전을 먹기 좋게 가르고 찢더니 경수의 젓가락을 챙겨 올려놓았다.

"나루 일을 황 포두 나리께 드린 겁니까?"

성수가 분늑 고개를 늘더니 피시식 웃었다.

"나루 일? 아! 인신매매 그거? 그게 뭐 황 포두도 포도부장 단 지 오래됐고 이제 종사관 할 때도 됐고…… 포장 영감 밑에서 아등바등 뭐 안 됐잖아요?"

"원하시는 게 뭡니까?"

경수의 한쪽 입꼬리가 올라갔다.

"거참. 기분 나쁘네. 뭐 임금이요? 내가 원하는 거 다 들어주게?"

"제가 할 수 있는 일이 있다면 뭐든 해야지요."

경수가 벌컥 잔을 비웠다.

"빨리 올라가면 빨리 내려오는 일밖에 더 있소? 난 지금이 좋소이다."

"경강 여각을 하나 드릴까요?"

젓가락은 버려두고 손으로 파전을 잡던 경수가 손길을 멈추고 이륜을 빤히 쳐다보았다.

"광진 나루에 있는 미곡 여각. 연간 오천 가마가 거래되는 여각이라 상급에 속합니다."

경수가 이륜을 빤히 보며 파전 하나를 입에 구겨 넣었다.

"와! 진짜 세게 나오네."

"포교 나리와 수하의 사람들. 평생 쌀 걱정은 없을 겁니다."

경수가 고개를 절레절레 흔들었다.

"진짜 인왕산이 부자는 부자야."

"대신 포청에서는 나오셔야 할 겁니다."

경수가 자기 잔에 탁주를 따르며 일말의 망설임도 없이 답했다.

"안 나갑니다."

이제는 이륜이 말을 잃었다.

"거지꼴로 살아도 이게 워낙 체질이라 이것보다 재밌는 게 없소이다."

이륜도 자신의 잔을 채웠다.

"크진 않지만 송파장의 싸전 하나도 내어 드리지요. 같이 있는 분이 운영하시면 될 겁니다."

경수가 환하게 웃었다.

"캬! 만복이놈 들으면 미치고 팔짝 뛰갔구만."

"이 둘을 거절하시면 힘든 일이 생길 수도 있습니다. 저는 그 이상은 힘듭니다."

경수가 태연하게 자기 목을 베는 시늉을 했다.

"이거?"

이륜이 길게 잔을 비우고 일어났다.

"생각해 보시고 연락 주십시오. 기다리겠습니다."

"시작하자마자 일어나시게?"

정처 없이 맴돌던 이륜의 시선이 먼발치 어디쯤 툭 던져졌다.

"이런 한낮이 언제나 그대로면 얼마나 좋겠습니까? 이렇게 초목이 자라고 아이들이 노는 시간들…… 금세 밤이 되지 않습니까?"

경수가 그런 이륜의 시선을 따라갔다. 흙먼지 아지랑이 사이로 골목길의 한가한 대낮 풍경이 느긋하게 펼쳐지고 있었다. 이륜이 깍듯하게 경수에게 인사했다.

"좋은 얼굴로 다시 뵙겠습니다."

이륜이 자리를 떴다. 잔을 든 경수가 멀어지는 이륜의 길을 보았다. 저자는 낮과 밤 어느 길로 다니는 걸까. 저자는 어디로 가려고 하는 것일까. 저자는 자신이 가려는 길을 알고는 있는 것일까.

경수가 이륜의 길에서 눈을 떼지 않고 천천히 탁주 잔을 비웠다.

10. 박사용(朴私傭)

가야금 소리가 화홍의 손길을 지나 연화루 기생방 술상을 지나 좌정하고 앉은 이륜을 지나 상석의 사내에게 이르렀다. 이륜이 공손히 올리는 잔을 받으면서도 느물거리는 시선을 화홍에게서 거두지 않는 사내, 종 6품의 평시서 주부(主簿)[37] 박사용(朴私傭).

장안의 시전을 관리하는 평시서의 관리이자 노론 대감들의 비자금을 쓸어 담는 담당 창구이자 금고 역할을 하는 박사용은 시전의 상인들에게는 하늘과 같은 존재였다. 평시서 주부는 시전의 온갖 이권 사업을 총괄 관리하는 벼슬이기 때문이었다. 따라서 이륜에게 평시서의 박사용은 인왕산 사업의 생살여탈권을 쥐고 있는 인물일 수밖에 없었다.

원래 평시서는 시전에서 쓰는 자[尺]나 말[斗], 저울과 물가

---

37. 주부(主簿) : 종 6품의 평시서 벼슬. 책임관인 평시서 제조(提調)의 명을 받는 실무자.

를 통제하고 상도의를 바로잡는 일을 맡아보았다. 하지만 금난
전권이 강화된 뒤로 각 시전에서 팔 물건의 종류를 정하고, 그
전매품의 전매권 보호 역할을 하는 허가장을 발급하는 일도
하게 되었다.

이 허가장이 문제였다. 시전에서 독점적 영업을 할 수 있는
평시서의 허가장을 타내기 위한 뇌물, 결탁, 타락, 부정부패가
극에 달했다. 평시서는 시전의 물가를 관리하는 기구가 아니라
시전의 이권에 개입하는 기구로 전락했다.

그 모든 비리와 탐욕의 결과물들은 주부 박사용을 통해 조
정의 실권을 잡은 북촌 노론 대감들의 금고를 채우고 있었다.
박사용은 그들의 비호 아래, 시전 상인들에게 무소불위의 권력
을 휘두르고 있던 것이었다.

그런 그가 오늘 이류을 보자 한 것이다. 이유는 뻔했다. 송기
후가 탐문했던 열십자 두건들의 수레. 제물포를 통해 청으로
가는 밀항선이 한 번씩 경강으로 오고 가면 수표교 아랫동네
로 그 두건들이 나르던 쌀가마와 소금 자루의 수레. 그 수레 길
이 막혀 있었던 것이다.

화홍이 가야금 연주를 마치고 곱게 인사를 올렸다.

"못난 손끝을 견뎌주시어 감사하나이다."

박사용은 연화루가 오랜만이었다.

"뭐라 불리나?"

화홍은 처음 보는 얼굴이었다.

"연화루 화홍이라 합니다."

"이런 재인이 여기 숨어 있었구먼."

"감당하기 어려운 말씀입니다."

"내달에 북촌에서 연회가 있다. 거기 올라와도 될 솜씨다."

북촌의 연회. 고관대작들의 후원 잔치를 이르는 말이다. 사대부 대감의 기첩이 될 수 있는, 기생들 평생의 소원. 화홍의 얼굴이 감격으로 달뜨기 시작했다.

"나리…… 소녀는 저잣거리의 하찮은 기녀입니다. 제가 어찌 감히 북촌 연회를……."

박사용이 손에 든 술잔을 비울 생각도 없이 내려놓고는 눈빛을 빛냈다.

"내가 일러두면 될 일이지."

이륜이 박사용을 읽었다. 그래서 화홍을 이 방에 들인 게 아닌가.

"이분이 시전을 다 쥐고 흔드시는 평시서의 박사용 주부 나리시다. 화홍이 자네 재주를 충분히 알아보실 분이야."

"몸 둘 바를 모르겠사옵니다."

박사용이 피식거렸다.

"그래봤자 종육품 미관말직이야. 내가 뭐 이 진사 안목까지 따라가겠소?"

"별말씀을 다 하십니다."

박사용이 화홍을 지긋하게 보다가 문득 입을 열었다.

"그건 그렇고. 자네 잠깐 쉬었다 오게."

"네, 나리."

사내들의 밀담. 눈치 빠른 화홍이 곱게 절하고는 지게문을 얼른 열고 나갔다. 화홍이 나가자 이류이 자세를 고쳐 앉았다.

"안 그래도 조만간에 모실까 했는데 먼저 기별 주셔서 송구합니다."

"요새 갓 떨어져서 이 진사도 잘 안 찾으니 내가 먼저 찾았지."

이류이 정중하게 조아렸다.

"부당한 말씀입니다. 시전에 목매달고 사는 인간이 어찌 감히 평시서 주부와 소원할 수 있겠습니까? 내내 나리 시간만 살폈습니다."

박사용이 잔을 들며 입꼬리를 올렸다.

"말은 참 청산유수야."

이류이 같이 잔을 들며 너털웃음을 터트렸다.

"허허허— 주둥이로만 사는 인간이라 송구합니다."

둘이 잔을 비웠다. 이류이 다시 박사용의 잔을 채우려 하자 박사용이 잔 위에 손을 올렸다.

"술은 좀 이따 저 아이와 하겠네."

이류이 끄덕이며 술병을 내려놓았다. 박사용이 젓가락으로 안주를 깔짝대기 시작했다.

"요새 장안 경기가 엉망이야. 물가는 하늘 높은 줄 모르고 뛰고, 세곡선이고 상선이고 경강 오는 배들은 내내 태풍이다 뭐다 자빠지고."

"그래서 저희도 근심이 많습니다."

"조정에서도 하루걸러 시전 물가 얘기뿐이야. 임금께서 이런 하찮은 엽전 얘기로 근심하셔야 나라가 서겠나?"

"시전 장사치로 그저 송구할 따름입니다."

박사용이 젓가락에 호박전 하나를 든 채 빤히 이륜을 보았다.

"근데 또 후려쳤어?"

각오했던 일이었다. 이륜은 입을 다물고 빈틈없이 앉았다.

"도고(都賈)[38] 말이야. 매점매석한다고 장안 싸전들 다 문 닫았대?"

"이백 석을 평시서에 입추(立秋) 선물로 올렸습니다."

박사용의 눈꼬리가 가늘게 찢어졌다.

"받았지. 평시서가."

평시서가 받았지 박사용이 받은 것이 아니라는 뜻. 이륜은 호흡을 고르고 눈빛을 골랐다. 이백 석 중에 절반은 박사용의 주머니로 들어갔을 터. 그래도 이 자는 성에 차지 않는다. 심기 불편한 박사용이 얼마나 거칠어질지 이륜은 짐작하고 있었다. 각오하고 만난 자리였다.

"이 진사."

---

38. 도고(都賈) : 상품을 매점매석하는 행위.

이륜이 더욱 조심히 자세를 고쳐 앉았다.

"네, 나리."

"인왕산, 너무 컸어."

이륜의 입에서 쉽게 말이 나오지 않자 박사용이 젓가락으로 집은 호박전을 먹으려다 바닥에 떨어뜨렸다.

"좀 키워줬더니 낄 데 안 낄 데 똥오줌 못 가리고 달려들어 요새."

이륜이 조심스럽게 그 호박전을 상 위에 올리려 집어 들었다.

"그럴 리가 있겠습니까."

이륜이 막 호박전을 주워 술상에 놓으려 할 때였다. 박사용의 목소리가 한껏 나직하게 이륜을 찔러 왔다.

"드시게."

이륜의 눈빛도 손길도 멈췄다. 아직도 젓가락을 든 채 빤히 이륜을 응시하는 박사용. 일부러 떨어뜨린 것이다.

"자네 드시라고 내가 준 걸세."

이륜이 굳어버린 석상처럼 호박전을 한 손에 주워든 채 움직이질 않았다.

"인왕산 원래 그런 거 잘하잖아. 북촌에서 떨어진 거 죄다 주워 먹는 거."

이륜의 입에서는 낮은 한숨도 새어 나오지 않았다. 묵묵히 손에 든 호박전을 보던 이륜이 어느 순간 와락 호박전을 입에 때려 넣었다. 거침없이 우적우적 씹어대고는 자신의 잔을 들어

한입 입가심으로 비워버리는 이륜. 그러고는 껄껄껄 웃었다.

"주부께서 주시니 맛이 아주 답니다! 허허허!"

박사용이 그 꼴을 보다가 굴전 하나를 집어 보란 듯이 또 떨어뜨렸다.

"경강 나루에서 수표교로 오는 수레가 딱 끊겼어."

이륜이 그 굴전을 보다가 다시 한번 자세를 고쳐 앉았다.

"그래서 드릴 말씀이 있었습니다."

박사용은 이륜의 말에 관심이 없는 투였다.

"원래 이게 집안에 하인 놈 하나만 두면 말썽이 생겨요. 주인이 지만 바라보니까 지 꼴리는 대로 하기 시작하거든."

이륜이 무슨 말을 하려다 입을 다물었다.

"그래서 꼭 여러 놈을 두고 잘하는 놈은 상주고 못하는 놈은 벌주고 해야 하거든. 한 놈만 있음 벌을 못 줘요. 일할 놈이 없으니까."

이륜이 끄덕였다.

"지당한 말씀입니다."

박사용이 게슴츠레 이륜을 보았다.

"인왕산, 거지로 만들어 줘?"

박사용은 멈출 기미가 보이지 않았다. 이륜은 그저 낮게 호흡을 가다듬었다. 박사용이 조롱하듯 검지를 들었다.

"요게 뭐야?"

"나리 손가락입니다."

박사용이 그 검지를 까닥거렸다.

"이게 평시서 주부의 손가락이야. 북촌의 노론 대감들이 뒷배를 타고 앉아 있는 평시서 주부의 손가락."

이륜이 다소곳이 조아렸다.

"잘 알고 있지요."

"그리고 이게 시전의 주인 모가지를 잘랐다 붙였다 하는 손가락이야."

이륜이 다시 한번 조아렸다.

"네, 잘 알고 있습니다."

박사용이 얼굴을 들이밀며 낮게 으르렁거렸다.

"니들 내가 손가락 까딱하면, 언제든 시전에서 흔적도 없이 사라져."

이륜이 희미한 미소를 지으며 말했다.

"그동안 섭섭한 게 있었다면 제가 얼마든지……"

그 순간 이륜의 얼굴에 술이 날아들었다. 이륜의 얼굴에 술병째 술을 부어 버린 박사용이 찢어진 눈초리로 이륜을 쏘아보았다. 곧이어 탕과 야채 접시가 앞뒤 없이 이륜의 얼굴에 쏟아졌다. 이륜의 얼굴과 옷이 순식간에 술과 탕과 안주로 뒤범벅되었다. 그 와중에도 이륜은 한 치의 흔들림도 없이 앉아 있었다.

"잘못 짚었어. 엎드려서 싹싹 빌어야지. 내가 섭섭한 게 뭐 있어? 섭섭하다는 건 자네랑 나랑 동격 같은 기분이 들잖아."

말없이 오물 범벅을 뒤집어쓰고 있던 이륜이 얼굴에 묻은 안주를 치우고는 박사용을 향해 무릎을 꿇고 바닥에 머리를 조아렸다.

"무엇이든 하명하시면 성심을 다해 따르겠습니다."

박사용의 입꼬리가 그제야 살짝 올라갔다.

"그래. 양반 피 좀 남아 있다고 이제 좀 알아듣네."

바닥에 닿은 이륜의 이마가 올라올 기미가 없다.

"무엇을 하명하시겠습니까?"

"경강 나루에서 오던 수레, 자네가 분탕 쳤으니 해결해야지."

"그 수레, 끊이지 않고 인왕산에서 갈 것입니다."

"전과 같이 오면 재미가 없지. 기분이 상했는데."

"두 배로 보내겠습니다."

"세 배."

이륜이 천천히 고개를 들며 앉았다.

"어찌 어기겠습니까?"

박사용이 지게문 밖으로 눈을 돌렸다.

"어이!"

그 호출에 지게문이 열리며 화홍이 들어서다 움찔 멈춰 섰다. 무릎 꿇고 앉은 이륜의 얼굴과 옷이 술과 안주로 뒤범벅되어 있었다. 놀라 굳어버린 채 나가지도 들어오지도 못하는 화홍을 향해 박사용이 엷은 웃음을 흘렸다.

"이 진사께서 술을 급하게 드시다 실수했네. 걸레 좀 가져오게."

"아, 알겠사옵니다."

화홍이 황급히 나가자 그저 말없이 앉은 이륜에게 박사용이 술병을 들며 말했다.

"먹다 말았는데, 한잔하겠나? 내가 따르지."

이륜이 담담히 그 술병을 보다가 두 손으로 공손히 잔을 들었다.

"어느 안전이라고 감히 거절하겠습니까?"

이륜의 잔에 술을 따르는 박사용이 웃었다. 소리 없는 박사용의 웃음이 퍼지는 방 안으로 화홍이 무명천 걸레를 들고 들어왔다. 그 참람한 시간의 한 가운데, 담담하니 잔을 비우는 이륜의 술 넘기는 소리만이 정적을 깨고 있었다.

구름 사이로 빠져나온 달이 꽤 밝고 컸다. 홍길이 말고삐를 잡은 말에 탄 이륜이 달빛 아래로 오고 있었다. 이륜의 옷은 술과 안주의 자국들로 어지러웠다. 보지 않으려 했건만 홍길의 시선이 자꾸 그리로 향했다. 이륜이 말을 세웠다. 홍길이 잽싸게 나섰다.

"용변 준비를 할까요?"

말을 세운 채 말없이 달만 올려다보고 있던 이륜이 담담하니 말했다.

"활을 재 보거라."

잠시 어리둥절하던 홍길이 말에 매달아둔 보따리를 풀어 활과 전통을 꺼냈다. 달만 쳐다보고 있는 이륜에게 홍길이 화살을 잰 활을 건넸다. 활을 받아든 이륜이 천천히 몸을 세워 마상에서 달을 향해 겨눴다.

"내가 저놈을 맞출 수 있을 거 같으냐?"

홍길이 이륜을 따라 달을 바라보았다. 달이 크고 둥글었다.

"나리시라면 얼마든지 가능합지요."

"그래?"

이륜이 이윽고 달을 향해, 허공으로 화살을 날렸다. 달을 향해 포물선을 그리던 화살이 먼발치 야산 언덕으로 넘어갔다. 물끄러미 그 궤적을 쫓던 이륜이 말했다.

"언젠가는 되겠지."

홍길이 끄덕였다.

"네, 나리."

화살 날아간 곳을 물끄러미 보던 이륜이 홍길에게 활을 건넸다. 보자기에 다시 활과 전통을 갈무리하고 홍길이 말고삐를 잡았다. 주인은 용변 생각이 없다. 술을 마시는 밤이었으나 주인은 한순간도 취해 있지 않았다. 그게 뻑뻑하고 답답해 홍길은 말고삐를 잡은 채 어떤 위로의 말도 꺼내지 못했다. 그렇게 이륜과 홍길은 밤의 산길을, 쓰러질 듯 쏟아지는 달빛 아래로 미끄러져 갔다.

갖가지 물건들을 실은 수레와 지게들이 연신 인왕산 본가 대문 안으로 들어왔다.

인왕산 종복들과 하녀들이 모두 나와 그 수레와 지게의 짐들을 나누고 골라 행랑채 창고로, 부엌으로, 마당 구석으로 옮기기 바빴다. 사랑채로 가다가 멈춰 선 우도가 텁텁한 얼굴로 그 꼴을 보다가 사랑채 대청마루로 올랐다. 그 뒤로 두루마리 꾸러미를 안은 이륜이 따랐다.

우도의 사랑채는 진귀한 장식이나 가구 같은 것들이 보이지 않았다. 오래된 궤짝들이 여러 짝 자리를 차지하고 있었고 벼루와 붓꽂이와 연적이 놓인 연상이 하나, 책 보는 경상이 하나, 서책과 두루마리들의 선반이 실용적인 상인의 방임을 알 수 있게 꾸며져 있었다. 돈으로 바른 북촌 사대부의 사랑채를 탐내는 흔적은 그 어디에도 보이지 않았다. 단지 이부자리 머리맡에 내걸린 장식용 환도와 그 아래 쇠금고 하나가 유독 눈에 띌 뿐이었다.

이륜이 들고 온 두루마리를 방바닥에 하나하나 펼쳤다. 우도가 돋보기 너머로 반쯤 열린 사랑채 마당을 보았다. 수레와 지게로 바쁜 마당.

"꼭 저렇게 요란하게 해야 돼?"

"도련님이 소대주 되시고 처음 맞는 생일입니다. 최고는 아니라도 별감들 승전 놀이 정도는 마련하고 싶습니다."

한바탕 부산한 마당의 원인 제공자는 이륜이었다. 우도가 뚱하니 이륜을 보았다.

"죄다 낭비야."

"양화진 일도 송상 일도 꼬여버린 탓에 도련님이 많이 상심하고 계십니다. 어르신께서 이해해 주십시오."

입맛을 다시던 우도가 바닥에 펼쳐진 두루마리로 시선을 돌렸다.

"이게 죄다 인삼밭 문서라고?"

이륜이 방바닥에 펼쳐놓은 두루마리들을 하나하나 가리켰다.

"금산부터 서산, 음성, 풍기, 하삼도와 강원도까지 매입할 수 있는 인삼밭들은 거의 수중에 들어왔습니다."

"북방 쪽은 송상과 만상이 차지하고 있고?"

"그쪽을 뚫는 게 관건입니다. 송상 터전인 송도의 삼밭이야 어렵겠지만 그곳을 제외한 북방 인삼밭들이 손에 들어오기 시작하면, 협상에 유리해집니다."

"그쪽들은 얼마를 부르고 있어?"

"얼마를 부르든 우리 쪽에서 두 배까지 제시하고 있습니다."

"세 배까지도 불러. 돈은 신경 쓰지 말고."

"네, 어르신."

우도가 돋보기를 내리자 이륜이 펼쳐놓은 두루마리들을 거둬들이기 시작했다. 우도가 경상 위에 돋보기를 놓고 미간을 쓸었다.

"평시서 박사용이 만났어?"

두루마리를 챙기던 이륜의 손길이 일순 멈췄다가 다시 움직였다.

"네."

그 일순간의 멈춤을 우도가 놓치지 않았다.

"좋은 소리는 못 들은 모양이군."

"늘상 있는 일입니다."

우도가 다시 열려있는 사랑채의 당길문 너머로 시선을 던졌다. 저만치 대문 안으로 들어오는 수레와 지게가 끊이지 않았다.

"두 배를 부르면 세 배를 주고 세 배를 부르면 네 배를 줘."

"네."

"엽전 먹고 얼굴 붉히는 관리는 본 적이 없다."

"네, 어르신."

우도가 무릎을 짚고 자리에서 일어나며 말했다.

"돈은 그런 데 쓰는 거야. 부어라 마셔라 생일잔치는 무슨……"

우도가 굳어진 몸을 풀듯이 서서 사랑채 밖을 볼 동안 이륜이 쇠금고를 열고 거둬들인 두루마리들을 조심스럽게 채워 넣었다. 우도가 이륜에게 등지고 돌아선 채로 말했다.

"천변패들은 어떡할 거야?"

쇠금고를 다 채우고 자물쇠로 채운 이륜이 일어서서 열쇠 꾸러미를 우도에게 건넸다.

"좀 더 지켜볼 요량입니다."

이륜이 건넨 열쇠 꾸러미를 우도가 목걸이처럼 목에 채웠다.

"천변패들…… 박사용이가 키우고 있는 거야."

"알고 있습니다."

"빈틈을 주지 마. 딴생각 못 들게 갖다 바쳐."

이륜이 우도와 같이 사랑채 마당으로 시선을 돌렸다.

"요즘 여러 생각들을 하고 있습니다."

우도가 이륜을 돌아보았다. 이륜은 사랑채 마당에서 시선을 거두지 않았다.

"무르익으면 말씀드릴까 합니다."

우도가 낮은 한숨을 내쉬고는 같이 사랑채 마당을 보았다.

"조정 일은 잘 생각해. 세상 악귀들 다 만나봤지만 그놈들만큼 지독한 놈들은 보지를 못했다."

이륜은 답하지 않았다.

"미안해하지도 부끄러워하지도 솔직하지도 않아. 적어도 저 잣거리의 흉패 놈들은 지가 무슨 짓 하는지는 알거든."

이륜이 고개를 조아렸다.

"네, 어르신."

"뭐 알아서 잘하겠지만."

"네…… 어르신……."

인왕산 마당이 풍물놀이패들의 소리로 가득 찼다.

꽹과리와 장구와 북과 징이 울리고 나발과 태평소와 소고가 날아다녔다. 치배[39]와 잡색[40]이 어우러졌고 상쇠[41]와 무동(舞童)[42]이 흥을 한껏 돋우었다. 소고수(小鼓手)[43]들의 전립에 달린 긴 종이 끈들이 허공을 가르고 마당을 쓸 때면 마당을 메우고 담벼락을 메운 구경꾼들의 탄성이 요란하게 마당 안으로 쏟아졌다.

마당 곳곳을 가득 채운 돗자리는 손님 받는 술상이 넘쳐흘렀다. 흑립의 양반들과 패랭이의 중인들과 경강 여각의 객주들과 시전의 전주들과 반촌의 유생들과 저잣거리의 기생들까지 그득그득했다. 그들 사이로 인왕산 일꾼들과 하녀들과 몸종들이 술병과 안주를 날랐다. 강하와 인왕산 호위들도 대문간과 담벼락 곳곳에 자리 잡고 어지러운 인파를 막고 나누느라 분주했다. 담벼락 위에는 초대받지 못한 행인들과 아이들이 너도나도 기어올라 이 진풍경을 눈에 담고 있었다.

우도의 사랑채 앞으로 장막이 쳐져 있었고 평상을 이어붙인 잔칫상에는 상익의 생일상이 떡하니 펼쳐져 있었다. 비단옷을 화려하게 차려입은 상익이 주인공 자리에 앉았고 그 옆으로 상익의 처와 상익의 아들인 세 살 어린아이가 어미의 품에 안겨 있었다.

그 장막 너머 사랑채 대청마루에 우도의 소반 상이 자리했고 우도가 무뚝뚝한 얼굴로 앉아 있었다. 그 우도의 소반 상 위

---

39. 치배 : 풍물놀이에서, 타악기를 치는 사람.
40. 잡색 : 농악패의 앞과 뒤에서 춤을 추며 군중들의 흥을 돋우고 농악패들을 이끌어가는 사람.
41. 상쇠(上쇠) : 꽹과리를 치면서 전체를 지휘하는 사람.
42. 무동(舞童) : 상쇠의 목말을 타고 춤추고 재주 부리던 아이.
43. 소고수(小鼓手) : 소고를 치는 사람.

쪽에는 이륜의 소반 상이 있었다. 이륜은 내내 비어있는 우도의 오른편 소반 상이 눈에 들어왔다. 안채의 주인, 우도의 아내, 하 씨 부인 하명혜의 빈자리였다. 내내 빈자리를 신경 쓰고 있는 이륜을 향해 우도가 잔을 내려놓으며 말했다.

"신경 쓰지 마."

"사람을 보내겠습니다."

우도가 여태 보이지 않던 딱딱한 시선을 던졌다.

"이 진사."

"네."

우도의 무뚝뚝한 음성이 갈라졌다.

"그냥 둬."

이륜이 무슨 말을 보태려다 입을 다물었다. 묵묵히 마당을 바라보는 우도의 눈에 애를 안아 들고 풍물놀이패의 소리에 맞춰 덩실덩실 춤을 추고 있는 상익이 들어왔다. 벌써 얼큰하게 술이 오른 채 세상을 다 가진 듯 입꼬리가 올라간 상익. 우도가 천천히 자신의 잔을 채웠다.

"저놈 하나로도 나는 벅 차."

흐드러진 꽃들을 끼고 앉은 인왕산 본가의 안채로 여러 몸종들이 분주했다.

동백기름을 담은 유병과 백분을 담은 분합과 경대와 빗접과 각양각색의 노리개, 떨잠, 가락지, 비녀가 어지럽게 널려있는 방 안에서 안채의 주인이 좌정하고 앉아 있었다. 날아갈 듯 화려한 삼회장 비단 저고리와 금박 끝동을 덧댄 스란치마를 입고 등을 꼿꼿이 세우고 앉아 무표정하지만 또렷한 눈빛으로 냉기를 흘리고 있는 여인. 인왕산 안채의 주인. 하 씨 부인 하명혜.

분단장을 시작도 못 했으나 꼼짝 않고 움직일 줄 모르는 하 씨 부인의 그 석상 같은 부동에 대청마루로 열린 장지문 밖이 잔뜩 긴장하고 있었다. 문밖에서 대기 중인 십여 명의 몸종들과 분단장을 위해 시전에서 불려 온 여인네들이 안주인의 하명을 기다리며 도열하고 있었다. 안채 몸종 하나가 재촉하는 주변의 시선을 안고 한참을 주저하다 입을 열었다.

"마님. 이미 시작된 지 한참 되었습니다."

그래도 하 씨 부인은 꼼짝하지 않았다. 그저 마당으로 난 당길문 너머로 시선을 던져둔 채 미동도 없었다. 풍물패 잔치 소리가 요란한 바깥사랑채로 향한 당길문의 격자가 방 안에 해그림자만 드리우고 있었다.

"대주 어르신께서 기다리십니다. 하명이 있으시면…… 전하겠습니다."

그렇게 좌정하고 앉아 침묵하고 있던 하 씨 부인의 입에서 오래된 냉기가 흘러나왔다.

"문 닫아."

움직이지 않는 동공, 움직이지 않는 그림자.

"바람 들어온다."

그 부동의 냉기 앞에서 몸종이 물러났다. 조용히 장지문 닫히는 소리가 나고 사람들이 물러갈 동안 하 씨 부인은 그렇게 방바닥에 박힌 채 움직일 줄 몰랐다.

인왕산 대문 앞은 인산인해를 이뤘다. 점점 고조되며 요란해지는 풍물패 장단은 마당과 대문간을 넘어 동네로 퍼져나가며 사람들을 불러 모았다. 인왕산 호위들의 검문을 받는 대문으로 약속된 손님들이 연신 찾아왔다. 오늘은 장사를 접고 문 닫은 싸전 행랑 건너편, 경수와 만복이 손님들이 드나드는 인왕산 대문을 지켜보며 담벼락에 기대 서 있었다.

만복이 대문 안이 잔뜩 궁금한 얼굴로 말했다.

"이거는 진짜 별감들 승전놀이 아닙니까? 북촌 생일상도 이런 건 못 봤는데?"

경수가 가자미 눈깔로 받았다.

"돈지랄이 난 거지."

경수가 누군가를 알아보고 눈알이 동그래졌다.

"어! 저기."

만복을 따라 경수가 대문을 바라보았다. 갓을 쓴 일행들 대여섯이 그 대문 앞으로 오고 있었다. 평시서 이속(吏屬)[44]들과 박사용이었다. 평시서 주부가 평시서 서원(書員)과 사령(使令)들을 대동하고 나타난 것이다. 박사용을 알아본 인왕산 호위들이

---

44. 이속(吏屬) : 각 관아에 둔 구실아치.

부리나케 다른 손님들과 행인들을 밀치고 갈라 박사용을 받느라 한바탕 야단을 떨었다. 만복의 고개가 갸우뚱 돌아갔다.

"저 갓 쓴 놈, 시전에서 많이 본 놈인데?"

경수는 대번에 박사용을 알아보았다.

"평시서 주부 박사용이…… 북촌 대감들 뒷돈 창구. 그 대감들이 임금은 버려도 저놈은 못 버리지. 한 마디로 어마어마한 놈."

만복이 감탄하듯 고개를 주억거렸다.

"인왕산 끗발이 세긴 세네. 중인 놈 생일잔치에 양반에 평시서 관리까지 납시는구만."

박사용 일행의 행차가 한바탕 시끌벅적하더니 대문 안으로 사라졌다. 포청 포교와 포졸 따위 안중에도 없이 이리저리 부딪히고 밀치며 인왕산 대문으로 달려가는 행인들을 떨떠름하게 보던 경수가 반대쪽으로 걸음을 옮겼다.

"이놈들이 세상 물 만났구나—"

만복이 경수를 따라붙었다.

"우리도 탁주 한 사발 달라 할까요?"

"에라이 소박한 놈. 기왕 달랠 거 탁주 한 사발이 뭐냐?"

"그럼 송화주? 두견주?"

"뭘 그렇게 겸손해? 좀 실팍한 거 생각해 봐."

"그럼 형님은요? 뭐 드실라고?"

"먹을래믄 인왕산 주는 돼야지."

만복이 콧구멍을 벌름거렸다.

"그게 뭔데요?"

경수의 팔자걸음이 휘적휘적 인왕산 싸전 길을 누볐다.

"인왕산 담근 술."

"그런 술도 있어?"

겁도 없이 달려오는 인파들을 향해 쇠좆매를 들어 보이며 위세를 떨던 경수가 힐끗 뒤를 돌아보았다. 인왕산 하우도의 본가가 새까맣게 몰려든 한양 땅 백성들에 둘러싸여 있었다.

"새로 나왔어. 아주 시큼하면서 달달한 놈."

박사용이 시끌벅적한 호위들의 안내를 받으며 마당으로 들어서자 애를 안고 있던 상익의 얼굴이 일순 찌푸려졌다. 대청마루의 우도와 이륙도 박사용을 알아보고는 놀란 듯 자리에서 일어났다. 상익이 얼른 아이를 처에게 안기고 잽싸게 일어나 박사용 일행에게 달려갔다. 한아름 만개한 웃음을 가득 띤 상익의 환대가 요란스러웠다.

"아이고 나리— 어쩐 일이십니까?"

박사용이 뒷짐을 지고 풍물패가 한창인 마당을 휘 둘러보았다.

"어. 지나는 길에 상익이 자네 생일잔치 열렸다는 소리 듣고 말이야."

"캬— 그래도 이렇게 들러주시니 정말 감읍하는 마음이 절로 납니다. 행여 부담되실까 일부러 연락드리지 않았습니다."

연신 굽실거리는 상익의 어깨를 툭툭 쳐주는 박사용.

"괜찮아 괜찮아. 근데 이거 선물도 없이 빈손으로 왔네?"

상익이 상익 처에게 애를 데리고 물러나라 얼른 눈짓하고는 잔칫상으로 박사용을 안내했다.

"아이고 무슨 말씀을! 이리 자리 하시지요."

상익 처가 아이를 안고 물러나는데 우도와 이륜이 바람같이 달려왔다. 손님들이 무슨 일인가 수군거리며 구경 중이었다.

이륜이 얼른 다가와 공손하게 허리를 숙였다.

"오셨습니까? 나리."

우도가 느린 걸음을 재촉하듯 다가와 늙은 허리를 숙였다.

"오랜만에 뵙습니다, 주부 나리."

박사용이 건들건들 손을 들어 보였다.

"어— 하 대주 잘 계셨소?"

우도가 다시 한번 깍듯하다.

"늙은 몸이라 인사도 자주 못 드렸습니다."

"괜찮아요, 뭐. 바쁜 거 다 아니까."

무슨 일인가, 흥이 깨지며 소리가 잦아든 풍물패와 잔뜩 시선이 몰린 주변을 향해 박사용이 능청을 부렸다.

"이거 나 때문에 판이 깨졌네. 보시오들! 여기 신경 쓰지 말고 하던 대로! 신나게!"

대청마루의 술상이 박사용을 중심으로 다시 정리되었다.

박사용이 상석에, 그 주위로 우도와 이륜과 상익의 소반 상이 다시 차려졌다. 우도가 박사용에게 술을 따랐다.

"언제 한번 제대로 자리를 마련하겠습니다."

"어이구 아녜요. 이만한 자리가 어딨다고?"

그러고는 풍물 소리 요란한 마당으로 눈길을 던졌다.

"보기 좋네. 요새 보기 싫은 꼴만 잔뜩 봤는데."

들으라고 한 소리다. 이륜이 알고 우도가 알았다. 상익이 까불까불 나섰다.

"아이참! 주부 나리 눈 버리시면 안 되는데! 제가 조만간 눈 호강 제대로 시켜드리겠습니다! 기대해 주십쇼!"

상익이 과하다. 우도의 불안을 이륜이 읽었지만 나설 자리가 아니었다. 박사용이 상익의 어깨를 툭툭 쳤다.

"역시! 상익이 자네밖에 없어."

"별말씀을 다 하십니다. 저는 언제나 주부 나리뿐입니다. 하하하—"

요란한 상익을 견디지 못하고 우도의 안색이 굳어졌다.

"그만하거라. 나리께서 불편하시다."

박사용이 우도를 말렸다.

"아녜요. 아닙니다. 아주 좋습니다. 오늘 인왕산 소대주 생일인데 뭔 말인들 어떻습니까? 자! 잔을 비울까요?"

상익이 냅다 무릎을 꿇고 잔을 들었다.

"이렇게 찾아주셔서 정말 영광입니다! 나리!"

그런 상익과 잔을 든 채 앉아 있는 우도와 이륜을 박사용이 보았다. 이륜이 얼른 상익을 따라 무릎을 꿇었다. 결국 우도마 저 늙은 무릎을 꿇고 잔을 들었다. 그제야 박사용의 입꼬리가 올라갔다.

"생일 축하허이."

상익이 넙죽 조아렸다.

"감사합니다, 나리!"

그제야 잔들이 비워졌다. 상익은 내내 그랬다. 권력을 향한 낮은 것의 태도. 박사용을 향한 인왕산의 태도. 인왕산 소대주 로서 그 굴종의 맨 앞자리에 자신이 있겠다는 묘한 사명감과 책임감으로 무장돼있는 자신이 상익은 뿌듯했다. 그래서 우도 는 상익이 불안했다. 이륜의 굴종과 상익의 굴종은 달랐고 그 게 인왕산을 어디로 끌고 갈지 몰라 불안했다. 그런 우도의 불 안을 마당 저편 강하가 보고 있었다. 인왕산 우두머리들의 그 초라한 웃음과 굴종을 보고 있었다. 아직 갈 길은 먼데 하늘이 어두워지고 비구름이 몰려왔다.

사랑채 몸종들이 보료를 깔고 아랫목을 살피면서 우도의 자 리를 마련하고 있었다. 술기운으로 붉어진 우도가 경상에 팔을 기대고 비 떨어지는 마당을 보았다. 잔치의 뒤끝을 치우는 하 인들로 아직 훤한 마당의 횃불들을 우도가 보고 있었다. 몸종 하나가 찻상에서 찻물을 다 내리자 우도가 몸종들에게 눈을 돌렸다.

"다 끝났으면 다들 나가 보거라."

이부자리 정리가 끝난 몸종들이 인사하고 나갔다. 방 안에는 이륜만이 남아 우도에게 차를 올렸다. 찻잔을 들고 비 떨어지는 마당으로 다시 깊은 술기운을 뱉어내는 우도가 한참을 그렇게 찻잔을 들고 있다 경상에 내려놓았다.

"내가 죽으면 상익이가 인왕산을 잇는다."

찻잔을 들려던 이륜이 우도를 따라 찻잔을 내려놓았다.

"당연하지만 아직 급하신 말씀입니다."

마당을 보는지 비를 보는지 알 수 없는 우도의 시선이 바깥을 떠돌았다.

"내 몸은 내가 알아."

"술기운이 돌아 심기가 안 좋으신 겁니다."

우도가 이륜을 돌아보지도 않고 말했다.

"우리가 몇 년이나 됐나?"

"스물한 해가 됐습니다."

우도가 끄덕였다.

"맞네. 강하 나이를 알면 우리 세월이 보이지. 강하 태어났을 때 만났으니까."

"네."

"내 속을 유일하게 듣는 게 자네야."

이륜은 말이 없다. 차분하다 못해 묵직한 공기가 마당으로 열린 당길문을 타고 사랑채 안으로 꾸물꾸물 들어왔다. 우도가 그 공기를 들이마셨다.

"내가 죽고 나면 상익이가 인왕산을 건사할 거 같아?"

담담한 이륜의 목소리가 우도의 뒤에서 들려왔다.

"얼마든지 하실 수 있습니다."

우도가 이륜을 돌아보며 그 눈을 똑바로 응시했다.

"내 눈을 보고, 진심으로 말해."

이륜의 담담한 목소리는 미동이 없었다.

"사람이 자리를 만들지만, 자리가 사람을 만들기도 합니다. 상익 도련님, 충분하십니다."

우도가 호흡을 멈추고 이륜을 보고 있다가 천천히 마당으로 눈을 돌렸다.

"나는, 아니야."

이륜은 답하지 못했다.

"갓난애 둘을 앞세우고 본처도 죽고 내 나이 서른넷에 후처 소생으로 겨우 본 놈이야. 옛말이 틀린 게 없다. 그놈을 오냐오냐 응석받이 칠푼이로 키운 게 나야."

술이 과한 날이었다. 번잡한 우도의 고민이 온전히 이륜에게 전달돼 왔다. 끊어야 했다. 숨기고 있던 고민이 깊어지면 해선 안 될 말이 나오기도 하는 법.

"어르신. 주무실 시간입니다. 술도 과한데 이렇게 어지러우면 자리가 힘드실 겁니다."

이륜이 아예 자리를 파할 생각으로 일어섰다.

"편히 주무시고 내일 낮에 듣겠습니다."

술기운이 사라진 우도의 목소리가 짧고 강하게 이륜에게 닿았다.

"들어."

엉거주춤 일어나려던 이륜이 천천히 다시 앉았다. 우도가 마당에서 눈을 떼지 않았다.

"내가 죽고 나면 상익이 지켜줄 수 있겠나?"

한동안 답이 나오지 않았다. 이륜은 침묵했고 우도는 보채지 않았다. 비 떨어지는 소리가 잦아들 때쯤 이륜이 담담히 말했다.

"네, 어르신."

우도의 깊은 날숨이 한 번 마당으로 쏟아지고는 한결 차분한 음성으로 돌아 나왔다.

"잡배들의 인왕산이 자네를 만나 거상이 됐다. 그게 상익이까지 갈 수 있겠나?"

이륜은 머뭇거리지 않았다.

"네, 어르신."

우도가 두어 번 다시 깊은 날숨을 마당으로 내보내고는 이부자리에 누웠다.

"올 게야. 한 번은 감당할 수 없는 큰 파도가 올 게야."

이륜이 우도의 이불을 챙겨 덮어주었다.

"어지러운 날입니다. 평소보다 과음하셨고. 내일이면 많이 좋아지실 겁니다. 푹 주무십시오."

우도가 천천히 눈을 감았다. 가도 된다는 뜻이다. 이륜이 조용히 일어나 문가에서 허리 숙여 절하고는 문밖으로 나갔다. 그제야 우도가 눈을 뜨고 천장을 보았다.

술기운은 고사하고 뚜렷하고 형형하기만 한 우도의 눈길이 천장을 뚫고 그 검은 구름으로, 비 오는 밤하늘로 멀어지기 시작했다.

11. 현행범(現行犯)

비가 오는 밤길을 비단에 기름먹인 화려한 비막이 유삼(油衫)을 입고 푸른 갈대 삿갓 청약립(靑蒻笠)을 쓴 채 말에 탄 사내 하나와 지푸라기 도롱이를 입고 갈모를 쓴 두 명의 사내가 오고 있었다. 말고삐를 잡은 사내와 제등을 든 사내. 생일잔치를 마친 인왕산 소대주 상익을 호위하는 호위 두 명이었다. 그렇게 부어라 마셔라 한낮을 보냈음에도 상익이 또 술을 찾아 나선 길이었다. 그 어느 길에서 상익이 말을 세웠다.

"싸고 가자."

흔들흔들 비 떨어지는 개울가에 오줌발을 갈지자로 흘리던 상익이 저만치 떨어져 있는 호위들에게 술 푸념을 해댔다.

"야— 니들 말이야. 기분이 좋으면서도 이상하게 좆 같은 걸 이걸 뭐라 해야 돼?"

호위들이 알 리가 있나. 아랫것의 눈치로 무장하고 주억거리는 그들.

"잘…… 모르겠습니다, 도련님."

일을 마친 상익이 바지춤을 올렸다.

"그래! 연화루 가서 기생년들한테 물어보자!"

제등을 든 호위가 얼른 상익 앞으로 뛰어왔다.

"진작에 일러두어 초저녁부터 다들 기다리고 있는 중입니다."

"그래. 가자 가."

상익이 말에 오르려는데 비가 더욱 거세게 쏟아졌다. 상익이 말에 타길 포기하고 비 쏟아지는 하늘을 힐끔거렸다.

"야! 이거 기방 가기 전에 익사하겠는데?"

두리번거리던 상익의 시선에 물레방앗간 하나가 들어왔다.

"저긴 뭐야?"

"물레방앗간입니다."

상익이 말을 버려두고 종종걸음으로 빗속을 뚫었다.

"잠깐만 있다 가자. 아주 그냥 부랄까지 다 젖었다."

제등을 든 호위가 물레방앗간 안으로 들어서는 상익의 길을 비쳤다. 그러다 제등을 드는데 이미 와있던 사람의 그림자 하나가 일행의 눈에 들어왔다. 움찔 놀라며 물러서는 상익과 호위들과 마찬가지로 그 그림자도 소스라치게 놀라며 물러났다.

물레방앗간 안에서 젖은 저고리를 벗어 쥐어짜며 말리고 있던 젊은 여인네 하나가 저고리를 끌어안으며 단발마를 내뱉었

11. 현행범(現行犯) 153

다. 남루한 무명 저고리에 두루치[45]. 분명히 양가의 여식이 아니라 양가에 딸린 몸종이 분명했다. 상익이 눈길도 돌리지 않고 비에 젖은 채 바들바들 떨고 있는 여인의 몸을 훑었다.

"어이구…… 손님이 먼저 계셨네?"

겁에 질린 여인이 뒤로 주춤주춤 물러나다 맨살의 등이 벽에 닿았다.

"누, 누구셔요?"

온몸이 잔뜩 젖은 채 품에 끌어안은 저고리 너머, 처녀의 속살과 가슴이 등불에 어른어른 드러났다. 상익의 불손한 술기운이 한껏 요동치며 저 깊은 곳에서부터 올라오기 시작했다.

"뭐냐 이건?"

상익이 오줌발을 날리던 그 개울 옆으로 찢어진 갈모에 낡아빠진 도롱이 두 개가 나타났다.

"아이 그냥 집으로 가자니까 한 바퀴 더 돌자고. 이러다 고뿔 걸리면 내일 출근 어떻게 합니까?"

"이노무 쉐끼…… 우리가 일한다고 돌았냐? 술판 찾아 돌았지."

"그게 우리 일이잖아요."

경수와 만복이었다. 잔치판 벌어진 인왕산을 나와 운종가 시전에서 천변의 투전판을 거쳐 남대문의 칠패 장터까지 두루두

---

45. 두루치 : 폭이 좁고 길이가 짧은 하녀들의 치마.

154

루 공짜 술을 찾아 기찰 아닌 기찰을 다니던 두 놈이 마침 이 길로 나타난 것이었다.

"으악!"

순간 멀리서 날카로운 여인의 비명 소리가 비 오는 공기를 타고 들려왔다. 화들짝 놀라며 경수와 만복이 멈춰 섰다. 경수가 눈을 부라리며 귀를 쫑긋 세웠다.

"들었지?"

만복이 침을 꼴딱 삼키고는 경수 옆으로 쫄래쫄래 다가와 붙어 섰다.

"우이씨— 뭐야? 귀신이야?"

경수가 두리번거렸다.

"어디서 난 거야?"

먼발치 물레방앗간이 만복의 시선에 들어왔다.

"저기 아녜요?"

경수가 그 괴성의 출처를 노려보며 끄덕였다.

"그지? 물레방앗간."

빼꼼히 물레방앗간 문을 열고 들어서던 경수와 만복이 우뚝 멈춰 섰다. 기둥에 걸어놓은 제등 아래, 호위 두 명과 웃통 열어젖힌 상익이 바닥에 쪼그리고 앉아 뭔가에 바빴다. 바닥에 쓰러진 누군가의 뺨을 때리고 흔들며 열심이었다. 그 꼴을 물끄러미 보고 있는 경수와 만복을 알아챈 상익과 호위들이 흠칫 놀라며 손길을 멈췄다. 경수가 빤히 상익을 보았다. 저놈. 인왕산 소대주 하상익. 경수가 모를 리 없다. 하지만 상익은 이 거지꼴의 포청 인물 둘이 누군지 알 길이 없었다. 안으로 들어서며 도롱이와 갈모를 벗는 사내 둘의 복장으로 짐작만 할 뿐이었다. 허리춤에 덜렁거리는 포교의 쇠좆매와 포졸의 육모방망이. 그리고 빨간 포승.

웃통을 벗고 있던 상익이 얼른 저고리를 추슬러 입으며 이마의 땀을 훔치는데 뺨 한쪽에 난 날카로운 상처와 핏자국이 불빛에 어른거렸다. 상익이 허둥대며 저고리 고름을 묶었다.

"오해하면 안 되오."

경수가 상익에게는 관심도 없이 바닥에 뭐가 있나 하는 얼굴로 설렁설렁 다가왔다.

"오해는 뭐가 있어야 오해를……"

드디어 경수가 바닥의 정체를 보았다. 여인네 하나가 쓰러져 누워 있었다. 겁간이라도 당한 듯 치마는 말려 올라가 있고 저고리가 반쯤 벗겨진 채 축 늘어져 있었던 것이다. 호위들도 당혹스러운 듯 주춤주춤 물러났다. 상익이 연신 흐르는 이마의 땀과 상처의 피를 닦았다. 땀과 피가 범벅 된 상익은 잔뜩 상기되어 있었다.

"비를…… 비를 피해 들어왔는데 이 처자가 복통이 났는지 숨이 넘어가길래 살려볼라고……"

경수가 그 말은 안중에도 없는 듯 날카로운 눈짓으로 만복에게 입구를 가리켰다. 만복이 성큼 막아서듯 입구 앞에 섰다.
여인의 시신 앞에 쪼그려 앉은 경수가 시신을 살폈다. 목을 조
른 흔적이 역력했다. 목의 맥도 짚어보고 코에다 귀를 대보는
경수. 확실했다.

"죽었네."

상익이 당황하며 머리를 벅벅 긁어댔다.

"아 씨……!"

경수가 힐긋 상익을 올려다보았다.

"목을 졸랐네."

상익이 짜증을 부리듯 목소리가 갈라졌다.

"이거 오해라니까."

경수가 여인의 올라간 치마를 내려주고 열린 저고리를 닫아
주고는 일어났다.

"했냐?"

상익이 부들거렸다.

"뭐요? 뭐, 뭘을 해?"

경수가 상익과 호위 둘을 느릿한 시선으로 오갔다.

"장안에 여자는 덮치기만 하면 다 네 꺼냐?"

올 데까지 왔다. 상익이 눈을 부라리며 낮게 으르렁거렸다.

"이런 씨발……!"

그 말과 동시에 호위들이 단도를 빼 들었다. 또 그와 동시에
경수의 쇠좆매가 빠르게 허리춤에서 빠져나오더니 호위 하나

의 목을 가격했다. 만복의 육모방망이가 허공을 비행해 곧장 그 뒤에 선 호위에게 날아들었다. 인왕산 정예 호위 둘이 일순 간에 쓰러졌다. 격투를 준비하지 못한 채 일어난 일이라지만 예 사 포교와 포졸이 아님을 상익은 직감했다. 상익이 다짜고짜 입구로 뛰었다. 하지만 그곳은 호랑이와 몸싸움도 마다하지 않 던 만복의 자리. 만복이 그대로 마주 달려오며 상익을 받아버 렸다. 허공으로 뜬 상익이 뒷벽에 부딪히며 그대로 고꾸라져 버 렸다.

호위 둘은 입에 재갈이 물리고 포승에 묶인 채 바닥에서 버 둥대고 있고 상익은 포승에 묶인 채 무릎 꿇려 앉아 있었다. 경 수가 물레방아에 걸터앉아 여인의 시신을 시큰둥하니 내려다 보고 있었다. 만복은 상익의 뒤통수를 언제라도 후려갈길 듯 육모방망이를 든 채 상익의 뒤에 서 있었다. 상익이 울상으로 경수에게 읍소했다.

"흥정…… 흥정합시다."

경수가 뚱하니 상익을 보았다.

"사람이 죽었는데 뭘 흥정해?"

"백 냥! 백 냥 드리겠소."

경수가 요란하게 입을 쩍 벌렸다.

"백 냥?"

만복이 휘둥그레진 눈으로 상익을 보았다. 쌀 한 가마니가 닷 냥인데 백 냥을 준다고? 평생에 한 번 만져나 볼 돈인가.

"진짜?"

상익의 다급한 눈길이 경수와 만복을 바쁘게 오갔다.

"그냥 몸종이잖소. 허구한 날 죽어 자빠지는 애들. 이거 덮어
주면 내가 백 냥 드리겠소. 난 그냥 손이나 잡자 하고 그랬는데
이년이 보자마자 돌멩이로 얼굴을 찍길래······"

경수가 말을 끊었다.

"뉘 집 도령이오?"

기 싸움이다. 밀리면 안 된다. 이런 포졸들 따위야 얼마든지
돈으로 가능하다. 그런 생각으로 상익이 도발적인 시선을 경수
에게 던졌다.

"그러는 당신은?"

경수가 입술을 삐죽 내밀었다.

"나? 나 우포청 포교 채경수."

"채 포교. 내가 두 사람 백 냥씩 이백 냥까지 드리리다. 좋게
해결합시다."

갑자기 경수가 쇠좆매로 상익의 머리통을 한 대 쥐어박았다.

"새꺄. 나도 깠으면 너도 까야지. 조선 땅 통성명은 기본 중
에 기본 아냐?"

아픔도 치욕도 지금은 참아야 했다. 더 이상 길게 끌면 고단
해질 뿐이라고 생각한 상익이 결심한 듯 고개를 끄덕였다.

"나······ 인왕산 하상익이오."

경수가 시큰둥하니 받았다.

"인왕산에 너만 사냐? 뉘 집이냐고?"

상익이 경수를 노려보았다. 여기 관할이라면 우포도청. 그곳은 포장 영감 김영출이 인왕산 뒷배이지 않은가. 겁내거나 위축될 일이 아니다. 아버지의 이름이라면 포청의 졸개 따위야 얼마든지.

"우자 도자 함자를 가지신 분이 아버님이오."

"우자 도자? 혹시 그 하우도……?"

"그렇소."

"그 왈짜 두목?"

이런 반응을 예상하지는 못했다. 뭔가 엇나가고 있다는 생각이 들었지만 상익은 치밀어 오르는 화기와 치욕감을 눌러야 했다.

"말씀 삼가시오."

경수가 상익의 뒤통수를 아랫것 때리듯 올려붙였다. 딱 소리가 제법 크게 났다.

"그럼 왈짜 두목 나리. 됐냐?"

결국 상익이 터졌다. 발끈하는 몸이 저도 모르게 들썩였다.

"이게 보자 보자 하니까……!"

경수가 눈빛 하나 흔들리지 않는 얼굴로 바닥에 나자빠져 있는 호위들을 턱짓으로 가리켰다.

"너도 땅바닥이랑 친해지고 싶니?"

상익이 부들부들 떨었다.

"너…… 인왕산을 모르는구나. 내가 인왕산 소대주 하상익이다. 너…… 디지는 수가 있어."

경수의 쇠좆매가 상익의 머리를 툭툭 건드려왔다.

"그런 대단한 새끼가 해웃값이나 주고 기생방 은근짜[46]나 쪼지…… 길가는 여염집 아녀자를 겁간하고 죽이냐? 나 우포청 포교 채경수야. 넌 오늘부로 뒈진 거야."

상익이 부서질 듯 이를 악다물었다.

"너 이러고도 무사할 거 같아? 포교 따위가 인왕산에 기어올라?"

경수가 앞뒤 없이 중얼거렸다.

"죽을죄를 지었습니다."

상익이 진심으로 놀라 물었다.

"뭐?"

경수가 귀찮은 듯 손을 내저었다.

"해보라고. 죽을죄를 지었습니다. 그럼 봐줄 수도 있어."

상익이 기가 막힌 듯 입을 벌리고 경수를 보았다. 경수가 쇠좆매를 손바닥에 탁탁 놀리며 찢어진 눈깔로 상익을 흘겼다.

"용수 쓰고 포승 받고 포청 가서 쥐 터질래? 죽을죄를 지었습니다, 할래?"

상익의 눈에 바닥에 쓰러진 채 기절해있던 호위들이 보였다. 경수의 발아래 쓰러져있는 여인의 시신이 보였다. 불량해 보이

---

46. 은근짜 : 어느 정도 가무를 하고 은근히 매음을 하던 기생.

는 경수의 시커먼 쇠좆매가 보였다. 깊은 한숨과 함께 떨리는 목소리가 상익의 입에서 흘러나왔다.

"죽을죄를…… 지었습니다……"

경수가 딱딱하니 말했다.

"안 들려. 크게."

상익이 크게 한 번 들숨을 물고 소리를 높여 다시 말했다.

"죽을죄를 지었습니다."

경수가 쇠좆매로 장단을 맞추며 다시 말했다.

"더 크게."

결국 상익이 고함을 지르듯 부르짖었다.

"죽을죄를 지었습니다! 씨발!"

경수가 힐끔 상익을 보았다.

"씨발은 빼야지."

밤의 한양 땅을 다 호령하는 인왕산 소대주가 일개 포졸에게 꿇어앉아 죄를 빌고 있었다. 이 치욕이 상익은 현실 같지 않았다. 그래도 일단 이 미친놈에게서 벗어나야 했다. 애타는 목소리로 상익이 경수를 올려다보았다.

"죽을죄를 지었습니다, 이보시오."

경수의 목소리가 딱딱 끊어지며 맑아졌다.

"너 확실히 발고했다. 죽을죄를 지었다고."

경수의 그 맑은 말투가 결국 상익을 폭발시키고 말았다. 눈을 부라리며 상익이 폭주했다.

"야…… 이…… 개새끼야!"

순간 상익은 눈앞이 컴컴해지며 정신을 잃고 엉덩이를 치켜
든 채 바닥에 쓰러졌다. 경수의 쇠좆매가 기다렸다는 듯이 허
공을 반원으로 크게 돌아 상익의 머리통을 거침없이 찍어버린
것이다. 그 멀어지는 어둠을 타고 경수의 중얼거리는 소리가 상
익의 귓전으로 흘러들었다.

"아 이 새끼…… 깜짝 놀랐네."

"아이고— 춘심아—"

누군가의 곡소리가 문졸들이 보초를 서고 있는 우포도청 담
을 넘었다. 늙은 노비 부부가 거적때기에 놓여있는 여인의 시신
을 붙들고 통곡하고 있었다. 경수가 포청 툇마루에 퍼질러 앉
아 뚱하니 그 꼴을 보고 있었다. 춘심이. 물레방앗간에서 죽은
여인의 이름. 여인의 어미로 보이는 노파가 핏기 가득한 붉은
눈으로 시신을 끌어안고 울부짖었다.

"아무리 몸종년이지만 그 멀쩡하던 애가……!"

통곡으로 자지러지는 어미를 보다가 아비가 주변을 둘러싼
포졸들을 올려다보았다.

"누굽니까? 군관 나리! 대체 누굽니까?"

포졸 하나가 툇마루에 앉은 경수 눈치를 힐긋 보고는 그 노
비에게 물었다.

"어디 집 몸종이야?"

"김조순 나리 댁입니다! 우리 춘심이가 그 외동 따님의 보모라고요! 주인마님께서 애지중지하시는 아기씨 보모요! 주인마님과 아기씨가 이 사실을 아시면 절대! 절대 가만 안 있습니다!"

김조순(金祖淳)? 그 외동딸의 보모? 늘어져 앉아 귓등으로 듣고 있던 경수가 화들짝 놀라며 눈을 부라렸다.

어디선가 고문을 하는지 죄인들 비명 소리가 사방에서 들려왔다. 목에 칼을 찬 상익이 몇몇 죄수들과 함께 우포도청 구석 옥방에 앉아 그 소리를 듣고 있었다. 상익의 시선에 만복과 포졸들에게 끌려오는 비명의 주인공들이 보였다. 극심한 고문에 초주검이 되어 다른 옥사 안으로 던져지는 호위들. 어젯밤 물레방앗간 그 야단법석의 현장에 있었던 호위들이었다. 잔뜩 긴장한 상익이 호위들의 옥방 문을 닫는 만복에게 읍소했다.

"여, 여보게…… 사람 좀 불러주게. 형조의 박형서 참의에게 가서 내 사정을 말해주면 내 꼭 사례하겠네."

호위들의 옥방 문을 닫고 돌아서는 만복이 코를 팽하니 풀었다.

"이 새끼가 어디서 하대질이야? 너 양반이야? 중인 새끼가……"

상익이 비굴한 얼굴로 주억거렸다.

"그럼 인왕산 집에라도 기별하게 해주시오. 내 말만 들어주면 추전(追錢)[47]이 됐든 헐장금(歇杖金)[48]이 됐든 기백 냥, 아니 기천 냥도 드리겠소!"

만복과 포졸들 눈알이 휘둥그레졌다.

"기천 냥?"

순간 만복의 뒤통수에서 퍽 소리가 났다. 어느새 나타난 경수가 한 대 후려갈긴 것이다.

"에라이― 그걸 믿냐?"

만복이 뒤통수를 잡고 뾰로통한 얼굴로 경수를 돌아보았다.

"아이― 그냥 받아줬어요."

재미난 구경이라도 난 듯 경수가 상익의 옥방 앞에 서서 히죽거렸다.

"이야― 칼도 차고 대장으로 모셨구만. 알지? 너는 현행범이니까 모가지 댕강인 거?"

상익이 엉덩 걸음으로 옥방 문 앞으로 바짝 다가왔다.

"채 포교 나리…… 우리가 꼭 이렇게 해야 됩니까? 내가 뭔 수를 써서라도……."

경수가 맹랑한 표정을 짓고는 아이처럼 고개를 저었다.

"아니, 수 쓰지 마. 니 수 없다. 니 똘마니 둘도 죽는다. 그 새끼들은 칼을 빼 들고 포교를 죽이려 들었어. 네가 지시했고. 알지?"

---

47. 추전(追錢) : 부잣집에서 사건이 발생하면 수사비용 전부를 피해자가 부담하던 돈.
48. 헐장금(歇杖金) : 범인 체포 인치시, 범인으로부터 받는 곡식이나 금전.

"내가 여기 있단 걸 알면 형조에서도 사람 오고 한성부에서
도 달려오고……"

경수가 새치름하니 상익을 보며 말을 잘랐다.

"네가 죽인 처자가 누구냐! 규장각 직각(直閣)[49]인 김조순 나
리가 애지중지하는 외동 따님의 보모 되신다. 초계문신(抄啓文
臣)[50] 김조순! 규장각 두목! 나라님께서 요즘 가장 총애하시는
끗발 1위! 형조? 한성부? 이 새끼가 기어코 석 자 다섯 치 곤장
맛을 봐야 정신을 차릴래나……."

상익이 눈물 콧물까지 짜내며 온 얼굴을 찡그렸다.

"제발! 제발 부탁드립니다! 집에만 알려주십시오! 집에만!"

인왕산 팔각정에는 그 어느 때보다 화려한 산해진미가 차려
져 있었다. 화로에는 이륜이 직접 굽고 있는 쇠고기가 이글거리
고 있었고, 그 앞자리에 앉은 황경도는 이륜이 정성으로 구워 올
려놓는 고기를 날름날름 받아먹느라 바빴다. 반촌 송기후의 현
방에서 가져온 최고급 쇠고기 안심이 황경도의 입에서 녹았다.

"규장각 직각이 뭐냐? 청요직 중의 청요직! 임금이 안방처럼
드나드는 규장각 책임자. 임금이 직접 뽑은 인사라 이거야."

황경도의 말에 이륜이 가볍게 끄덕였다.

"소문은 들어 알고 있습니다."

---

49. 직각(直閣) : 규장각에 속한 정삼품에서 종육품까지의 벼슬.

50. 초계문신(抄啓文臣) : 정조 때에, 초계를 통하여서 뽑힌 당하관 문신.

"김조순이 누구냐? 약관의 나이에 과거에 급제해서 임금께서 친히 이름과 호를 내려 유명해진 인물이오. 4대조가 영상을 지냈던 집안이고 한마디로 북악의 노른자. 이거는 건드려도 완전 실세 중의 실세를 건드린 거야."

이륜이 비단 보자기에 싼 함 하나를 황경도의 앞으로 밀어 놓았다.

"저번에 포장 영감이랑 걸음하셨을 때 포두 나리께 드린다는 것을 놓쳤습니다. 이제 나이 든 탓이라 여겨주소서."

황경도가 함을 슬그머니 제 옆으로 챙겼다.

"하상익이 헐장금?"

"헐장금은 당연히 따로 준비해야지요."

"요번엔 꽤 준비해야 할 거요. 지독한 놈을 만나가지고."

"일단 백오십 냥 준비하겠습니다."

황경도가 움찔 놀랐다. 헐장금 백오십? 옥바라지 헐장금은 끽해야 닷 냥에서 열 냥. 황경도는 스무 냥을 받아 본 적도 없었다. 황경도의 머리가 바삐 돌아갔다.

"음…… 백오십이면 고신은 면할 테고…… 스무 냥을 더 얹으면 독방도 내줄 수 있고……"

담담한 이륜을 보아하니 더 불러도 될 듯. 황경도가 저 혼자 끄덕였다.

"이백이면 내가 칼까지 목에서 거둬줄 수 있소."

이륜이 정중하게 고개를 숙였다.

"얼마든지요. 저희는 그저 나리만 보고 있습니다."

황경도가 히죽 웃었다.

"뭐…… 우리가 평소에 친분이 좋았잖아."

"항상 감사하는 마음입니다."

"근데 이번에 좀 빡빡하긴 해. 현장에서 잡아 온 놈이 그놈이 거든. 채 포교라고 착호군 출신인데 인간이 아주 못돼처먹어가 지고. 채경수 그놈."

채경수가 이 일에 걸려 있었다. 이륜이 떠오르는 아찔함을 애 써 눌렀다. 그 채경수가 인왕산 소대주 하상익을 엮은 것이다.

"그놈이 하상익이 못 잡아먹어서 안달이요, 아주."

이륜의 시선이 어딘가로 향한 채 나직이 고개를 끄덕였다.

"그렇습니까……."

상익의 처가 목놓아 울고 있었다. 사랑채 대청마루에 서서 며느리의 곡소리를 애써 외면하고 있는 우도를 향해, 상익 처 가 대청마루 댓돌 아래 무릎 꿇고 앉아 애를 안은 채 곡소리를 내고 있었다. 영문도 모르는 세 살배기 상익의 아이도 어미를 따라 울었다.

"아버님! 어찌 말씀이 없으십니까? 다른 이도 아니고 수안이 애빕니다! 지금 그 사람이 포청 옥사에서…… 치도곤을 당한 다고……."

우도는 눈길 한번 주지 않고 답도 없이 무뚝뚝한 시선만 담을 넘어가고 있었다. 그때 이륜이 대문 안으로 들어서다 그 꼴을 보고는 황망히 뛰어왔다. 상익 처의 애원하는 소리가 겁을 먹고 지켜보는 인왕산 식솔들 모두에게 닿고 있었다.

"아버님! 그냥 저대로 두면 맷독이 올라 죽을 수도 있답니다! 아버님! 살려주십시오! 아버님!"

우도는 단호했다.

"아녀자가 나설 일이 아니다. 들어가 있거라."

"아버님. 아무리 못나도 자식입니다. 손주를 봐서라도……."

이륜이 황급히 다가와 상익 처를 말렸다.

"진정하십시오. 제가 어떻게든 해결하겠습니다."

상익 처가 이륜을 알아보고는 구원자를 만난 듯 그 소매를 잡고 통곡했다.

"진사 나리! 제발요! 제발 서방님 살려 주십시오!"

이륜이 당혹스러운 얼굴을 감추지 못하고 우도를 보았다. 무뚝뚝하니 서 있던 우도가 대청마루를 내려와 애원하는 며느리에게 눈길 한 번 주지 않고 지나쳐 갔다. 싸전 창고로 향하는 우도를 향해 상익 처의 긴 울음이 끊이질 않았다.

"아버님! 아버니임!"

"시파 인물이긴 하지만 당색 없는 탕평으로 임금의 눈에 든 자입니다. 젊은 나이지만 대단한 식견에 성정이 곧고 굳세고 청렴하다 해서 임금께서 가장 총애한다고 알고 있습니다."

싸전 창고 2층 회의 탁자 위에 펼쳐진 두루마리 서류들을 돋보기를 쓰고 보고 있던 우도가 찻물을 만들고 있는 이륜을 뚫어지라 보았다.

"어쩌다 그리된 게야?"

"생일상 물리고 기방으로 가던 길에 비를 만나서 물레방앗간으로 갔답니다."

우도가 말을 잃었다.

"거기서 비를 피하고 있던 그 처자를 만났는데…… 술김에 겁간하려다 우발적으로 그리됐답니다."

돋보기 너머 숨을 멈춘 우도가 이륜을 빤히 보고만 있었다.

"게다가 현장에서 도련님을 잡아들인 자가 그 포교라고 합니다. 양화진 창고를 수사하던 채경수. 재물도 승진도 모두 거절한 자."

한참을 말없이 이륜을 보던 우도가 천천히 돋보기를 벗었다. 그리고 길고 긴 침묵이 이어졌다. 우도가 길게 날숨을 내쉬고는 차분하고 투명한 눈빛이 되어 이륜을 보았다.

"상익이를 버린다."

이제 이륜의 호흡이 멈췄다. 우도는 차분하기 그지없었다.

"잘 버려야 해."

이륜의 말이 빨라졌다.

"안 됩니다. 인왕산 소대줍니다. 어르신 하나밖에 없는 아드님입니다! 게다가 송도 일이 코앞입니다! 모든 게 무너집니다!"

"이 진사."

"네, 대주 어르신."

"상익이, 버린다."

우도의 목소리가 맑았다. 확고부동한, 거부할 수 없는 결정을 내릴 때 우도의 목소리는 언제나 그랬다. 맑고 청명했다. 이륜의 눈빛이 참담하게 바닥으로 떨어졌다.

"대주……."

우도가 차분하게 찻잔을 들었다.

"모든 건, 내 결정이야."

이륜은 그저 아득해진 눈으로 우도를 바라보았다. 찻잔을 드는 우도의 손길과 시선은 흔들림이 없었다. 하나밖에 없는 외아들. 가문의 마지막이자 유일한 장자. 그 하상익을 버리겠다는 우도의 결정은 이미 내려졌다. 아무리 이륜이라도 그 말을 되돌리게 할 수는 없었다. 어떤 파도가 인왕산을 덮칠지 짐작도 할 수 없었다.

늦은 밤 우포도청의 옥사로 수하도 없이 홀로 등롱을 들고 황경도가 들어섰다. 그 뒤로 흑립의 사내가 따라 들어섰다. 이륜이었다. 황경도에게 건넨 금삼이 제 일을 한 모양인지 상익은 독방으로 옮겨져 있었다. 목에 썼던 칼도 사라지고 없었다. 우두커니 벽에 기대앉아 달빛 쏟아지는 창살만 보고 있는 상익을 발견한 이륜의 시선이 착잡해졌다. 황경도가 주위를 둘러보며 나직이 말했다.

"오래 끌진 마시오. 다른 방 눈들도 있고 하니."

이륜이 공손하게 허리를 숙였다.

"감사합니다, 포두 나리."

그 인기척에 상익이 고개를 돌렸다. 이륜을 발견한 상익이 눈물부터 글썽였다.

"이 진사······."

독방 안으로 들어선 이륜이 상익과 마주 앉았다. 주변엔 황경도도 없었고 옥방을 지키는 포졸들도 보이지 않았다. 상익은 팔이 부러졌는지 부목을 대고 더럽고 낡은 무명천을 감고 있었다.

"팔은 어쩌다 그리됐습니까?"

상익의 눈에 물기가 금세 고였다.

"방망이로 내려치고 쇠도리깨로 후려치고····· 그걸 막는다고····· 이 진사. 여기 이놈들 인간도 아니오. 사람을 짐승처럼 마구 조지는데······."

이륜이 차분하게 말을 꺼냈다.

"도련님이 살 수 있습니다."

상익이 감격으로 이륜을 보았다.

"이 진사······."

"도련님 대신 죽어줄 사람을 구할 겁니다."

상익이 이륜을 손을 덥석 잡았다.

"역시! 내 이 진사가 해낼 줄 알았소!"

"김조순도 우리가 뚫을 겁니다."

"좋습니다!"

"여기 포청도."

"고맙소. 이 진사!"

"대신, 조건이 있습니다."

상익이 보란 듯이 세차게 끄덕였다.

"뭐가 됐든! 여기만 나간다면 뭐든지 하겠소!"

이륜이 담담히 상익을 보았다.

"인왕산 소대주의 길을 포기해야 해야 합니다."

상익의 미간이 갈라졌다.

"인왕산의 모든 사업에서 손을 떼야 됩니다."

가슴 저 깊은 구석에서 싸한 기운이 올라왔다.

"아버님…… 뜻이오?"

"여기서 나가면 경강 포구에 배가 기다리고 있을 겁니다. 연경에 있는 안가에서 지내셔야 합니다."

연경이라면 청나라. 조선을 떠나란 얘기. 퇴출이었다. 파문이었다.

"청나라 가서 살란 말이오?"

"그래야 살 수 있습니다."

상익이 다급해졌다.

"내가 빌겠소. 내가 나가서 아버님께 빌면……"

이륜이 떨고 있는 상익의 손을 잡았다.

"이 세월이 되도록…… 아버님을 모르십니까?"

상익의 눈빛이 바스러졌다.

"그래도……."

"이 제안을 거절하면…… 수안 아기 도련님은 아비 없는 자식으로 자랄지도 모릅니다."

상익은 알았다. 이류의 저 말은 곧 아비의 뜻. 우도는 아들 상익이 죽어 없어져도 관여치 않겠다는 결정을 내렸을 것이다. 허탈과 분노, 공포와 격분이 마구 뒤섞인 눈빛으로 상익이 이류을 보았다. 이류은 애써 흔들리는 눈빛을 다잡고 상익을 담담히 응시했다. 여기서 내가 흔들리면 상익의 목이 떨어진다. 무엇이 됐건 그건 꼭 막아야 한다. 상익의 눈빛이 점점 흐려지다가 고개가 떨어졌다. 소리 없는 울음이 상익의 입에서 새어 나왔다.

경강의 새벽은 물안개로 가득했다. 그 물안개 사이로 낚싯대를 드리운 배 한 척이 그림처럼 떠 있었다. 장포에 커다란 밀짚 모자를 쓴 두 사람이 서로 등을 지고 강에 낚싯대를 드리우고 있었다. 우포장 김영출이 미끼를 갈아 던지며 말했다.

"광대를 세운다……?"

묵묵히 갈대 찌를 보고 있던 이류이 답했다.

"이미 구했습니다."

새 미끼를 갈자마자 들어 온 입질에 헛챔질로 입맛 다시던 김영출이 다시 미끼를 갈고 낚싯대를 드리웠다.

"너무 막 가는데. 현행범이라던데."

"살생 장면을 보진 못했지요. 죽고 난 뒤에 들어왔답니다."

"채경수. 내가 잘 아는데 보통 친구가 아니야. 나한테 말이 안 통하면 편전에 엎드려 발고할 놈이지, 암."

이륜이 낚싯대를 들어 빈 바늘에 미끼를 채웠다.

"검계패의 잔당들이 심상찮습니다."

검계패라…… 밀려오는 물안개를 김영출이 물끄러미 보며 말이 없다.

"장안으로 다시 모여들고 있습니다."

"포구 인신매매?"

"그 일은 그중에 하나일 뿐입니다. 천변패가 끌어들이고 있는 모양입니다. 다른 사업목적이 있는 것 같습니다. 그놈들이 설쳐대면…… 포청은 눈코 뜰 새 없을 겁니다."

김영출이 입술을 삐죽 내밀었다.

"이거 협박 아냐?"

"십 년 전, 우리 인왕산이 정리하기 전까지 검계패 준동으로 포장 영감만 여섯 분이 바뀌었습니다. 것도 반 년도 안 돼서요."

김영출이 손가락으로 인중을 긁적거렸다.

"내 모가지가 날아간다?"

"포장 영감께서 물러나시면 저는 죽은 몸이나 마찬가집니다."

김영출이 길게 한숨을 쉬었다.

"음……!"

"그놈들 관리를 전적으로 맡아 하겠습니다."

그 와중에 김영출의 낚싯대가 요동쳤다. 입질도 없이 그대로 물고 들어간 놈. 화들짝 놀라 낚싯대를 들어 붕어를 건져 올린 김영출이 대바구니에 담았다.

"다른 이도 아니고 김조순이야. 원래 조선엔 성상이 계시고 삼정이 있고 육조가 있는데 지금 전하에게 신하는 서른넷 정4품 김조순이 하나네. 무슨 말인지 알아?"

이륜은 담담했다.

"저희가 맡아 보겠습니다."

김영출이 새 미끼를 달아 다시 낚싯대를 던졌다.

"거기 수를 놓고 나한테 다시 와. 그럼 나는 쉬워. 잘 알잖아?"

"저는 세상에서 포장 영감이 제일 어렵습니다."

김영출이 멀거니 이륜을 보았다.

"어이 이 진사. 나는 세상에서 자네가 제일 무서워."

이륜이 멋쩍은 미소를 지었다. 이륜의 등을 치며 호탕하게 내뿜는 김영출의 너털웃음 소리가 물안개를 타고 경강의 수면 위로 퍼져나갔다.

12. 김조순(金祖淳)

북악의 여느 산자락 아래, 정갈하고 작은 집이 자리하고 있었다.

동쪽으로 창덕궁, 서쪽으로 경복궁을 끼고 앉은 북촌에서도 제일 윗자락에 자리한 작은 집. 규장각 직각 벼슬을 하고 있는 김조순의 집이었다. 그 사랑채에 방건(方巾)을 쓴 집주인 젊은 선비 김조순과 손님으로 찾아와 갓도 벗지 않은 사촌 동생 김하경이 마주하고 앉아 있었다.

그림과 서책만 가득한 김조순의 사랑채에 앉아 둘은 말이 없었다. 김조순의 손에 들린 그림만 방 안의 공기를 흔들어 놓고 있었다. 마침내 김하경이 내내 누르던 흥분을 토해냈다.

"형님. 그 그림이 뭔지 아시겠습니까?"

김조순의 상기된 눈길이 사촌 동생을 흘깃 보다가 다시 그림으로 쏟아졌다.

"내가 이걸 모르겠느냐? 겸재의 것이 아니냐."

김하경이 입이 찢어져라 만면에 웃음을 띠었다.

"인왕제색도입니다. 진품이라고요."

겸재 정선의 인왕제색도. 평생의 벗이었던 이병연의 병이 위중해지자 그 집을 찾아 나이 일흔의 겸재가 그렸던 그림. 관념적인 풍경이 아니라 실제의 풍경을 담아낸 진경산수화의 절정. 비 오고 난 인왕산의 풍경을 담아낸 그 명화가 김조순의 손에 들려있었다. 태어난 지 반백 년이 가까워져 오는 역사를 안은 그림이 흥분과 격동으로 김조순의 손에서 떨리고 있었다.

"세상에…… 진짜다. 인왕제색도야."

"만나만 보잡니다. 합의하자 어쩌자 말도 없었습니다. 짬만 내달라고……"

김조순의 눈길은 그림에서 떨어질 줄 몰랐다.

"도대체 어떤 자들이냐? 이건 영상 대감께서도 평생을 손에 넣고 싶어 하시던 것이야."

"인왕산에 터 잡은 장사치랍니다. 듣기로는 운종가 시전에다 칠패, 이현 장터는 물론 삼도에서 경강으로 오는 조운선들도 죄다 이자들이 쥐고 있다고 합니다. 돈으로…… 세상을 사는 사람들입니다."

딸아이의 몸종 춘심이의 명줄을 대가로 손에 들어온 그림. 돈으로 세상을 사는 사람들이 가져온 그림. 묵 하나 선 하나 모두 눈에 담을 듯 보고 있던 김조순이 그림을 손에서 내렸다.

"돌려주어라."

김하경은 놀라다 못해 어지러움을 느꼈다.

"형님……."

김조순이 애써 그림에서 눈을 뗐다.

"장사치라 업신여기는 것이 아니다. 내가 이 그림을 받으면…… 나중에 죽은 춘심이를 어찌 보겠느냐? 우리 채원이가 그리 따랐던 아이다."

김하경이 다급해진 목소리로 말했다.

"형님! 죽은 춘심이는 불쌍하지만, 이 자들은 그리 가볍게 볼 상대들이 아닙니다. 궁 밖의 실세인데다 실제 조선의 돈을 움직이는 동력입니다. 게다가 당색으로 물든 조정의 인물들이 아닙니다. 알아두어 나쁠 것이 없습니다."

김조순이 물끄러미 동생 김하경을 보았다.

"너는 도대체 무얼 받은 게냐?"

김하경의 낯빛이 일순 굳어졌다.

"제가…… 뭘…… 받다니요?"

빤히 바라보는 김조순의 눈길을 김하경이 헛기침으로 받았다. 김조순에게 다리를 놓아달라는 부탁을 안고 찾아온 자들. 그런 금덩어리는 처음이었다. 금으로 만든 인삼. 궤짝마다 목함이 들어 있었고, 그 목함마다 금삼이 나왔다. 한둘이 아니었다. 김하경이 평생 모은 재산보다 많았다.

말에서 내린 이륜이 집을 돌아보았다. 북악에서 흘러내린 산의 굳센 기운이 간명하고 고아한 집에 닿아 있었다. 말고삐를 챙기는 홍길에게 이륜이 말했다.

"작고 담백한 집이다."

그 말에 홍길이 힐긋 집을 보았다. 덩치를 자랑하는 북촌의 여느 대갓집들과는 달랐다.

"그렇습니다, 나리."

이륜이 남향으로 앉은 집에 쏟아지는 햇살에 한참이나 빠져 있다가 말했다.

"기별하거라."

작고 소박한 김조순의 집 후원에는 감나무 하나가 아름다웠다. 그 아래 작은 평상에 다탁이 놓여 있었고 차를 준비하는 김조순과 무릎을 꿇고 마주 앉은 이륜이 부리는 종복도 없이 독대하고 있었다. 김조순이 차를 따르며 말했다.

"무릎이 탈 나겠습니다. 편히 앉으시지요."

이륜이 찻잔에 채워지는 찻물을 보며 말했다.

"이 하찮은 인사를 만나주신 것만도 감읍하온데 어찌 편히 앉으라 하십니까."

김조순이 손님의 잔을 채우고 나서 자신의 잔에도 차를 따랐다.

"이 평상은 일하는 하인들도 몸종들도 편히 쉬게 만든 곳입니다. 백 년이 넘도록, 선대부터 그리 만들어 놓은 것입니다. 그러니 괘념치 마시고 편히 앉으십시오."

길게 사양하는 것도 상대를 힘들게 한다. 이륜이 목소리를 가다듬었다.

"정히 보시기에 불편하시다면…… 그리하겠습니다."

이륜이 옷매무새를 정리하며 좌정하고 앉았다. 김조순이 자신의 집을 둘러보았다.

"작은 집이라 볼품이 없지요?"

이륜은 감나무를 올려다보았다.

"귀한 것일수록 작은 곳에 머뭅니다."

이륜의 눈길을 따라 김조순도 감나무를 올려다보았다.

"새싹이 가장 좋을 때 저 감잎을 따다 말린 차입니다. 대접할 것이 이것밖에 없습니다. 한번 맛을 보시지요."

"저는 낮은 사람입니다. 편히 말씀하십시오."

김조순이 엷은 미소를 띠고 잔을 들었다.

"세상의 돈을 다 쥐고 계신 곳에서 오셨다 들었는데 어찌 낮다고 하십니까?"

이륜도 집주인을 따라 잔을 들었다.

"큰 소문일수록 실체가 없습니다. 저 잘 자란 감나무 하나가 저희들의 평생보다 더 커 보입니다."

김조순이 감나무 차를 한입 베어 물었다.

"고조부께서 이곳에 터 잡으시고 심으신 겁니다. 그때부터 대대로 이 집에서 살고 있지요."

한 번 고개를 끄덕이고 이륜이 기품 있고 단정하게 잔을 물었다. 차 마시는 이륜을 김조순이 살폈다. 동작에 잡스러움이 없고 굵고 간명하다. 김조순이 물었다.

"어떻습니까?"

이륜이 답했다.

"물이 좋고 향이 좋습니다."

김조순이 웃었다. 기분 좋은 웃음이 후원에 흘렀다.

"허허허— 간단하시군요."

잔을 내리는 이륜이 고개를 숙였다.

"제게 좋은 차는 그것뿐입니다. 좋은 것을 표현할 식견을 가지지 못해 송구합니다."

김조순의 얼굴에 미소가 감돌았다.

"차란 것이 그것보다 더 좋은 게 어딨겠습니까? 물이 좋고 향이 좋다. 하나 배웠습니다."

이륜이 감나무를 다시 올려다보았다.

"귀한 나무입니다. 후손에겐 더할 나위 없는 복이 될 듯합니다."

김조순이 잔을 내렸다.

"어찌 보자고 하셨습니까?"

이륜의 시선은 여전히 감나무에 머물러 있었다.

"이곳에 앉기 전까지 많은 생각으로 왔는데 저 감나무에 취해버렸습니다. 홀로 있으면서 외롭지 않고 자랑하지 않으며 말 없이 굳건합니다. 게다가 이런 귀한 차를 내지 않습니까. 욕심에 급히 온 제 발걸음이 부끄럽습니다."

김조순은 쉽게 입을 열지 못했다. 한낱 장사치와의 만남. 춘심이를 죽인 원수의 방문. 돈이면 무엇이든 된다고 믿는 천한 세상의 이치로 무장한 작자들. 예상은 보기 좋게 빗나갔다. 김조순은 내내 답을 찾지 못했다.

손님이 가고 김조순의 사랑채엔 무명천 보따리만 덜렁 놓여 있었다. 그 보따리를 사이에 두고 김조순과 김하경이 앉았다. 김하경이 눈빛을 빛내며 물었다.

"그것뿐입니까?"

책 읽는 경상을 앞에 두고 앉아 물끄러미 보따리에만 눈길 주고 있던 김조순이 잡다한 생각을 떨치려는 눈빛으로 말했다.

"감잎차만 한 잔 더 마시겠다더구나."

"다른 말은 없었고요?"

"없었다."

김하경이 보따리를 궁금해했다.

"이 보따리는요?"

"같이 온 종복이 두고 갔다. 취향으로 보아 부담스러운 것은 아닐 듯해서 거절은 못 했다."

김하경이 열어볼 듯 손을 뻗었다. 무엇일까. 크기나 무게로 보아 자신이 받았던 금삼은 아니었다. 도대체 뭐가 들어 있는 것일까?

"제가?"

김조순이 끄덕였다.

"그래."

김하경이 조심스레 보따리를 풀어 열자 여자의 옷이 나오기 시작했다. 노란색 저고리와 다홍치마, 초록색 견마기 덧저고리가 차례로 나왔다. 김조순이 멀거니 보며 말했다.

"무어냐? 계집 옷이 아니냐?"

잔뜩 실망한 듯한 김하경의 손길이 뭐가 더 있나 옷들을 헤집었다.

"채원이 것인가 본데……."

그러다 이내 김하경이 소스라치게 놀라며 목소리를 높였다.

"형님!"

덩달아 놀라버린 김조순이 불쾌한 기분으로 눈을 찌푸렸다.

"왜 그래?"

이제는 덜덜 떨리기까지 하는 손길로 김하경의 눈이 휘둥그레졌다.

"형님! 이, 이게 뭔 줄 아십니까?"

"뭐긴…… 채원이 옷이겠지."

김하경이 보란 듯이 옷 하나하나를 들어 김조순의 눈에 들이댔다.

"노란 저고리에! 다홍색 치마! 그리고 이건 초록 견마깁니다! 덧저고리!"

김조순이 치우라는 듯 손을 내저었다.

"옷 몇 벌 가지고 웬 호들갑이냐?"

김하경의 입에서 벼락 같은 말이 떨어졌다.

"이건 초간택 당일 입는 처녀들의 옷입니다! "

초간택. 궁의 혼사. 김조순의 호흡이 멈췄다. 김하경의 입꼬리가 떨렸다.

"요즘 북촌에 말이 돌고 있습니다! 곧 왕세자 저하의 세자빈 초간택이 있을 거라고 말입니다!"

김조순의 심장이 속절없이 쿵쿵거리기 시작했다.

"말이…… 되느냐? 그들이 어찌 세자빈을……!"

김하경이 앞뒤 없이 흥분하고 나섰다.

"돼요! 됩니다! 초간택의 심사는 전하의 종친들과 외척들이 한다지만 그 실제 면접은 최고참 상궁 나인들이 합니다! 그들을 움직인다면 불가능한 것도 아닙니다!"

김조순이 벌떡 일어나 황급히 마당으로 열린 사랑채의 당길문을 닫았다. 문을 닫고 황망히 선 김조순이 떨리는 목소리를 애써 감추며 말했다.

"어찌 지엄한 국정의 대업이 그따위로 돌아간단 말이냐……?"

김하경이 이제 한숨마저 내쉬며 타박하듯 말했다.

"형님. 형님은 몰라도 한참 모르십니다. 세상이 그렇습니다. 진짜 세상은 이렇게 돌아갑니다. 서책만 들고 사는 우리들은 모르는 세상이 또 있는 겁니다."

황망하기만 한 김조순은 말이 제대로 나오지도 않았다.

"어찌 언감생심……."

김하경이 아예 주저앉고는 떨리는 손길로 보따리에서 나온 옷가지를 부여잡았다.

"형님과 저는요, 이 벽파와 시파의 세상에서 부평초처럼 살다 가겠지만…… 채원이는요? 인걸이는요? 우리 한준이…… 그 아이들은요?"

우두커니 선 채 말을 잃은 김조순은 격렬해지는 심장의 박동을 주체하지 못했다. 사건을 덮자고, 엄벌을 피하자고 그들이 돈을 보내올 수는 있다. 귀하디 귀한 그림을 보내올 수는 있다. 허나, 아무리 그래도 이건. 왕세자빈의 기회라고? 그들이 그런 안배를 놓고 있다고? 우리 채원이가? 내 딸이…… 왕세자빈이 된다고?

분별없는 욕망과 격심한 혼란이 김조순을 덮쳐왔다. 정신을 놓지 않으려 김조순은 보잘것없는 무명천 보따리에서 나온 색색깔 저고리와 치마를 뚫어져라 보았다.

13. 우포청(右捕廳)

우포청 마당을 절룩거리는 걸음으로 상익이 가로지르고 있었다.

그 뒤를 고문에 초주검이 되었던 호위 두 명이 비틀거리며 따랐다. 인왕산에서 나온 하인들이 그 일행을 부축하고 있었다. 우포청 포졸들이 그 꼴을 멀거니 보고 있는 사이로 경수가 본청 건물 안에서 뛰어나오며 소리를 질러댔다.

"정지! 어이 거기! 일단 정지!"

상익과 인왕산 일행들이 그 소리에 멈춰 섰다. 경수가 숨 가쁘게 달려와 헐떡였다.

"니들 뭐야? 왜 나와서 돌아다녀? 탈옥이냐?"

상익이 번들거리는 웃음으로 경수를 보았다.

"채 포교 나리. 이제껏 엄한 사람 잡아다 이리 병신 만들었으면 사과부터 해야 하는 거 아뇨?"

경수의 눈에 불똥이 튀었다.

"뭐야? 이 새끼가 돌았나……?"

"채 포교! 그자들 석방이다!"

황경도였다. 옥사에서 일을 마치고 나온 황경도가 다가왔다. 경수가 황경도를 황망히 보았다.

"뭐요? 석방?"

"진범이 잡혔다. 자백했고."

경수가 눈알을 치켜뜨고 이를 갈았다.

"진범이 여깄는데 뭔 개소리야?"

인왕산 하상익이, 포졸들이 모두 보고 있다. 이런 하극상을 계속 두고 볼 수는 없었다. 황경도가 버럭 소리를 질렀다.

"아가리 닥쳐! 한 번만 더 방자하게 굴다간 네놈부터 처넣어 버린다!"

경수가 눈을 부릅뜨고 황경도를 노려보며 성큼 다가왔다. 그 기세에 움찔움찔 물러나는 황경도에게 경수가 나지막이 으르렁거렸다.

"얼마나 받아 처먹었소?"

"뭐?"

"얼마나 받아 처먹었길래 여염집 여자를 겁간해 죽인 놈, 포교 살해 미수범을 풀어 줘?"

더 이상 참을 수는 없다. 황경도가 분기탱천한 얼굴로 경수를 노려보았다.

"네가 디지고 싶어 환장했구나."

경수가 포청 마당이 떠나가라 고함을 질렀다.

"얼마나 받아 처먹었냐고, 이 새끼야!"

순간 경수의 면상이 황경도의 주먹질에 돌아갔다. 우뚝 선 채 고개가 돌아간 경수의 입에서 피가 흘렀다. 포졸들이 화들짝 놀라 긴장했지만 아무도 쉽게 나서지 못했다. 포청 입구에서 히죽거리며 보고 있던 상익이 손을 흔들어댔다.

"어이— 채 포교— 또 만납시다. 꼭 만나자고!"

상익이 조롱하며 포청 대문 밖으로 걸어 나갔다. 아무도 제지하는 자가 없었다. 경수가 피 닦을 생각도 없이 그 꼴을 보았다. 야단법석 소란에 본청 안에서 포도부장들이 달려 나오고 마당에서 우물쭈물하던 몇몇 포졸들이 그제야 나서자 믿을 구석이 생긴 황경도가 방망이를 꺼내 들며 더 흥분했다.

"이 새끼 잡고 있어! 이 새끼가 포청에서 쫓겨나서 길바닥에 나앉아봐야 지가 뭔 짓을 했는지 알지. 꽉 잡아!"

황경도가 흥분해서 날뛰는데 그 방망이를 경수가 태연히 잡았다.

"그만해."

"뭐?"

"일 커지면 너도 곤란하잖아. 임금님 귀에 이거 안 들어갈 거 같아?"

임금님 소리에 기세등등하던 황경도의 눈빛이 짜부라졌다.

호기롭게 치켜든 방망이가 떨려왔다. 경수가 입에서 흐르는 피를 닦고 피침을 뱉어내고는 황경도를 지나가며 낮은 한숨처럼 중얼거렸다.

"너도 죽어 인마."

경수가 휘적휘적 옥사 안으로 들어와 바깥 소란에 긴장하고선 포졸들을 째려보았다.

"어딨냐? 그 새끼, 진범이란 새끼."

만복이 저기 옥방 하나 앞에서 뚱하니 있다가 턱짓으로 옥방을 가리켰다. 경수가 성큼성큼 걸어와 안을 살폈다. 상익이 있던 옥방 안에 칼을 차고앉은 젊디젊은 사내 하나가 보였다. 아직 스물도 안 된 나이에 뼈만 남은 앙상한 체구에 병기운이 완연한 거지꼴의 사내. 잔기침을 수시로 뱉어내는 꼴이 폐병 환자가 틀림없었다. 경수가 뚱하니 그 사내를 보았다. 뻔했다. 광대가 틀림없었다. 인왕산이 돈을 주고 구한 광대.

"네가 진범이라고?"

광대가 움푹 꺼진 눈알로 경수를 힐긋 보았다.

"네……."

옥방문을 열고 들어간 경수가 그 광대 사내 앞에 쪼그리고 앉았다.

"네가 왜 진범이야? 너 암만 봐도 진범 안 같애."

"제가 진범 맞는데요."

광대의 얼굴을 잡고 이리저리 돌려 보던 경수가 미간을 찌푸렸다.

"이거 폐병 환자네? 죽을 날 받아 놓고 온 거야?"

광대가 고개를 돌리며 얼굴을 빼자 경수가 자리에서 일어났다.

"너 광대지? 얼마 받아 처먹었어?"

"제가 진범 맞아요."

"너 자초지종이나 알아? 알고나 광대짓 하는 거야?"

미리 외운 듯한 광대의 대사가 무심하게 흘러나왔다.

"그 처자, 제가 겁간하는데, 말을 안 들어서 딱 죽였는데, 그때 그 사람들이 들어오는 바람에 뒷문으로 도망갔어요."

"허이고— 말이 되는 소릴 해라. 내가 현장에 있었는데 고양이 새끼 한 마리 빠져나가는 거 못 봤거등. 너 뒈지고 싶냐?"

광대가 시큰둥하니 경수를 올려다보았다.

"어차피 죽는 다면서요?"

경수가 잔뜩 분기탱천한 얼굴로 노려보았다.

"죽어도 그냥 안 죽지. 거문고 태우고 학춤 추고 네가 죽어 지옥 가도 못 볼 고신은 다 당하다가 죽는 거야."

지나치게 노기를 띤 경수의 얼굴을 물끄러미 보던 광대가 순간 피식 웃었다. 그 꼴에 황망해진 경수가 할 말을 잃고 있다가 발로 툭툭 광대를 찼다.

"웃어? 이 새끼가 미쳤나?"

광대가 비릿한 눈길로 경수를 보며 그 누렇고 꺼멓게 썩은

이를 드러냈다.

"야 이 새끼야……, 포청에 왔는데 그럼 당연하지. 내가 것두 모르고 왔는 줄 알아? 니들이 어떤 종자들인지 내가 모르고 온 거 같아?"

경수가 꿈틀거리는 시선으로 그 광대를 보았다.

"어차피 죽을 날 받아 놓은 몸…… 뒷돈 받아 식구들 살리고 넌 대신 죽고?"

"몰라 새꺄. 맘대로 해."

경수가 광대의 먹살을 움켜쥐었다.

"이 새끼가! 살아야지, 인마! 아직 어린 새끼가 개뿔도 모르면서! 너 죽는 거야! 끝! 이 세상 하직하는 거란 말이다, 새꺄!"

광대가 비릿하게 웃었다.

"내가 이 세상 미련이라도 있는 줄 알아? 나 미련 없어. 우리 같은 놈들 여기서 살아봤자 한평생 양반 새끼들 뒷구녕이나 닦아주다가 가는 거야. 니들 없는 곳에 가고 싶어. 양반 새끼들…… 너 같은 양반 새끼의 개새끼들…… 다 없는 곳에……"

경수의 분노가 결국 폭주했다. 냅다 광대의 얼굴을 후려치고 밟기 시작했다.

"개뿔도 모르는 새끼가! 얼마나 받았어? 얼마나 받아 처먹었어? 내가 그냥 이대로 있을 거 같애, 이 새끼야!"

광대의 얼굴이 찢어지고 갈비뼈 부러지는 소리가 났다. 그 난리통 위로 벼락 같은 호통 소리가 들려왔다.

"채경수!"

아직도 씩씩거리는 경수의 고개가 돌아갔다. 우포장 김영출이 황경도와 여러 부장들을 대동하고 옥방 앞에 와 있었다.

"당장 나오지 못해!"

"이 새끼가…… 말도 안 되는 소릴 하고……."

입과 코에서 피를 뿌려대던 광대가 바닥에 쓰러진 채 포청의 군관들을 향해서 웃었다. 폐가 끊어질 듯한 피기침을 토해내며 광대가 다 죽어가는 눈빛으로 웃었다.

"멍멍…… 이 똥개 새끼야……."

이제는 초점을 잃은 눈으로 김영출을 바라보는 경수의 허망한 얼굴 위로 광대의 기침 소리가 끊이지 않았다.

"너 왜 그래?"

집무실 책상에 앉아 손을 깍지 끼고 앉은 김영출이 고집불통 얼굴로 시립하고 선 경수에게 물었다. 아직도 분이 풀리지 않은 경수가 눈알을 부라렸다.

"아무리 세상이 썩었어도 이건 아닌 것 같습니다. 현직 포교가 현장에서 현행범으로 잡은 놈입니다."

"진짜 그것만 있어?"

"그럼요. 딴 게 뭐가 있겠습니까?"

"오로지 충심으로, 정의감으로 불타고 있다?"

"당연합니다."

김영출이 깍지 낀 손을 내리고 등을 젖혀 의자에 몸을 깊이 묻었다.

"만약 진짜 그렇다면 넌 작은 싸움밖에 할 줄 모르는 놈이다."

"큰 싸움은 뭡니까? 무식해서 잘 모르니까 자세히 좀 가르쳐 주십시오."

"하상익이 잡고 싶나?"

"그 새끼는 꽃다운 나이의 처자를 술김에 겁간하고 반항한다고 죽인 극악무도한 패륜압니다. 당연히, 잡아 쳐 죽여야지요."

"그 뒤에 있는 인왕산은?"

"그런 새끼를 비호하는 집단이니까 당연히 박살 내야지요."

"그 뒤에 있는 조정의 뒷줄들은?"

"그런 뒷줄은 당연히……."

조정의 뒷줄들. 그 북촌의 대감들. 경수의 말끝이 흐려졌다.

"잡아 처넣어서 치죄를…… 해야겠지요."

김영출이 멀거니 경수를 바라보았다.

"왜 꼬리 내려?"

경수가 한숨을 내뱉고는 김영출을 뚱하니 보았다.

"뭡니까? 대체 제게 뭘 바라시는 겁니까?"

"한 해 동안 양반가에서 벌어지는 겁간 살해가 얼마나 되는 것 같아? 노골적이고 합법적인 노비 처형까지 합하면 기백이 넘는다. 우리가 손대지 못하는 억울한 죽음들."

답하지 못하는 경수.

"그런 인간들 억울한 건 어떡할 거야?"

역시 답하지 못하는 경수.

"세상이 천지개벽하지 않는 한, 그런 게 없어질 거 같아?"

경수가 우물거렸다.

"그럼 우린 왜 있습니까?"

"우리? 글쎄…… 힘센 놈들 뒷바라지 열심히 하라고 있는 거아냐?"

"……"

"너도 그러려고 포청 들어왔잖아."

"……"

김영출이 서랍을 열고 뭔가를 뒤적거렸다.

"세상 시끄러워지면 여럿 죽는다. 열이 죽는 거보다 하나 죽는 게 나."

"……"

돈주머니를 꺼내든 김영출이 엽전 한 꾸러미를 경수 앞으로 던져놓았다.

"나가서 국밥이나 먹고, 상관한테 개기지나 말고."

내내 입을 꾹 닫고 있던 경수가 그 엽전 꾸러미를 뚱하니 보았다. 그 난리 끝에 돌아온 건 매질도 경질도 아니었다. 돈 꾸러미였다. 한 냥짜리 백 푼 꾸러미. 김영출이 내민 해답. 열흘은 넘게 퍼마실 술값. 경수는 내내 김영출의 해답을 쥐지 못하고 우두커니 보고만 있었다.

"그래서 얼마나 받았어요?"

좌판 술막에 앉은 만복이 탁주 잔을 비우고 나서 경수에게 물었다. 경수가 파전을 입에 물고 만복을 멀거니 보았다.

"야. 만복아."

"왜요?"

"넌 참 애가 소박해."

만복이 피시시 웃었다.

"언제는 그래서 내가 좋대매?"

자기 잔에 탁주를 채우는 경수의 입이 삐죽 나왔다.

"내가 참 좋아하지 너를."

"근데 표정은 왜 그래?"

한 잔 길게 비우는 경수.

"너도 참 좋아하고 포장 영감도 참 좋아하고……."

경수를 따라 만복도 잔을 비웠다.

"만만찮죠?"

"누구? 인왕산?"

"우리 포장 영감."

"아주 능구랭이지."

만복이 남은 파전을 반으로 쭉 찢었다.

"이제 우리 형님 어떡하나? 상익이도 물 건너가고— 인왕산 주도 물 건너가고—"

"잘 됐어. 점점 재밌잖아. 될동말동……."

만복이 파전 쪼가리 반을 경수에게 건네고 나머지 반을 자신의 입에 때려 넣었다.

"하여튼 난 요새 졸라 재밌어."

만복이 건네준 파전을 우적우적 씹어대는 경수가 밤의 저잣거리로 시선을 돌렸다. 그 밤의 저잣거리 어느 구석에서 한양 땅의 의뭉한 냄새가 물씬 풍겨왔다.

14. 하 씨 부인

인적 드문 양화진의 작은 나루 주변으로 횃불이 밝았다.

바다를 건널 수 있는 황포돛배 하나가 부산했다. 상익과 봇짐을 맨 하인들이 배에 타고 있었다. 짐 나르는 하인들을 간수하고 상익의 자리를 살피던 이륜이 뱃전에 서서 검은빛 강물만 쳐다보고 있는 상익에게 다가왔다.

"일단 이 배는 강화로 갑니다. 거기서 몸을 좀 추스르고 계시면 청나라로 갈 배가 올 겁니다."

상익은 강물에서 시선을 돌리지 않았다.

"도련님. 세월이 흐르면 사람 속도 가라앉습니다. 기다리시면 기회가 다시 올 것입니다."

상익이 느릿느릿 입을 뗐다.

"언제? 아버지 죽고 난 다음에?"

상익의 패륜적 발언에 이륜이 입을 닫았다.

"아버지 몰라요? 아버지 죽어도 나한테 기회는 안 올걸? 아마 수안이 크길 기다렸다가 줄 거야. 소대주 자리."

세자를 뒤주에 가둬 죽이고 그 세손에게 왕위를 내주었던 선대왕 영조 임금. 그 기시감을 상익이 얘기하는 것이다. 이륜은 내내 입을 떼지 못했다.

"내 꼴이 임금 집안이랑 똑같구먼. 뒤주 세자랑 똑같아."

이륜이 묵묵히 듣고 있다 허리 숙여 인사했다.

"수시로 연락드리겠습니다. 그럼 몸조리 잘하시고 강녕하시길……"

인사를 마치고 배 밖으로 나가려던 이륜의 옷자락을 상익이 잡았다. 이륜이 상익에게 정중히 돌아섰다.

"네, 도련님."

"어머니는 아시고 계시오?"

상익이 제 어미를, 안채의 하 씨 부인을 끌고 들어왔다.

"모르시겠지."

진정시키듯 이륜이 차분하게 말했다.

"안방마님 건강을 위해서라도 지금 아시면 안 됩니다. 차차……"

상익이 이륜의 말을 끊었다.

"마지막으로 하나만 부탁합시다."

"말씀하십시오."

상익의 눈이 어둠 속에서 번들거렸다.

"어머니한테 전해요. 내 지금 이 마지막 꼬라지."

"……."

"이 진사 입으로 직접."

"……."

상익의 인광에서 냉기가 쏟아졌다. 저 익숙한 그 차가움. 얼음장 같은 하 씨 부인의 그 차가움.

"그럼 이 진사, 용서해줄게."

이륜은 그저 묵묵히 상익을 보았다. 아비 우도가 포기한 아들 상익을 목숨 걸고 판을 짜서 여기까지 데리고 왔으나 상익은 이륜을 원망하고 있었다. 그리고 저 원망은 쉽게 돌아서지 않을 것이란 걸 이륜은 알았다. 오늘 하루가 이륜에게 어떤 식으로 되돌아올지 알 수 없었다. 이륜은 낮은 한숨조차 흘리지 않았다.

팽팽한 강바람이 이륜과 상익이 서 있는 좁은 틈으로 불어왔다.

차갑고 스산한 바람이 둘을 갈라놓고 있었다.

"누가 그렇게 하라고 했어?"

사랑채 이부자리 보료에 앉아 혼자 술 한 잔 놓고 있던 우도가 빤히 이륜을 보며 말했다. 그 앞에 무릎 꿇은 이륜의 방바닥은 그 어느 때보다 날카롭고 딱딱했다.

"뒤탈이 생기면 제가 책임지겠습니다."

"죽든 살든 포청에서 마무리 지어야 했어."

"여기서는 살자는 수가 보이지 않았습니다."

"내가 그놈 살리자고 했어?"

"대주 어르신. 저를 내쫓으셔도 그것만은 제 눈으로 볼 순 없습니다."

우도가 혀를 찼다.

"어리석기가 똑같아. 상익이 놈이랑 자네랑 뭐가 달라?"

우도가 사랑채 문을 넘어 상익이 떠난 경강으로 눈길을 던졌다.

"자네는 상익이 놈을 몰라."

"만약 도련님이 잘못되고, 이번 일이 가라앉으면 후회가 사라지지 않으실 겁니다."

우도가 말없이 술잔을 물었다. 이륜이 조용히 말을 이었다.

"송도 일은 다음으로 미루겠습니다. 시간을 맞추려면 늦어도 모레는 출발해야 합니다."

우도가 물고 있던 술잔 너머 뚫어지게 이륜을 보았다.

"그 준비를 다 했는데 미룬다고? 언제? 내년으로?"

"조만간 기회를 보겠습니다."

"안 돼. 다 때가 있는 거야. 우리 일이 이미 샜어. 늦어지면 그쪽만 단단해져."

"며칠간 번다한 일들이 많을 것 같습니다. 당분간 저도 여길 비우면 안 될 것 같고…… 다음으로 미루겠습니다."

"강하를 보내."

이륜의 미간이 꿈틀거렸다. 느닷없이 강하가 이 대화에 불려 나왔다.

"강하가 인왕산 소대주 자격으로 간다."

이건 전혀 예상하지 못했던 일이다. 상익이 떠난 자리를 강하가 채운다? 이륜은 모골이 송연해졌다. 머리끝부터 땀이 번져 나왔다. 이륜이 단호하게 고개를 저었다.

"안 됩니다."

"이 진사."

"인왕산 질서가 모두 무너집니다."

우도는 물러날 기색이 없었다.

"이번만 임시 소대주로 가면 돼. 시키는 대로 해."

인왕산 소대주로 강하가 간다? 아직 상익이 살아 있는데? 이륜의 목소리가 전에 없이 굳어졌고 완강한 도리질이 거세졌다.

"어르신. 안 됩니다. 그렇게 할 순 없습니다."

결국 우도가 고함을 질렀다.

"이륜!"

뭔가에 경직되며 이륜이 고개를 들었다. 우도의 그 고함 소리 때문만이 아니었다. 대청마루로 통하는 사랑채의 장지문이 요란하게 열린 것이다. 문짝을 붙잡고 우도의 처가 거기 서 있었다. 사방을 다 얼려버릴 듯한 차가운 눈빛으로, 기별도 없이 사랑채 문을 열어젖힌 안채 마님, 하 씨 부인 하명혜가 서 있었다.

우도의 후처(後妻).

우도의 양부이자 주인이었던 마포 포구 부자 하청수의 외동딸 하명혜.

하명혜는 비록 평시서 하급 관리였지만 양반가의 딸인데다 일찍이 돈맛을 알고 부자가 된 아버지 하청수의 능력으로 화려한 규방 아씨의 시절을 보냈다. 그런 그녀가 파란에 휩싸인 건 우도에 대한 연모 때문이었다. 아버지 하청수가 우도를 제거하기로 한 계획을 알고 나서 막연한 애정을 품고 있던 우도에게 그 사실을 알리고 난 뒤, 아버지 하청수가 우도의 손에 의해 죽었다. 그 사실을 알게 된 어미가 자결한 뒤 그 어미를 따라가려던 하명혜를 구한 건 또한 우도였다.

다복하던 가정이 풍비박산이 나고, 홀로 남은 하명혜를 살리기 위해 우도는 식음을 전폐하고 석고대죄하듯 하명혜의 규방 문 앞을 지켰다. 결국 우도에게 마음을 열고 우도의 후처가 된 하명혜, 그녀의 나이 열여섯 때였다.

그리고 2년 뒤 상익이 태어나자 하명혜는 온통 상익에게만 매달렸다. 그녀의 비극, 그녀의 후회, 그녀의 분노와 사념이 온통 상익에게 쏟는 애정으로, 그 지독한 모정으로 치환된 것이었다. 상익을 위해서라면 언제든 지옥불에라도 뛰어들 모정으로 인왕산 대주 우도를 겁박하는 유일한 인물, 천하의 인왕산 우도가 세상에서 가장 두려워하는 인물이 그의 아내 하명혜였다.

하 씨는 안다. 자신의 극단적인 아집이, 독기가 어디서부터 시작됐는지…… 아버지 하청수와 어머니가 죽던 날, 자신도 같이 죽었어야 하는 운명이었다는 것. 그 뒤로 남은 잉여의 삶은, 단지 그날의 비극을 되풀이해서 되씹고 되씹는 나날일 뿐이라는 것.

그런 하명혜, 하 씨 부인이 우도의 사랑채 방문을 기별도 없이 열어젖힌 것이다.

이륜이 엉거주춤 일어났다.

"마님……."

하 씨 부인이 방 안으로 성큼성큼 걸어들어왔다. 하 씨 부인의 걸음마다 흙 자국이 찍혔다. 신발도 신지 않고 버선발로 안채에서 여기까지 온 것이다. 하 씨 부인이 엉거주춤 서 있는 이륜은 아랑곳없이 우도의 술상 앞으로 거침없이 걸어와 치맛바람 요란하게 앉았다. 늦은 밤의 예고 없는 방문에 우도가 적잖이 놀란 얼굴이었다. 한마디도 못 하고 멍하니 보고만 있는 우도. 한참 동안 그렇게 하 씨 부인을 황망하니 보던 우도가 당혹해하는 이륜에게 손짓했다.

"나가 일 봐."

이륜이 그제야 깊이 허리 숙이고 물러났다. 우도 앞에 앉은 하 씨 부인은 뚫어져라 우도를 보았다. 분노도 격앙도 아니었다. 그렇게 뜨거운 것이 아니었다. 사방을 다 얼려버릴 듯한 차가운 냉기가 술상 아래를 지나 이부자리를 타고 우도에게 전해져 왔다. 우도가 숨을 한번 먹고 다시 잔을 채웠다.

"어쩐 일이오?"

"상익이 얘기 들었습니다."

"누구한테?"

"이 진사."

부인이 쳐들어올 때 얼핏 스치기는 했으나 이런 멍청한 짓을 진짜 이 진사가 했단 것인가. 이륜이 나간 장지문을 쳐다보는 우도의 눈살이 찌푸려졌다.

"이 멍청한 작자들……."

상익을 떠나보내고 이륜은 곧장 우도가 아니라 하 씨 부인을 찾았었다. 그 뱃전에서 결국 이륜은 약속하고 말았다. 상익의 말을 하 씨 부인에게 전하겠다는 약속. 그것이 어떤 파국을 가져올지 짐작할 수 있었지만 핏줄의 일이었다. 어미와 자식의 일이었다. 이륜은 그 일 앞에 어떤 다른 계산도 끼어들어선 안 된다고 여겼다.

"그게 다 누구 머리에서 나온 얘기요?"

안채를 찾은 이륜에게 하 씨 부인이 빤히 보며 물었다. 결코 흔들리지 않는 눈동자, 흔들리지 않는 냉기. 이륜이 조아렸다.

"제 생각입니다."

"그 사람 생각이겠지."

"……."

"그래서, 돈 좀 벌었소?"

지나칠 정도로 서늘하고 침착한 냉기가 이륜을 덮쳐왔다. 하씨 부인은 노여워하거나 슬픈 기색을 보이지 않았다. 하 씨 부인의 얼굴에선 아무런 동요도 읽히지 않았다. 그저 낮고 차가운 혐오와 조롱만이 일렁거리고 있었다.

"당신들 거기서 자식새끼 잡고 사람들 잡아서 돈 좀 벌었냐, 그 말이오."

"마님. 외람되지만, 이렇게 하지 않으면 도련님 안위를 장담할 수 없습니다."

"가 보세요."

이륜이 하 씨 부인을 무거운 눈빛으로 바라보았다. 하 씨 부인은 변함이 없었다. 흔들리지 않는 그 차가운 눈동자로 이륜을 빤히 응시했다.

"알았으니까, 가, 보시라고."

우도는 말없이 술잔을 비웠다. 우도가 술잔을 다 비울 때까지 허리를 꼿꼿이 세우고 있던 하 씨 부인이 그 창백한 얼굴로 꼿꼿하게 말했다.

"상익이 데려오세요."

"아녀자가 관여할 일이 아닐세."

하 씨 부인이 피식 웃었다.

"아녀자?"

가소롭다는 듯 우도를 쳐다보는 하 씨 부인의 냉소가 점점 더 서늘해졌다.

"상익이는 내 자식이고, 나는 개 애빕니다."

우도가 그런 하 씨 부인을 노려보았다. 한집에 살면서도 얼굴 본 지가 일 년이 넘었다. 우도가 고뿔에 걸려 몸져누워도, 행랑채에 불이 나도, 집안의 제사와 대소사에도 와병을 핑계로 한 번도 나타나지 않았던 안사람.

"그래서, 그 버선발로 뛰어와서, 일 년 만에 보는 주인을 호령하는 것이오?"

하 씨 부인의 눈이 가늘게 찢어졌다.

"주인? 지금 주인이라고 했습니까?"

우도가 그 말에 하 씨 부인을 부리부리 노려보았다. 하 씨 부인의 눈에 비웃음이 떠올랐다.

"내가 언제 당신한테 주인이라는 자격을 주었지요?"

좌정하고 앉은 우도의 무릎이 부들부들 떨려오기 시작했다.

"당신은 우리 아버지의 개였잖아요. 그 개가 주인을 물어 죽이고 그 주인 딸마저 물어서 그 딸이 이제껏 몸져누워 있는 거라고요."

부서질 듯 술잔을 움켜쥔 우도의 손이 떨렸다.

"그러니까 당신이 주인이라는 말은 당치도 않습니다."

우도가 갈라진 목소리로 말했다.

"그만하시게."

하 씨 부인의 차가운 목소리 저 아래에서 무언가가 치고 올라왔다. 깊고 오래된 증오. 차갑고 무거운 절망.

"상익이 털끝 하나라도 다치면 이 인왕산…… 내가 다 부숴버립니다."

"……"

"못할 것 같습니까?"

"……"

하 씨 부인의 앙칼진 고성이 우도에게 날아들었다.

"어디서 족보도 없는 인간이 하 씨 성을 훔쳐 주인 행세를 하느냐 말이야! 내 말이!"

"그만해!"

우도가 결국 술잔을 바닥에 내던지며 술상을 뒤엎었다. 술잔이 산산조각이 나고 사방의 창호마다 그 파편들로 뒤덮였다. 대청마루에 대기 중이던 몸종들과 댓돌 아래 서 있던 종복들이 너나 할 것 없이 놀라며 움츠러들었다. 아무도 그 안으로 들어갈 생각을 못 하고 그저 벌벌 떨었다. 대청마루 아래 댓돌 앞에 서 있던 이륜도 차마 그 방 안으로 함부로 들어서지 못했다. 고개가 떨어진 채 움직일 줄 몰랐다. 결국 사랑채 문이 열리고 하 씨 부인이 대청마루로 걸어 나왔다. 파도 갈라지듯 사랑채 몸종들이 물러났다.

버선발 그대로 대청마루 댓돌을 지나 마당 흙바닥으로 내려온 하 씨 부인이 고개 숙이고 서 있는 이륜을 지나쳤다. 두 손을 모으고 서 있는 이륜을 지나치던 하 씨 부인의 낮은 음성이 이륜의 심장을 찔러 들어왔다.

"상익이 데려와. 안 그럼 당신들 다 죽일 거니까."

어떤 대답도 찾지 못한 이륜은 고개를 들지 않았다. 어둠 속으로 사라지는 하 씨 부인의 냉기가 사람을 가르고 공기를 갈라 안채로 이르는 길을 만들고 있었다. 이륜은 내내 고개를 들지 못했다. 결국 자신이 불러낸 셈이었다. 우도의 사랑채로 하 씨 부인의 원망이 이르게 한 것이었다. 그 어떤 오해와 억측이 자신에게 쏟아지더라도 상익을 아비 손에 죽게 둘 순 없었다.

이때까지만 해도 잘하고 잘못하고의 일이 아니라고 이륜은 굳게 믿었다. 아비와 어미와 자식의 일. 자신의 고단함과 수고스러움이 문제 따위는 아니라고 생각했다. 하지만 하 씨 부인의 경고는 그저 넋두리로 들리지 않았다. 하 씨 부인이라면 얼마든지 자신을 죽일 수도 있다고 생각했다. 각오하라면 각오할 수 있는 일이었다.

하지만 당신들이란 말. 어디서 어디까지? 당신이 아니라 당신들.

이륜은 아득해지는 어지러움 속에서 고개를 들지 못했다.

바닥에서 찾지 못한 답은 허공에서 더욱 혼탁해질 것이다.

이제 우도는 달리 말이 없을 것이다.

댓돌 아래 이륜의 상념과 사랑채 우도의 상념이 대청마루에서 부딪히며 제 갈 길을 잃고 떠돌았다.

15. 소대주(小大主)

"인왕산은 복수를 하지 않는다."

이류의 목소리는 담담하고 가지런했다. 애써 낮거나 무겁지 않았다. 늦은 밤 이류의 사랑채 경상 위에 놓여있는 목함 하나를 사이에 두고 이류은 아들 강하에게 그렇게 말했다. 무릎을 꿇고 앉은 강하는 아버지의 말이 어디로 흘러갈지 몰라 그저 물끄러미 목함만 보고 있었다.

"너는 지금 협상을 하러 가는 거야. 협상을 위해서 부득이 황정균을 제거해야 하는 것뿐이다."

송도를 가라는 말씀은 방금 전에야 들었다. 기다리던 허락이었지만 느닷없었다. 일상처럼 동구와 만나 운종가를 떠돌다 헤어지고 나서 혼자 연화루 화홍을 찾아 몰래 담을 넘지 않았던가. 얼굴이라도 한번 보고 나올 심산이었으나 결국 어떤 사내와 몸을 섞는 소리만 듣고 돌아 나온 직후였다. 그 어떤 사내.

상익의 생일잔치에 왔었던 평시서 관리, 박사용.

그렇게 화홍을 향한 충동적인 관심은 결국 박사용에게 이르러 부서지고 말았다. 그 작고 볼품없는 회한을 어두운 골목길에 뿌려대면서 강하는 집으로 향했다. 아버지 이륜의 사랑채는 늦게까지 불이 켜져 있었고 집으로 기어드는 강하의 인기척을 놓치지 않았다. 그렇게 야심한 시각, 아버지의 사랑채는 아버지와 목함 하나가 덩그러니 앉아 강하를 기다리고 있었던 것이다.

"이건 사업이다."

강하는 태어나 처음으로 아버지 이륜에게 인왕산 사업 얘기를 듣는 중이었다. 유독 담담하고 유독 가지런한 아버지의 목소리는 이유가 있었다.

"사업 규모는 대략 백만 냥. 십 년 안에 천만 냥까지 본다. 조정이 돌아가는 돈은 다해봐야 일 년에 팔백만 냥이다. 인왕산은 여기에다 미래를 걸고 있어."

백만 냥? 천만 냥? 한 냥 돈도 쥐어본 적 없는 강하가 물끄러미 아비를 보다가 콧잔등을 긁었다.

"그런 큰돈 얘기는 도련님이나 아실 일이죠. 제가 안다고 뭐가 될 것도 아니고."

"알아야 해. 이걸 알아야 협상에 성공한다. 협상에 성공해야…… 네가 살아 돌아올 수 있어."

강하는 아직도 화홍과 박사용의 몸 섞는 소리가 귀에 남아

어른거렸다. 아버지의 말은 멀고 아득하기만 했다. 낮은 한숨을
뱉고 강하가 답했다.

"네."

"네가 나선다면 수가 달라야 한다. 오늘 밤을 새워서라도 내
말을 외우고 또 외워야 해."

가능한 일인지 모르겠다. 강하가 다시 콧잔등을 긁었다.

"네."

"너는 이 진사 아들 이강하로 가는 게 아니다."

강하가 콧잔등 긁던 손길을 멈추고 이륜을 멀거니 보았다.

"예? 그럼요?"

"인왕산 소대주의 자격으로 간다."

강하가 놀라다 못해 입이 쩍 벌어졌다. 그 말을 하는 아버지
이륜의 표정은 지나치게 사무적이고 무뚝뚝했다. 어떤 기대도
염려도 삭제된 얼굴.

"이번 일만 임시로, 그리하기로 결정했다."

강하의 의문은 쉽게 가라앉지 않았다. 인왕산 소대주 자격으
로? 내가 왜?

"대주 어르신께서 정하신 일이다."

"도련님은…… 요?"

이런 일은 우도의 일이고 상익의 일이었다. 아버지 이륜의 일
이었다. 인왕산 호위대 언저리에 끼어 허드렛일로 시간을 보내
는 강하에게 소대주 자격이라? 강하는 송도로 출동하는 암행

대에 끼어 반촌패와 함께 문정의 복수만 한바탕하고 돌아올 생각이었던 것이다. 결국 이륜의 긴 한숨이 호롱불을 흔들었다. 흔들리는 불빛이 이륜의 얼굴과 강하의 얼굴을 타고 돌았다.

"강하야."

"네, 아버님."

이륜의 목소리가 한결 가라앉았다. 붉은빛 홍조가, 사람의 혈색이 이륜의 얼굴에 돌기 시작했다.

"나는 네가 여길 떠나길 바랐다."

어렴풋이 짐작하고 있었다. 아버지의 내심. 강하의 무과 급제.

"아비인 나를 지우고 오로지 너로 설 수 있는 시간이 오길 기다렸다."

아버지는 강하의 일탈이 어디에서 연유하는지 읽고 있었다. 인왕산의 청지기, 몰락한 양반의 아들을 향한 세간의 시선. 강하의 눈길이 흔들리는 호롱불로 향했다.

"저는 그런 거…… 없습니다."

"이번 일, 네가 원한다면 안 해도 그만이다."

강하가 말없이 호롱불 아래 목함을 보았다.

"명줄이 달린 일이다. 네가 정하거라."

송도로 가는 길은 누군가의 목을 따러 가는 길이다. 양화진에서의 살육이 다시 펼쳐질 것이다. 어쩌면 그보다 훨씬 더한 것들이 기다리고 있을지도 몰랐다. 피바람의 한가운데로 뛰어들어야 할 일. 반촌패 송 대장과 그 정예 대원들의 일. 스물하나 젊은 명줄이 끝날 수도 있는 일. 하지만 그건 그 아이, 문정과의 약속이었다. 한동안 물끄러미 목함만 바라보던 강하가 입을 뗐다.

"하겠습니다."

낮게 내려앉은 시선으로 한동안 강하를 보던 이륜이 결심한 듯 목함의 뚜껑을 열었다. 반짝이는 물체 두 개가 그 안에 들어 있었다. 정체를 확인한 강하의 눈빛이 호기심과 감흥으로 번들거렸다. 두 자루의 차륜식(車輪飾)[51] 서역 권총이었다.

"동래 왜인들이 오란다[52]라고 부르는 서역 나라에서 사들인 마상총[53]이다. 총의 생김새와 소리가 화려하고 요란할수록…… 너한테 유리할 게다."

이륜에게 허락을 구하듯 손을 내민 강하가 이륜이 끄덕이자 천천히 목함에서 권총을 꺼내 들었다. 총신과 손잡이를 휘감고 있는 화려한 장식들 사이로 서역의 문자가 새겨져 있었다.

'iustitia'[54].

호롱불을 받아 번뜩이는 총열에 쓰인 알 수 없는 글씨를 강하가 손끝으로 쓸었다.

"내일 아침에 떠나야 해. 이걸 다루고 연습할 시간이 없다. 가는 길에 틈틈이 송 대장이 사용법을 일러줄 게다."

---

51. 차륜식(車輪飾) 권총 : 내부 태엽식 기계장치로 직접 점화하지 않고 격발되는 권총.
52. 오란다 : 네덜란드.
53. 마상총(馬上銃) : 말을 타고 싸우는 기병이 쓰는 작고 간편한 총.
54. iustitia : 정의. 라틴어. 유스티티아. justice의 어원.

이륜의 말은 안중에도 없는 듯이 강하는 흥분하고 있었다. 내내 고대하던 장난감을 마침내 받아든 아이처럼 총구를 들여다보고, 이리저리 겨눠보고, 총신을 쓰다듬고, 들었다 놨다 무게를 느끼며 흥분해 있었다. 무과를 준비하며 소문으로만 듣던 그 총.

"들어서 알고는 있습니다. 차륜식이라 불을 붙일 필요가 없는 서역 마상총. 이 공이 머리가 여기 부싯돌을 때리면 그냥 탕! 이건 비가 오건 바람이 불건 아무 데서나 막 쓸 수 있고……!"

이륜의 눈빛에 묵직한 파동 하나가 스쳐갔다.

"이 일이 성공하든 실패하든…… 넌 예전의 네 모습으로 살아가진 못할 게다."

아버지가 바라보는 미래가 어떤 것인지 짐작하기 어려웠지만 강하는 이미 내던지기로 하지 않았던가. 게다가 총을 잡은 손에 전해오는 묵직한 충동이 강하를 잡아당겼다. 이런 총이라면 무엇이든 할 수 있을 것 같았다.

"정말 하겠느냐?"

강하가 끄덕였다.

"하겠습니다."

아버지 이륜의 눈빛이 무거워지는 것을 강하가 느꼈다. 그래도 물러날 순 없었다. 자신의 의지가 더 단단하고 더 강할수록 아버지 이륜이 편해질 거라 여겨졌다.

"하고 싶습니다."

달빛 아래 강하가 달렸다.

인정이 지난 시각, 순검이 도는 서촌의 시간을 속속들이 알고 있는 강하의 뜀박질이 문정의 집으로 향했다. 그리고 그 담을 넘었다. 내일이면 한양을 떠난다. 다시 돌아올 수 있는 일인지 장담할 수 없었다. 강하는 문정을 만나야 했다.

담을 넘은 강하의 기척을 문정이 바로 알고는 안방 문을 열었다. 방 안에는 두 동생이 잠들어 있었다. 강하가 인사도 없이 거친 숨을 고르고 문정의 방 앞 툇마루에 작은 무명 보따리를 내려놓았다. 문정이 뭔가 하고 보면서도 쉽사리 만지려 들지 않자 강하가 보따리를 풀어 열었다. 보따리 안에서 호박엿과 약과가 잔뜩 나왔다.

문정이 필사(筆寫) 일을 하고 있던 운종가 세책점(貰冊店)에서 만났던 강하. 소대주 상익의 생일잔치를 위해 운종가로 심부름 나왔다는 강하가 문정과 두 동생에게 사주었던 그 호박엿과 약과.

야심한 시각에 시커먼 물체가 담을 넘어 툇마루에 호박엿과 약과를 꺼내 놓는 모습을 한마디도 없이 보고 있던 문정이 드디어 입을 열었다.

"이거 다 우리 애들 주는 거야?"

"그래."

"고맙긴 한데…… 무슨 일 있어?"

"그냥. 애들 이거 좋아하니까. 인왕산에 생일잔치가 있어서 진작에 챙겨뒀던 거야."

"이거 줄려고 이 밤중에 찾아온 거야?"

"그냥…… 줄래믄 빨리 주는 거지."

문정이 툇마루 앞에 쭈뼛쭈뼛 서 있는 강하를 빤히 보았다.

"가는 거야? 송도?"

강하가 물끄러미 문정을 보았다.

"응."

"언제?"

"내일 아침."

그런 강하를 빤히 보다가 툇마루로 나오려고 자리에서 일어나는 문정을 강하가 손을 내저으며 말렸다.

"나 가야 돼. 노닥거릴 시간 없어. 준비할 것도 많고."

문정이 고민하다 자리에 다시 앉았다.

"갈게."

달빛에 인사를 전하는 강하의 엷은 미소가 힐긋 보였다. 그러고는 대문을 두고 강하가 보란 듯 넘어왔던 담으로 냅다 달려가더니 훌쩍 뛰어올라 사라졌다. 저 사내는 언제나 뜬금없었다. 처음 만났던 인왕산 싸전 앞길에서도, 올가미를 만들던 그 버드나무 아래에서도, 아비의 복수를 위해 나서던 그 싸전 창고에서도. 그리고 문정이 일하는 운종가 세책점에 찾아왔을 때도.

"글은 언제 배운 거야?"

운종가 시전 거리를 강하와 문정이 걸었다. 국밥 한 그릇과 입에 문 엿가락에 신이 난 동생들이 강하와 문정 사이를 정신없이 뛰어다녔다. 문정의 일터인 세책점에서 만난 강하와 문정이 동생들과 국밥집에 들러 배를 채우고 나온 후였다. 문정의 시선이 아득하게 어딘가를 향했다.

"걸음마 할 때."

"진짜?"

"아버지가 그런 거 좋아했으니까. 가르치는 거."

"아녀자가 언문이 아니라 한자를 배웠다는 거네?"

"언문, 한자, 셈, 부기…… 이것저것."

강하가 우뚝 멈춰 섰다.

"부기를 할 줄 안다고?"

"아버지가 환전거간이었으니까."

"……."

"사개송도치부법도 배우고."

강하의 입이 다물어지지 않았다.

"그거 송방 부기 아냐?"

"맞아."

"송방 부기는 극비라던데? 배우기도 어렵고 까다롭고."

"봉차와 급차, 이익과 손해, 일기장과 분개장. 좀 어렵지."

"아녀자가 그런 거 다 배워서 뭐 할라고?"

"아버지가 유별나서 그런 거야."

강하의 얼굴에 엷은 웃음이 떠올랐다. 뭔가 허망하고 자조적인, 한숨 같은 웃음.

"뭐 배우는 게 꼭 좋은 건 아냐. 배우는 거 그거 재미 들일수록 꿈은 커지고, 꿈이 커져봤자……."

문정이 강하의 말꼬리를 받았다.

"세상이 지랄 같은 것만 알게 돼."

강하가 그런 문정을 보다가 끄덕였다.

"그치. 뭐 좀 아네."

문정의 얼굴에도 강하의 엷은 웃음이 떠올랐다 사라졌다.

"뭘 좀 알지."

강하가 사라진 담장에서 시선을 떼지 않고 있던 문정이 툇마루의 호박엿 하나를 가만히 물었다. 찬바람 들까 동생들의 이불을 챙기면서도 문정은 방문을 닫지 않았다. 무릎을 껴안고 문정은 달빛 떨어지는 마당을, 강하가 왔다 간 마당을 내내 그렇게 보고 있었다.

날이 밝자 강하는 대문 밖으로 나와 홍길이 내민 말고삐를 잡았다.

이륜은 대문간에 서서 혹시 마지막이 될지도 모를 아들의 길을 보고 있었다. 강하가 길바닥에서 다시 아버지에서 넙죽 절을 했다. 투명한 눈길로 북쪽만 응시하고 있던 이륜이 말했다.

"창의문으로 곧장 가거라. 창의문을 나서면 거기서 기다리고 있을 게다."

강하가 주억거리다가 말고삐를 잡고 올라타려는데 저만치 골목길에 익숙한 얼굴이 나타났다. 문정이었다. 이륜도 문정을 알아보았다. 문정은 다가오지 않고 먼발치에서 이륜과 강하를 보고만 있었다. 괜한 쑥스러움에 쭈뼛거리던 강하가 말에 올랐다.

문정을 지나면서, 강하가 애들 마냥 히죽 웃었다. 문정은 웃지 않았다. 잘 다녀오라는 어떤 말도 없었다. 그저 골목길 모퉁이에 박제된 돌쩌귀처럼 서서 강하가 저만치 멀어질 동안 눈도 깜빡이지 않고 보고만 있었다.

창의문을 지나 성 밖으로 나오자 반촌 송기후와 반촌패 암행대들이 성문 밖 나무 아래 기다리고 있는 것이 보였다. 모두 아홉 마리의 말들과 아홉 명의 사람들. 강하가 말고삐를 잡고 얼른 뛰어갔다. 언제부터 기다리고 있었던 것일까. 강하가 송기후에게 넙죽 인사했다.

"늦어서 죄송합니다, 대장님."

송기후와 암행대들이 강하가 다가오자 느닷없이 허리를 깊이 숙이고 인사했다.

"어서 오십시오! 도련님!"

도련님? 강하가 움찔 놀라며 굳어버렸다. 언제나 동구와 같은 막내 신세로 하늘처럼 따르던 대장이었고 형들이었다. 송기후가 강하의 말고삐를 잡았다.

"모시겠습니다. 말에 오르십시오."

강하가 떨리는 목소리로 말했다.

"대장님. 이건 좀……"

송기후가 강건한 눈빛을 보내왔다.

"송도에서 돌아올 때까지."

강하가 주저하고 있자 송기후의 목소리가 더 단단해졌다.

"오르십시오."

강하가 암행대들을 돌아보며 머뭇거리다 말에 오르자 송기후와 암행대들이 하나둘 말 위에 올랐다. 암행대 절반이 앞으로 나서며 길을 트고 송기후가 강하와 말머리를 나란히 하며 가운데 자리했다. 나머지 암행대 절반이 호위하듯 배후를 두르며 따라오기 시작했다. 인왕산 소대주를 호위하는 인왕산 암행대의 행렬이 사람들을 뚫고 길로 나섰다. 강하가 들숨을 크게 마시고 길을 보았다.

송도로 가는 길이, 곧장 일직선으로 눈앞에 뻗어있었다.

송기후는 재촉하지 않았다. 길에서 자주 쉬었고 사람 없는 나대지가 나오면 어김없이 강하에게 사격 연습을 시켰다. 하룻길이면 닿을 거리였지만 느릿느릿 이동하던 일행은 주막에 들러 잠을 청하고 그다음 날 오후가 되어서야 송도 외곽에 이르렀다.

송기후가 다가와 강하와 말머리를 나란히 했다.

"송도에는 선발대가 먼저 가서 대기 중입니다."

"네."

송기후가 부하들을 하나하나 불러 모으기 시작했다.

"대국! 동윤!"

암행대 두 명이 말을 달려 옆으로 붙어 섰다.

"이 친구들이 입구를 뚫습니다."

송기후의 말이 끝나자 강하에게 고개 숙이는 두 명의 사내. 평소에는 하늘 같은 형들이었다. 농담 한번 제대로 못 걸어 본 인물들이 고개를 숙였다. 강하가 어색하게 그 인사를 받았다. 그들이 물러나자 송기후가 다른 이들을 불렀다.

"용하! 기수! 하진!"

세 명의 사내가 말을 달려 나타났다.

"이 친구들이 선발대와 함께 송상의 호위들을 맡을 겁니다."

그들이 강하에게 인사하고 물러났다.

"중목! 세후! 현중!"

다른 세 명이 나타났다.

"이 친구들이 송상 대행수들을 맡습니다."

그들이 물러나자 송기후가 대원들의 맏형을 불러내었다.

"한열!"

한열이 홀로 다가와 말머리를 강하 옆으로 나란히 했다. 한열이 가볍게 강하에게 인사했다.

"이 친구가 대방 유형준을 맡습니다. 그리고 나면 제가 황정균의 목을 땁니다. 도련님께선 협상만 맡으시면 됩니다."

강하가 갑자기 말을 멈춰 세우자 송기후부터 암행대 대원들 전부가 말을 멈춰 세웠다. 강하가 막막한 시선으로 전방을 응시하다 입을 열었다.

"아버님 말씀과 다릅니다."

송기후는 물러날 기색이 없었다.

"알고 있습니다. 지금 말씀드린 건 원래 상익 도련님이 움직이실 때 실행하기로 했던 계획입니다. 진사 나리께서도 알고 계십니다."

송기후의 작전 계획은 아버지 이륜의 말과 달랐다. 모두가 쳐들어가서 판을 다 끝내놓으면 강하가 협상만 한다? 그건 상익을 위한 동선이었다. 협상보다는 상익의 안전을 고려한 계획이었다. 이륜이 말한 강하의 동선과는 너무 멀었다.

"제가 불안하니까 그러시는 겁니까?"

송기후가 물끄러미 강하를 보았다.

"제 휘하 스무 명의 명줄이 걸린 일입니다."

암행대들 모두의 시선이 일제히 강하에게 향했다.

"저를 못 믿는 것입니까?"

송기후가 강철 같은 눈빛으로 강하를 보다가 단호하게 말했다.

"네."

당연한 일인지도 모른다. 망이나 보던 막내. 하루아침에 인왕산 소대주가 되어 그들 머리에 앉았지만 송도로 가는 반촌패 대원들 명줄이 모두 걸린 일이었다.

"처음 보는 사람을 죽이는 일입니다. 구 할의 확신을 가지고 짠 판도 단 일 할 때문에 엎어지는 경우가 부지기수입니다. 인정을 두고 망설인다면 도련님과 저희들 모두 위험해집니다. 게다가 암행일에 초행길인 도련님을 믿는다는 건…… 이해해 주십시오."

강하는 적당한 대답을 찾지 못했다.

"게다가 그 총, 연습할 때도 세 발 중에 두 발이 불발이었습니다. 보셨지 않습니까. 거사 시에 불발이 되면 도련님은 그 자리에서 바로 죽습니다."

강하도 알았다. 차륜식 총의 단점이었다. 방아쇠나 공이의 허수가 많았고 불발이 잦았다. 격발은 수시로 말썽을 부렸고 둘에 하나는 허탕이었다. 강하의 시선이 한참 동안 땅바닥을 기어다녔다. 송기후와 암행대들은 내내 강하의 말을 기다렸다. 이윽고 강하가 얼굴을 들었다.

"아무래도 그러면 안 될 것 같은데요."

송기후와 암행대들 모두 적잖이 놀란 눈치였다.

"유형준 대방이랑 황정균, 대행수 일곱 전원이 모이는 자리라고 알고 있습니다. 우리 전부 쳐들어가면 세력과 세력의 전면전…… 양방 간에 너무 많이 죽으면 협상이 깨질 수도 있다고 했습니다. 아버님이 제일 걱정하시는 게 그것이라고 알고 있습니다. 상익 도련님이 가신다면 또 모르겠지만……"

송기후의 눈에 불안한 기색이 감돌았다. 그런 기색을 보았는지 못 보았는지 강하는 담담하기만 했다.

"아버님이 일러주신 대로, 저 혼자 들어가서 일을 끝내고 나오겠습니다."

"도련님."

"만약 제가 죽으면요. 그걸 핑계로 다 죽여 버리세요."

무슨 말을 하려던 송기후가 입을 다물었다.

"장 거간 죽인 놈부터요."

송기후와 암행대가 모두 할 말을 잃고 강하를 황망히 보았다. 송기후는 보았다. 투명하디 투명한 눈빛. 강하의 눈빛에서 이륜을 보았다. 제 할 말을 다 마친 강하가 말을 몰아 천천히 앞서가기 시작했다.

송기후는 강하의 등에서도 이륜을 보았다. 저 고집. 어디에서 온 것이겠나. 무슨 말을 해도 이제 꺾지 않을 것이다. 고개를 한 번 끄덕인 송기후가 말을 몰아 강하를 따랐다. 그 뒤로 암행대 전원이 사방으로 호위 대형을 펼치기 시작했다.

16. 소향(燒香)

송도 제일의 기루 백일몽(白日夢).

오늘 밤 송방의 인사들이 모두 모인 곳. 호위와 경계를 맡은 월악산 패거리들이 품에 칼 한 자루씩 차고 기루 안팎을 어슬렁거리고 있는 그곳으로 사내 둘이 나타났다. 붉은색 홍의(紅衣)에 노란 초립(草笠), 비단 약주머니 향주머니에 괴불 노리개로 온몸을 휘감은 화려한 대전별감(大殿別監)[55]의 옷으로 변복한 강하가 기루의 현판 아래 서 있었고 그 옆으로 송기후가 강하의 종복으로 변장하고 서 있었다. 송기후는 기루의 문지기를 상대로 떠벌떠벌 요란을 떨고 있었다.

"이 나리가 어떤 분이신지 보고도 몰라? 대전별감 어른이시다! 묘당(廟堂)[56]의 행사차 전국 기생들을 뽑아 올리신다는데

---

55. 대전별감(大殿別監) : 대전(大殿)에 소속된 7~9품의 별감으로 임금의 심부름을 하던 벼슬.
56. 묘당(廟堂) : 종묘와 명당. 최고의 행정기관인 정승들의 의정부.

꼭 경을 쳐야 알아듣겠어?"

문지기 하인이 의심의 눈초리로 눈알을 굴렸다.

"오늘은 아무도 들이지 말랬는데…… 오늘은 송상 어르신들이 죄다 전세를 내고 계시단 말이오."

송기후가 버럭 역정부터 냈다.

"아! 이놈이! 우리 나리가 기생년 낯짝만 보고 가실 테니 어여! 기어코 관아 수령이 나서야겠어?"

관아 수령 얘기에 문지기가 꼬리를 내렸다.

"그럼 일단 일행수 방으로 모시겠습니다. 일행수부터 만나보시지요."

송기후가 눈을 흘겼다.

"이제 좀 알아듣는구면."

문지기가 길을 트면 강하가 대문 간으로 들어섰다. 송기후가 강하를 따르려는데 강하가 손을 들어 제지했다.

"자네는 여기서 기다리게. 내 만나고 올 테니."

송기후가 황망히 강하를 보았다. 혼자 가겠다는 뜻이다. 약속대로 혼자. 자신만이라도 따라가겠다는 걸 강하가 막은 것이다. 강하의 고집을 송기후는 꺾지 못했다. 그저 황망해하는 송기후를 세워두고 대문이 닫혔다. 송기후는 기루의 대문간이 닫히는 걸 그저 우두커니 바라볼 수밖에 없었다.

"묘당의 행사라면…… 당상관 대감들의 연회를 말씀하시는 겁니까?"

백일몽 일행수가 곱게 인사하고 나서 물었다. 몸에 밴 단아하면서 기품 있는 태도. 하지만 그 눈빛에는 깊은 속까지 꿰뚫어 볼듯한 날카로운 날이 서 있었다. 부채가 펼쳐져 있는 작은 소반을 앞에 두고 일행수와 마주 앉은 강하도 한 치의 흔들림 없이 일행수를 빤히 보고 있었다.

"먼 길 온 나그네에게 물 한 잔 건네지 않고 용건을 따지는 게 이곳 인심인가?"

강하가 손을 뻗으면 바로 닿을 듯 소반 바로 옆에 주전자와 잔이 놓여있었다. 물끄러미 보던 일행수가 곱게 물을 따라 강하의 소반에 올리면서 물었다.

"권대진 별감 나리와 문석호 별감 나리께서는 무고하신지요?"

그들이 누구인지 모른다. 이 여자는 지금 강하를 시험하고 있음에 틀림없었다. 아버지 이류의 한마디 한마디를 놓치지 않아야 했다. 강하는 물잔에는 일말의 관심도 보이지 않고 되물었다.

"이름이 없나? 자네."

물잔을 내려놓고 일행수가 물러앉았다.

"소향이라 하옵니다."

"여기 백일몽 일행수인가?"

일행수가 차분하게 이류의 눈을 읽으며 대답했다.

"그렇사옵니다."

송도의 기생 소향(燒香).

소향은 송도 교방에 입적돼 춤과 노래를 배웠지만 기생들의
꿈인 한양으로 진출하지 못하고 송도로 파견 나오는 관리들이
나 군관들의 기첩(妓妾)[57]으로 떠돌았다. 그러다 만난 송상 대행
수 황정균. 소향의 미모와 재주를 눈여겨본 황정균은 사재를 털
어 백일몽을 인수하면서 소향을 일행수 자리에 앉히고 소향의
기부(妓夫)가 되었다.

그때부터 백일몽을 송도 제일의 기루로 만든 소향.

소향은 황정균으로 인해 만개했고, 풍족했고, 행복했다.

그리고 오늘, 황정균의 애첩으로, 송도 제일 기루의 일행수로
승승장구하던 소향에게 한양에서 왔다는 수상한 대전별감 사
내가 나타난 것이다.

강하가 담담한 손길로 소반 위에 놓여있던 부채를 치웠다.
차륜식 권총이 모습을 드러냈다. 소향이 한 치의 미동도 없이
권총을 뚫어져라 바라보았다.

"황정균이 자네의 기부인가?"

소향이 강하를 빤히 보았다.

"인왕산 분이십니까?"

---

57. 기첩(妓妾) : 첩으로 들인 기생.

"알고 있나?"

"귀는 있습니다."

"인왕산 소대주다."

한 치의 흐트러짐도 없는 눈빛으로 소향이 말했다.

"제가 소리를 지르면 칼 든 자들이 옵니다. 족히 스물은 넘습니다."

강하도 미동이 없었다.

"그전에 자네가 죽네."

"황 대행수는 저의 주인이십니다. 계집이 응당 할 일이라 압니다."

"지금 이 길은 황정균이 대행수가 아니라 대방이 되는 길이 될 수도 있지."

소향이 굳어졌다. 입을 다물고 강하를 빤히 응시했다. 강하도 흔들림 없는 눈빛으로 소향을 마주 보았다. 흔들리면 죽는다.

아버지 이륜이 말했었다.

"백일몽 일행수를 통하지 않으면 황정균에게 갈 수 없다."

일행수 소향의 방이 숨 막히는 시간에 갇혀 있었다. 이윽고 소향이 낮은 한숨을 뱉어냈다.

"그 말을 믿으란 말씀입니까?"

"인왕산 소대주 혼자 여길 들어와 자네 앞에 앉아 있네. 정말 아무런 계획도 없이 온 거 같은가?"

소향의 눈동자가 드디어 가늘게 흔들렸다. 강하의 눈은 투명한 채 변함이 없었고 그 투명한 눈에서 나오는 말은 소향을 흔들어 놓고 말았다.

"오늘 밤 이 백일몽이 곧 피바다로 변한다. 이 기방에 모인 인물들 중에 누가 죽고 누가 살아남을지, 자네가 정할 수도 있어."

소향은 입을 떼지 않았다. 단지 손에 틀어쥔 치마가 저도 모르게 바스락거릴 뿐이었다.

소향을 따라 강하가 일행수 방을 나왔다. 일행수 방이 있는 안채 복도 곳곳에는 월악산 패거리가 어슬렁거렸다. 소향을 따라 강하가 지나가자 그들 중 하나가 눈빛을 빛내다 어디론가 사라졌다.

"어이 행수!"

누군가 소향을 불러 세웠다. 미로 같은 복도를 지나 안채의 대청마루가 강하의 눈에 들어올 때쯤 거칠어 보이는 사내가 사라졌던 월악산 패거리 하나와 성큼 나타났다.

번뜩이는 인광에 거침없는 발걸음, 요란하게 사과를 우적우적 씹어대며 소향과 강하 앞으로 걸어오는 사내, 월악산 도라지였다. 도라지가 사과를 입안에 마저 때려 넣고 바지춤에 슥슥 손을 닦으며 강하를 느물하게 보았다.

"손님이 오셨구만!"

소향이 나섰다.

"한양 대궐에서 오신 분입니다."

강하가 기분 나쁜 듯 마뜩잖은 듯 한양 샌님 같은 표정으로 도라지를 외면했다. 그런 강하를 아래위로 훑는 도라지의 시선이 번들거렸다.

"그래? 예정돼 있던 거야?"

소향이 뾰로통하니 돌아선 강하에게 깊이 허리 숙였다.

"별감 나리. 살펴주소서. 하필 오늘 중요한 모임이 있어 수행하는 자들이 거칩니다. 여기선 늘 있는 풍속이오니 그러려니 하시고……"

강하가 더 듣기도 싫은 양 짜증 내듯 손을 내저었다.

"됐네."

소향이 도라지를 타박하는 굳은 얼굴로 노려보았다.

"궁중 연회일로 찾아오신 대전별감 나리십니다. 백일몽이 하루아침에 문 닫을 일이니 물러나 주시지요."

도라지가 어깨를 으쓱했다.

"내가 뭐 기생들 치마폭 사정을 알겠어? 알았어. 가보슈."

소향이 다시 길을 잡고 강하가 걸음을 옮기려는데 묵직하니 가라앉은 도라지의 목소리가 둘을 불러 세웠다.

"근데 왜 글루 가?"

소향과 강하가 동시에 도라지를 돌아보았다.

"쌔고 쌘 게 빈방인데 말이야."

소향이 이제는 제법 거칠고 딱딱한 눈길과 음성으로 도라지를 상대했다.

"문 악사 어른께 가는 길입니다. 모시고 오겠다는 걸 먼발치에서라도 그 소리를 나리께서 꼭 보시겠다고……"

도라지가 입술을 삐죽 내밀었다.

"아. 그 거문고?"

강하가 잔뜩 심기 불편한 얼굴로 팽하니 돌아섰다.

"됐네. 오늘은 그냥 돌아갔다가 관아 수령이랑 다시 오겠네. 뭐가 이렇게 불편하고……"

소향이 강하와 장단 맞추듯 황급히 나섰다.

"나리. 그러지 마시고……"

소향이 안절부절못하는 모습에 도라지가 손을 휙 쳐들었다.

"아 됐어요, 됐어! 나리. 괜히 우리 행수 출셋길 막지 마시고, 나중에 썩을 년이다 뭐다 조지지 마시고, 응?"

소향이 더 들을 필요도 없다는 듯 불쾌한 투로 잔뜩 얼굴 붉히고 선 강하에게 곱게 머리를 조아렸다.

"이만 가시지요."

강하가 마지못한 척 소향을 따라 걸음을 옮겼다. 강하와 소향이 안채 대청마루로 나가 댓돌 아래로 내려갈 때까지 빤히 보고 있던 도라지가 부하 하나를 불렀다.

"어디 있다 겨나온 거야?"

"행수 방에서 나왔습니다."

도라지의 눈이 찢어지면서 얼굴에 난 칼자국을 엄지로 쓸었다.

안채를 나온 소향과 강하는 잔치가 열리고 있는 후원으로 들어섰다. 강하의 눈에 송상 대행수들의 잔칫상이 들어왔다.

비단을 씌운 사촉롱(紗燭籠)과 양뿔로 만든 양각등(羊角燈)이 곳곳에서 요란하고, 병풍들이 벽을 서고, 커다란 휘장으로 사방을 치고, 위로는 차일을 높이 치고, 평상을 수없이 이어 붙여 바닥을 다진 뒤에 기름 종이 유둔(油芚)을 깔아 자리를 마련한 후원 마당의 가설 연회장.

거문고를 타고 있는 늙은 맹인 악공이 운치를 더하는 가운데 송상의 인물들이 술상과 기생들을 하나씩 끼고 앉아 와자지껄하게 잔을 비우고 있었다. 상석에는 우두머리로 보이는 자가 앉아 있었다. 송상 대방 유형준임에 틀림없었다.

아버지 이륜이 단단히 주의를 주지 않았던가.

"유형준 대방이 없으면…… 일이 다 틀어진다. 먼저 유형준부터 확인하고……"

그 유형준 옆으로 대행수들의 수장 격인 사내가 유형준에게 술잔을 올리고 있었다. 황정균임에 틀림없다. 이륜이 보여주었던 황정균의 용모화 그대로였다.

"그다음이 황정균이다."

문이 거칠게 열리며 도라지가 부하들과 함께 일행수 소향의 방으로 들어섰다. 방 안은 별다른 게 없었다. 단지 소반 위에 덩그러니 놓여 있는 물잔과 부채뿐이었다. 밖으로 나가려던 도라지가 천천히 돌아섰다. 그리고 소반으로 걸어와 부채를 집어 들었다.

여인의 것이 아니었다. 접선(摺扇). 선비들의 쥘부채였다. 아까 그 대전별감이란 자가 놓고 간 것임이 틀림없었다. 먹으로 그린 산수화가 그려져 있는 부채. 시큰둥하니 보던 도라지의 눈에 작은 불꽃 하나가 점점 일렁거리기 시작했다. 어디서 많이 봤던 그림. 천변의 삼류 그림쟁이들이 온종일 그려서 좌판에 내놓던 그 그림. 인왕제색도라 했던가. 비를 맞은 인왕산이 덩그러니 그 부채에 담겨 있었다. 일순 도라지가 칼을 빼 들며 부하들에게 고함을 질렀다.

"잡아, 그 새끼!"

나직한 긴장감이 강하를 감싸고 돌았다. 목젖이 꿈틀거렸다. 손에 땀이 배어 나왔다. 그게 강하의 신경을 건드렸다. 행여 미끄러운 손바닥이 일을 그르칠지도 몰랐다. 강하는 숨을 다잡고 음식 나르는 여종들 사이로, 신발도 벗지 않고 평상 위로 올랐다. 소향이 대행수들에게 일일이 인사를 하며 황정균의 옆으로 자리 잡는 게 보였다.

대행수들은 자기들 얘기에 바빠 강하의 등장에 관심을 보이지 않았다. 맹인 악사를 지나 강하는 직진했다. 그제야 신발도 벗지 않고 연회장에 올라와 다가오는 낯선 사내에게 대행수들과 기생들이 하나둘 눈길을 돌렸다. 강하는 엇갈리는 시선들 사이로 곧장 황정균에게 나아갔다. 소향이 곧장 앞으로 다가온 강하의 등장을 두고 황정균에게 귓속말을 하려고 할 때였다.

강하의 품에서 권총 두 자루가 빠져나왔다. 그중 하나를 황정균의 이마에 겨누는 강하. 순간 소향의 눈빛이 내려앉았다. 뭔가 수상하고 섬뜩한 기운이 소향에게 덮쳐왔다. 소향의 흔들리는 시선이 권총과 강하를 번갈아 보았다. 강하가 차분한 목소리로 총구 너머 앉아 있는 사내에게 물었다.

"황정균?"

황정균이 당혹감과 불쾌함으로 미간을 찌푸렸다.

"뭐, 뭐야……?"

후원 너머 안채 마당 저편에서 다급한 도라지의 고함 소리가 들려왔다.

"그 새끼 잡아!"

이제 위기를 감지한 황정균이 마른침을 삼켰다.

"누, 누구야? 너 뭐야?"

강하가 나지막이 말했다.

"장철기. 배진남."

그제야 황정균은 이 낯선 사내의 정체를 알았다. 어디에서 온 자인지 짐작했다.

"인왕산……?"

모골이 송연해진 황정균이 몸을 젖히며 손을 들었다.

"자, 잠깐……!"

소향이 황정균과 강하의 권총 사이로 뛰어들 듯 몸을 일으켰다.

"안 돼!"

그 순간 강하가 방아쇠를 당겼다. 더할 나위 없이 차분하고 투명한 눈으로 강하가 방아쇠를 당겼다. 격발이 실패하면 강하는 그 자리에서 죽는다. 콰앙— 요란하게 화약 터지는 소리가 후원의 연회장을 찢었다. 손으로 총구를 막으려던 황정균의 손가락이 먼저 터져 나갔다. 그 손가락을 찢어 놓은 총알이 황정균의 머리통을 박살 냈다. 사방으로 황정균의 피와 살점이 튀었다. 강하의 총알을 몸으로 막을 듯 앞으로 나서려던 소향이 그 피와 살점을 온전히 뒤집어썼다.

후원 연회장으로 달려오던 도라지와 월악산 패거리들이 그 총소리를 들었다. 도라지의 미간이 갈라졌다.

백일몽 담벼락 어둠 속에서 복면을 쓴 채 대기 중이던 송기후와 반촌패들도 그 총소리를 들었다. 대원들을 돌아보는 송기후의 눈빛이 어둠 속에서 번뜩였다.

"서방님……"

머리통이 터진 채 쓰러져 있는 황정균을 피범벅의 소향이 멍하니 내려다보았다. 자신이 몰고 온 주인의 죽음. 그제야 주변의 사내들과 기생들이 요란한 비명과 함께 혼비백산 갈라졌다. 나뒹굴고 엎어지며 자리를 피하는 대행수들과 기생들과 하녀들을 뚫고 강하가 송상의 대방 유형준에게 곧장 나아갔다. 미처 자리를 피하지 못하고 부르르 떨고만 있는 늙은이에게 강하가 총을 겨누었다. 황정균을 쏘면서 총알이 떨어진 총을 버리고 장전돼있는 다른 총으로 유형준을 겨눈 강하. 칼을 든 도라지가 후원의 평상 위로 뛰어 올라와서는 벼락같이 고함을 질렀다.

"이 씨발놈아!"

강하는 동요하지 않았다. 눈앞의 유형준에게 시선을 떼지 않았다. 아버지 이륜이 만든 대사를 토씨 하나 틀리지 않고 뱉어내야만 했다.

"총알이 하나 더 있습니다."

도라지가 칼을 들고 성큼성큼 다가왔다.

"이 개새끼가 어디서 난장을 까!"

그저 부르르 떨고만 있던 유형준이 도라지를 향해 버럭 소리질렀다.

"지금 이 상황이 보이지도 않는가!"

대방 유형준에게 한 번도 보지 못한 모습에 도라지가 멈칫하며 그 자리에 섰다. 그런 도라지에게 유형준이 노기 띤 얼굴로 손을 내저었다.

"밖에…… 밖에 있게."

씩씩거리던 도라지가 강하와 유형준을 노려보다 평상 아래로 내려갔다. 도라지의 부하들이 강하 주변의 평상을 재빠르게 포위하듯 에워싸며 칼을 빼 들었다. 평상 아래로 혼비백산 기

어 내려간 대행수들과 기생들은 어쩔 줄 모르고 떨었다. 황정
균의 피로 범벅된 평상 위에는 강하와 유형준만이 마주하고 있
었다. 강하가 유형준의 머리에 총을 겨눈 채 나직하게 말했다.

"인왕산과 송상…… 거래하시겠습니까?"

강하의 입을 통해 이륜의 안배가 흘러나왔다. 유형준이 부릅
뜬 눈으로 강하를 노려보았다.

"그 흉악한 것을 지금 내 이마에 두고 거래하자는 말인가?"

담담히 그런 유형준을 보던 강하가 유형준의 소반 위에 총을
내려놓으며 앉았다. 총구가 유형준을 향해 놓였다. 그리고 다시
아비 이륜의 말이 흘러나왔다.

"송상의 염원인 증포소(蒸包所)[58]를 내어 드리겠습니다."

"뭐라……?"

소스라치게 놀란 건 유형준만이 아니었다. 듣고 있던 송상 대
행수들도 모두 놀라 서로를 보았다. 황정균의 머리통을 날린
총소리보다 더 큰 충격인 양 사내들의 머릿속이 어지러워졌다.

"한양의 증포소를 송도로 돌리겠습니다. 증포소가 송도에 오
면, 지금과는 비교될 수 없는 홍삼의 대량생산체제가 갖춰집니
다."

유형준이 황망히 강하를 보았다.

"증포소는 전 조선에 단 하나. 게다가 조정의 일인데…… 말
이 되는 소린가?"

---

58. 증포소(蒸包所) : 인삼을 쪄서 홍삼을 만들던 홍삼제조장.

강하가 흔들림 없는 눈빛으로 유형준을 보았다. 아버지 이륜의 말과 이륜의 눈빛이 그대로 강하를 통해 유형준에게 전해지고 있었다.

"인왕산은 조정의 연줄로 먹고삽니다. 인왕산과 협력하고 있는 경강 강상들의 수송망을 타고 전국의 인삼이 송도로 옵니다. 우리가 팔도의 인삼을 대고 송상이 홍삼을 제조, 청과 뒷장을 엽니다. 그렇게 되면 인삼 밀무역을 독점하고 있는 의주의 만상을 비켜 세우고 우리가 제조와 무역을 독점할 수 있습니다."

유형준이 고개를 저었다.

"만상을 모르나? 삼 무역은 그들의 명줄이야. 책문에 이르기 전에 상단의 목부터 날아갈 걸세."

이 또한 예상한 듯 강하는 차분하기만 했다.

"만상과 결탁한 만주 땅의 마적으로부터 청과 오가는 송상의 상단 수송로를 저희가 책임지고 지켜드립니다."

지켜보던 대행수들이 충격을 넘어 이제 고개를 쳐드는 욕망들로 분주해졌다.

"아시다시피 만상도 지금 이 증포소 사업에 혈안이 되어 있습니다."

흔들리는 유형준의 눈빛을 강하가 놓치지 않았다.

"청과의 홍삼 무역량은 공식적으로 년 백이십 근, 뒷장의 밀무역량은 그 스무 배가 넘습니다. 송상과 인왕산이 손잡으면

십 년 안에 연간 사만 근, 천만 냥이 넘는 수입도 가능합니다."

천만 냥! 대행수들의 입이 쩍 벌어졌다. 빤히 강하를 보던 유형준이 고개를 저으며 한숨을 내쉬었다.

"생각해 보겠네. 며칠 말미를 주게나. 인편으로 답을 보내지."

강하가 품에서 두루마리를 꺼내 소반 위에 올려놓았다. 계약서였다.

"지금 결정하실 일입니다. 수결(手決)[59] 하시면 됩니다."

유형준은 서두를 생각이 없어 보였다. 한심한 꼴로 평상 아래로 피신한 대행수들을 둘러보며 말했다.

"여보게. 그런 큰 사업을 나 혼자 독단으로 결정할 수 없네. 여기……"

강하가 그 대행수들을 같이 둘러보았다.

"여기 모두 계시지 않습니까."

대행수들의 눈빛이 번들거렸다. 이제 공포와 충격은 사라지고 어떤 기대와 욕망으로 번들거리고 있었다. 강하도 유형준도 그들의 번들거리는 눈빛을 읽었다. 유형준이 허망한 시선을 허공에 띄웠다가 강하에게 물었다.

"조건은?"

"오 대 오. 절반씩 나눠 가집니다."

"알았네. 여길 좀 치우고 의논해 보겠네."

"하루를 미루면 육 대 사, 이틀을 미루면 칠 대 삼으로 조건

---

59. 수결(手決) : 도장 대신 자필로 직접 쓰는 사인.

16. 소향(燒香) **241**

이 변동됩니다."

유형준이 강하를 노려보았다. 이제 스물이나 지났을까. 이 애송이가 적진에 홀로 쳐들어와서 송방 전체를 흔들고 있다.

"지금 장난하자는…… 건가?"

강하는 담담하기 그지없었다.

"인왕산의 거래 방식입니다. 사흘을 넘기면, 인왕산은 바로 만상과 거래를 시작할 겁니다."

이 아이는 완고했다. 이 자리에서 끝장을 볼 생각임이 틀림없었다. 유형준의 머릿속이 복잡해졌다. 이 모든 게 이 아이의 머릿속에서 나왔단 말인가? 아니다. 절대. 들어서 알고 있었다. 인왕산의 제갈공명 이 진사. 유형준은 이 아이가 들고 온 모든 계획과 행보가 어디서 출발했는지 짐작할 수 있었다. 그리고 그건 완벽하게 유형준을 옭아매고 있었다.

아버지 이륜은 강하에게 신신당부했었다.

"거래를 미루려 들면 절대 일어나지 마. 송상 식구들의 분열을 막기 위해서라도 수결이 연기되고 네가 일어서면…… 널 죽이고 거래를 청해올 거다. 그 자리에서 확답을 받아야 네가 살 수 있다."

대행수 하나가 유형준의 긴 침묵을 견디지 못하고 나섰다.

"저…… 대방 어르신. 저자의 말을 다 믿을 순 없지만 다른 것도 아니고 증포소라면 저희 송상으로서도……."

유형준은 그제야 깨달았다. 송방의 욕망을 인왕산 이 진사가 명확하게, 징그럽도록 정확하게 알고 있다는 것. 그리고 그 사실을 아는 자신이 어찌 달리 궁리할 방법이 없다는 것도. 유형준의 입에서 긴 한숨이 새어 나왔다.

"방금 술잔을 기울이던 동료가 피칠갑을 하고 누웠는데 우리는 이문을 따지고 있네."

강하가 담담히 받았다.

"송상이 조선 제일의 상단인 이유가 그 속에 있질 않겠습니까."

유형준이 빤히 강하를 보았다.

"자네는 누군가?"

강하는 아버지 이륜의 대답이 떠올랐지만 말하지 않았다. 아버지의 답, 인왕산 소대주. 이륜은 분명히 이 상황을 예견하고 답을 주었다. 유형준이 물어올 때 꺼내 놓을 답안지. 하지만 강하는 유형준의 눈을 보며 자신이 누군지 이미 이 노구가 꿰뚫어 보고 있음을 알았다. 강하는 직진하기로 했다. 그래야 일이 성사될 것 같았다. 강하는 오늘 처음으로 아버지 이륜의 말을 버리고 자신의 말을 유형준에게 꺼내 놓았다.

"인왕산 이 진사의 아들…… 이강합니다."

그 순간 죽은 황정균을 끌어안고 낮게 오열하고 있던 소향이 강하를 쏘아보았다. 강하는 지아비를 잃은 여인을 보지 않았다. 그 지독한 분노까지 끌어안을 여유가 지금은 없었다. 유형준이 한참 동안 강하를 응시하다가 주변에다 손을 들었다.

"붓을 다오."

대행수 하나가 얼른 품에서 휴대용 붓통을 꺼내 내밀었다. 유형준이 두루마리를 펼쳐 계약서를 읽고 나서는 수결하기 시작했다.

"약조가 어긋나면…… 송상 전체가 무너지는 한이 있더라도 이 일을 어전으로 끌고 가겠네."

"그땐…… 제 목을 거두십시오."

유형준의 수결이 끝나자 강하가 유형준에게 깊이 절했다. 그러고는 두루마리와 총을 챙겨 자리에서 일어났다. 강하가 총과 두루마리를 들고 돌아설 때 소향과 눈이 마주쳤다. 그제야 강하는 피눈물로 자신을 쏘아보고 있는 소향을 정면으로 응시했다. 그 붉어진 혈선으로 부릅뜬 눈을 보았다. 어떤 말도 담지 못하고 그저 투명한 시선으로 마주 보던 강하가 돌아섰다. 그렇게 평상 끝으로 다가오는 강하를 향해 도라지가 뺨에 난 칼자국을 긁으며 막아섰다.

"인왕산?"

"물러서."

살기 가득한 웃음으로 도라지가 희번덕댔다.

"인왕산은 돈으로 살지만 우리 월악산은 기분으로 살거든. 기분이 좆 같으면 앞뒤 안 재고 쑤시고 보는 놈들이라고."

강하의 손에 들린 총이 꿈틀거렸다.

"아직 안 쏜 총알이 한 발 남았다."

그 총을 뚱하니 보던 도라지가 옆으로 비켜나며 강하의 귓가에 속삭였다.

"장철기 배진남…… 내가 목 땄다."

강하가 우뚝 멈춰 섰다. 총을 잡은 강하의 손이 가늘게 떨렸다. 이 자다. 문정의 아비 장철기를 죽이고 그 머리통만 보내온 놈. 강하의 뺨을 타고 한줄기 땀방울이 흘러내렸다. 총을 잡은 손에도 땀이 배어 나오기 시작했다. 도라지가 나지막하게 피식거렸다.

"뭐해? 얼릉 쏴."

그런 둘의 긴장을 보고 있던 대행수 하나가 도라지를 향해 소리 질렀다.

"그자를 건들면 안 돼! 보내 줘!"

도라지가 눈을 흘기며 중얼거렸다.

"니미 씨벌……!"

강하의 총이 떨렸다. 그 총을 잡은 손이 떨렸다. 여기서 이 자를 끝내야 하나? 문정의 복수는? 아버지 이륜에게 그런 계획은 없었다. 유형준과의 협상이 끝나면 곧장 빠져나와야 했다. 인왕산의 미래가 지금 강하의 결정에 달려있었다. 수만 가지 질문이 순식간에 강하의 머릿속을 파고들었다. 바닥만 뚫어지게 응시하던 강하가 마침내 걸음을 옮겨 평상 아래로 내려갔다. 그 뒤로 도라지의 비아냥이 따라왔다.

"에이 좆만한 새끼…… 쫄았네."

도라지의 도발에도 강하는 돌아보지 않았다. 손에는 장전된 총이 들려있었다. 다시 돌아볼 때는 무슨 일이 벌어질지 자신할 수 없었다. 그렇게 총을 늘어뜨린 채 강하가 후원을 가로질렀다. 강하가 후원을 절반쯤 지날 즈음 사방의 담에서 날아들 듯이 송기후와 반촌패들이 뛰어들었다. 그걸 보고 놀란 월악산 패들이 도라지 쪽을 에워싸듯 후다닥 모여들었다.

강하를 사이에 두고 두 진영의 대치 전선이 펼쳐졌다. 예상했다는 듯 도라지가 팔짱을 끼고 그 꼴을 보고도 별다른 말이 없었다. 송기후가 달려와 강하를 낚아채듯 챙기자 암행대들이 주변을 두 겹 세 겹으로 에워쌌다.

도라지 옆으로, 피칠갑한 얼굴로, 멍한 시선으로 소향이 다가왔다. 뚫어져라 강하를 보고 있는 소향의 눈동자는 온통 붉은색이었다. 도라지가 시큰둥하니 그런 소향을 보았다. 황정균을 쏜 강하의 총을 거꾸로 들고 소향이 서 있었다. 황정균의 피로 범벅이 된 총. 도라지가 인상을 구겼다.

"니미……!"

저만치 강하가 후원 끝에 이르러 소향을 돌아보았다. 도라지가 소리쳤다.

"존만아! 내 한양 한번 놀러 갈게!"

아무 대꾸도 없이 강하가 한동안 소향을 보다가 고개를 돌리고는 후원 밖으로 사라졌다. 소향은 강하가 사라지고 난 뒤에도 오랫동안 그 길에서 눈을 떼지 않았다. 피칠갑을 한 채 평

상 위에 우두커니 서서, 강하가 사라진 길을 바라보고 있는 소
향이 떨었다.

　그 눈과 입술과 손이 제자리를 잃고 떨었다.

　소향이 온몸으로, 피와 눈물과 분노로 떨었다.

17. 청부(請負)

　잔칫상 돗자리가 깔린 인왕산 본가 마당에 인왕산 식솔들이
모두 자리했다.

　종복들과 몸종들이 곳곳에서 바빴고 본가에 소속된 인왕산
호위 서른 명이 빠짐없이 잔칫상에 앉아 있었다. 강하의 성공적
인 송도 일을 기념하는 자리였다. 소반을 앞에 두고 사랑채 대
청마루에 앉은 우도의 얼굴이 유독 밝은 것과는 달리 우도 옆
에 자리한 이륜의 얼굴은 무뚝뚝하기만 했다. 차라리 무겁고
어두워 보였다.

　호위대 맨 앞줄에는 두 개의 소반 상이 놓여 있었다. 강하와
반촌패 송 대장 송기후를 위한 자리였다. 하지만 송기후는 자
리에 나타나지 않았다. 송기후와 반촌패는 이런 자리에 나타난
적이 없었다. 하지만 이륜은 언제나 그들의 자리를 준비하라 일
렀었다. 그것이 인왕산의 이름을 걸고 사지를 암행하는 동료를

위한 이륜의 배려였다.

맨 앞줄에 앉은 강하의 비단옷은 상익이 입던 소대주의 것
이었다. 강하는 그 비단옷에 들떠 보이지 않았다. 하지만 우도
는 맘에 들어 했고 안색이 편해 보였다. 어쩌면 지나치게 밝아
보이는 듯도 했다. 이륜이 따르는 술을 우도가 받아 들고 마당
의 호위들을 향해 잔을 치켜들었다.

"우리 인왕산이 강호에 뜻을 품고 일어선 지 벌써 사십 년이
흘렀다. 그동안 많은 일들이 있었지만 오늘만큼 특별한 날은 없
었다. 우리 모두가 절치부심하던 일이 그 첫 문을 열었다. 해서,
내 특별히 기념하고자 하니 모두 잔을 들어라."

이륜을 포함해서 강하와 호위대 전원이 잔을 들었다.

"이 모든 게 강하의 손에서 이루어졌다. 이제 인왕산의 젊은
일꾼들은 강하를 중심으로 똘똘 뭉쳐야 할 게야. 알아듣겠느
냐?"

"네! 대주 어르신!"

호위들의 우렁찬 함성이 마당을 휘감아 돌았다. 잔을 든 강
하는 말이 없었고 이륜은 내내 뭔가로 무거워 보였다. 우도가
먼저 잔을 비우자 모두가 거침없이 잔을 비웠다. 호위대의 맏형
격인 사내가 강하에게 다가와 귓속말을 하자 강하가 술병을 들
고 우도에게 다가와 무릎을 꿇었다.

"잔을 올리겠습니다, 대주 어르신."

우도가 흐뭇하게 웃었다.

"그래. 받아 보자."

강하가 우도의 잔에 술 한 모금을 올렸다.

"이 잔은 제가 드리는 것이고……."

또 한 모금을 부어 잔을 채웠다.

"이 잔은 반촌의 송 대장이 드리는 것입니다."

우도는 모든 게 만족스러운 얼굴이었다. 아비 이륜에게도 술을 따르게 한 뒤 우도가 강하에게 직접 술을 따라주었다. 우도의 술을 받아든 강하가 술잔을 들고 호위들을 향해 돌아섰다. 자리에서 일어난 호위들이 모두 술잔을 치켜들었다. 강하가 두 손으로 술잔을 들고 우도를 향해 허리 숙여 읍했다.

"만수무강하십시오, 대주 어르신!"

호위들이 일제히 강하를 따랐다.

"만수무강하십시오, 대주 어르신!"

우렁찬 함성이 인왕산 본가 마당을 휘감아 돌더니 안채 담장을 넘어갔다.

"만수무강하십시오, 대주 어르신!"

하 씨 부인의 긴 머리를 빗질하고 있는 몸종 하나가 그 소리에 놀란 듯 어깨를 움츠렸다. 마당으로 열어놓은 안채의 당길문으로 본가의 함성이 담장을 넘어 날아들었다. 하 씨 부인이 담담히 소리 나는 쪽으로 눈길을 돌렸다.

"사랑채더냐?"

빗질하던 몸종이 조신하게 끄덕였다.

"네, 마님."

"허—"

하 씨 부인의 석상 같은 얼굴에서 김빠지는 소리가 새어 나왔다. 하 씨 부인의 세안과 빗질을 담당하는 안채의 몸종들이 시선을 주고받으며 어쩔 줄 몰라 했다. 하 씨 부인이 계속하라는 눈짓을 주자 몸종이 다시 빗질에 손을 놀리기 시작했다.

참빗에 하 씨 부인의 머리가 한 움큼 묻어 나왔다. 빗질하던 몸종이 소스라치게 놀라며 물러났다. 고통을 느끼지 못하는 듯 하 씨 부인은 아무런 반응이 없었다. 참빗을 들고 몸종이 사시나무 떨듯 떨었다. 하 씨 부인의 눈길이 자신의 머리카락이 뽑혀 나온 참빗을 보다가 태연히 빗접 안의 참빗과 얼레빗에 무의미한 손길만 보냈다.

"뭐해? 하루 이틀이야?"

벌벌 떨던 몸종이 머리카락을 걷어내고 참빗을 다시 들었다. 떨리는 손길로, 행여 부서지기라도 할까 두려운 손길로 하 씨 부인의 머리를 만지기 시작했다.

황정균이 죽고 나서 도라지는 주인을 잃은 개가 되었다.

송방의 대행수들은 도라지와 월악산패를 거둘 생각이 없었다. 이 거친 사내들을 감당할 자신도 의사도 없었다. 그 일이 있고 난 뒤 소향의 백일몽도 문을 닫았다. 황정균의 장례를 치르

고 나서 소향은 두문불출했다. 황정균을 화장했던 강가에서
소복 차림으로 매일같이 무당을 불러 진혼제를 지낸다는 소문
만 돌았다.

도라지는 패거리들을 이끌고 송도 외곽에 있는 야산의 빈 주
막을 차지하고는 무의미한 시간을 흘려보내고 있었다. 돈주머
니가 달랑거리는 도라지는 수시로 부하들을 시켜 야산의 짐승
들을 잡거나 길가는 행인들을 털어 끼니를 때웠다. 새로운 주
인을 구할 때까지 도라지는 그렇게 거지꼴의 군도(群盜)로 지낼
수밖에 없었다.

대낮부터 주막 평상에 늘어져 훔쳐 온 탁주 한 사발에 부하
들과 심심풀이 투전판이나 벌이고 있을 때였다. 입구 쪽에서 인
기척이 나더니 곱게 차려입은 여인네 둘이 들어섰다. 소향이 몸
종 하나를 데리고 도라지의 주막으로 찾아온 것이었다. 도라지
가 누런 이를 드러내고 웃었다.

"이야— 어디서 분 냄새가 솔솔 난다 했다. 백일몽 행수 간덩
어리가 유명하긴 해. 이 험한 델 다 오고."

소반에 토끼 구이와 탁주를 올려놓고 소향과 도라지가 주막
안방에 마주 앉았다. 천장이고 벽이고 부서지고 내려앉아 바람
구멍이 숭숭 뚫린 주막 방. 그래도 손님 대접이라고 소반 상에
토끼 구이와 탁주가 올라왔지만 소향은 손끝 하나 대지 않았다.
도라지가 게걸스럽게 토끼 뼈를 빨아대다가 느물하게 웃었다.

"한양? 검계패들 쪽박 찬 지가 언젠데…… 됐어. 그리고 땡전한 푼이라도 있어야 애들 부리지. 안 보여? 주인 없는 주막에서 토끼 새끼, 오소리 새끼나 뜯어먹고 사는 거? 어휴! 인왕산 개 새끼들…… 남의 밥줄 다 끊어놓고……."

소향이 툇마루 앞에 서 있던 몸종을 불렀다.

"세옥아. 가져오너라."

몸종이 안고 있던 보따리를 얼른 소향 앞으로 내밀었다. 번 들거리는 고깃기름으로 범벅된 얼굴의 도라지가 그 보따리를 힐끗거렸다. 소향이 보따리를 풀어 도라지 앞으로 밀어 놓았다. 왜은(倭銀)[60]과 금비녀, 은수저 같은 패물이 잔뜩 들어 있었다. 보따리와 소향을 빤히 번갈아 보던 도라지가 젓가락으로 은 덩 어리를 헤집었다.

"왜은?"

도라지가 시큰둥하니 입맛 다시고는 다시 토끼 살점 하나를 입에 넣었다.

"돈 몇 푼에 깝죽대다간 그나마 있는 씨도 다 말라. 장안에 서 검계패가 부활할래믄 그 인왕산이 죽어야 돼. 알아?"

소향이 담담하니 도라지의 말을 받았다.

"백일몽을 내놓을 생각입니다. 적당한 주인이 나오면 꽤 돈 이 될 겁니다."

---

60. 왜은(倭銀) : 인삼무역을 위해 특별히 제조되어 일본에서 건너 온 은화. 인삼대왕고은(人蔘代往 古銀).

도라지가 피식 웃었다.

"이봐 행수. 이게 지금 돈 몇 푼 갖고 될 문제가 아니래니까. 여기 애들 모가지 다 걸어야 돼."

소향은 물러설 기색이 없었다.

"힘센 자를 업고 시작하면 됩니다."

"누구?"

소향의 눈빛은 흐트러짐이 없었다. 일생의 눈물을 모두 쏟아낸 눈빛, 송도 제일 기루 백일몽 일행수의 눈빛, 세상의 극단을 모두 오간 여인의 눈빛이 똑바로 도라지를 응시하며 말했다.

"호조판서 김관주."

도라지가 입에 토끼 뼈 하나를 물고 멀거니 소향을 보았다.

"조정의 사람은 함부로 업는 게 아니야. 잘못하면 섶을 지고 불에 뛰어드는 꼴이 돼."

"육의전 시전은 노론 대감들의 금맥입니다. 장안의 시전 관리는 평시서에서 맡아 하고, 그 평시서는 노론이 잡고 있습니다."

소향의 말투와 눈빛은 꼿꼿하기만 했다.

"그 평시서를 쥐고 흔드는 자가 호조판서 김관주."

도라지가 입에 물었던 뼈다귀를 빼 들고 그 이름이 누군가 머릿속을 더듬었다.

"호조판서 김관주라……"

소향이 다시 한번 꼿꼿하게 말했다.

"대왕대비 마마의 육촌 오라버니."

토끼 뼈다귀를 설렁설렁 흔들며 기억의 끝자락을 잡아보려던 도라지가 그 맹랑한 손길을 멈췄다. 소향이 말을 이어갔다.

"지금 조정의 외척들인 풍산 홍씨 일가들 사이에서 유일하게 버티고 있는 대왕대비 마마의 경주 김씨 외척입니다."

"그 김관주를 업고 있는 게 인왕산이고?"

"시전의 부랑배들이나 다름없던 그들이 노론 대감들의 소작미를 실어 나르면서 지금의 인왕산이 됐습니다. 그들이 말하는 조정의 연줄…… 그 뒷배에 호판이 있고, 호판의 사람이 되면 인왕산이 건들지 못합니다."

도라지의 눈이 가늘게 찢어졌다.

"그런 일들을 송도 기루의 행수가 다 알고 있다?"

"모두 황 대행수께서 읽고 계셨던 겁니다. 게다가 기녀들이 섬기는 자리는 귀를 막고 있어도 다 들리는 게 궁중의 일이요 조정의 일입니다."

"그래서 호판의 사람이 돼라?"

"탄탄대로를 걷는 길입니다."

도라지가 콧방귀를 뀌었다.

"거참 쉽네— 아이고 쉬워라—"

소향이 도라지를 빤히 응시했다.

"백일몽은 송도 제일의 기루입니다. 딸린 기녀들까지 모두 넘기는 조건이면 이천 냥도 바라볼 수 있습니다."

이천 냥? 도라지의 인광이 순간 번들거렸다. 그 번들거림을 소향이 놓치지 않았다.

"한양 땅에서 시작할 밑천은 되실 겁니다."

도라지가 손에 들고 있던 뼈다귀를 소반 위에 던져놓더니 번들거리는 입가의 기름기와 노골적인 욕망을 소매로 슥슥 훔쳤다.

"이러는 이유가 뭐야?"

"군관들의 기첩으로 돌던 몸이 그분을 만나 십 년 동안 부귀영화를 다 누렸습니다. 그분이 죽으면서, 저도 죽은 겁니다."

여인의 복수, 여인의 원한. 오뉴월에도 서리가 내린다지 않던가. 소향은 황정균의 복수를 위해 모든 걸 걸겠다는 것이다. 도라지가 한결 목소리를 낮추고 빤히 소향을 보았다.

"호판을 업은 다음엔?"

"죽여 버리세요. 서방님을 죽인 그 자와 명령을 내린 자, 그 일에 손톱만큼이라도 관여된 자들 모두."

강하와 인왕산패들을 전부 죽여 버리라는 얘기다. 도라지의 입꼬리가 올라가며 감탄사가 터져 나왔다.

"히야— 기생년 의리가 하늘을 찌르는구만."

그러고는 슬그머니 발을 뻗어 소향의 치마 속에 밀어 넣었다.

"주인 바꿔 탈 생각은 없고?"

서늘하고 건조한 목소리가 소향의 입에서 흘러나왔다.

"빼. 이천 냥이면 당신 말고도 내가 타고 갈 말들은 많아."

도라지는 발을 뺄 생각이 없었다.

"명줄 걸자 덤비면 내가 업고 갈 인간들도 많아."

치마 속으로 들어온 불순한 의도에도 소향은 눈빛 하나 흔들리지 않았다.

"인왕산이 와해되면 월악산이 한양 땅을 손에 넣을 수도 있어. 언제까지 이런 주막만 떠돌 거야?"

도라지가 입술을 삐죽이 내밀다가 슬그머니 발을 뺐다.

"사람 잘 고른 거 맞아?"

한순간에 소향의 눈에 차분하고 조신한 빛이 돌아왔다.

"서방님한테 늘 들었습니다. 월악산 도라지…… 칼보다 머리 놀림이 더 빠른 자."

도라지가 다시 피식 웃었다.

"참나— 그 양반은 쓸데없이 이상한 얘기를 해가지고…… 사람 곤란하게 만드네."

소향이 자리에서 일어났다.

"마음이 서면 백일몽으로 오시지요. 팔리고 떠나기 전에."

소향이 툇마루로 나갔다. 소향이 두고 간 은 덩어리를 뒤적거리던 도라지가 툇마루 아래로 내려가는 소향을 세웠다.

"그날 말이야. 황 대행수 총 맞은 날."

소향이 돌아보았다. 은 덩어리에만 눈길 주고 있는 도라지가 중얼거리듯 말했다.

"그 인왕산 애새끼 첨 봤을 때 이상하지 않았어?"

소향이 순간 굳어진 눈길로 도라지를 뚫어지라 보았다.

"행수 눈치빨이라면 진짜 별감 놈인지 아닌지 감빨이 탁 오잖아."

소향이 떨리는 손을 치마폭에 감췄다.

"무슨 말이 하고 싶은 겁니까?"

도라지가 뺨에 난 칼자국 흉터를 긁어댔다.

"아니 나는 둘이 짰나 했거든. 행수랑 인왕산."

소향이 이제 매섭게 도라지를 노려보았다. 은 덩어리 하나를 집어 들고 이로 깨물어 보던 도라지가 능청을 떨었다.

"그래서 내가 언제 이년을 찢어 죽일까 그 궁리하고 있었걸랑."

소향은 어떤 대답도 하지 않고 도라지를 쏘아보고만 있었다.

"지금 보니까 아니네. 됐어. 가봐."

그렇게 도라지를 쏘아보던 소향이 눈길을 거두고 툇마루 아래 자신의 운혜(雲鞋)[61]를 찾아 신었다.

"백일몽, 얘기 나오는 데가 있으니 처분하고 떠나기 전에 빨리 오셔야 할 겁니다."

소향이 마당으로 나서자 월악산 패거리에게 둘러싸여 어쩔 줄 모르고 있던 몸종이 부리나케 도망 나오듯 달려왔다. 도라지가 아직도 기름기 번들거리는 입으로 히죽거렸다.

"행수. 낮이라도 분 냄새 풍기면서 오지 마. 엽전 떨어지고 산에 풀어놨더니 이놈들이 산짐승이 다 됐어."

---

61. 운혜(雲鞋) : 앞코에 구름무늬를 놓은, 여자들이 신는 가죽신.

술기운 가득한 도라지의 부하들이 짐승의 눈길로 소향과 몸종을 보고 있었다. 그 벌건 눈들은 소름 끼치도록 위험해 보였다. 앞뒤 안 가리고 달려들 짐승의 욕망이 아슬아슬하게 번들거리고 있었다. 어떤 대꾸도 없이 그 사이를 뚫고 소향이 몸종과 함께 주막 대문을 나섰다. 소향이 나간 대문을 향해 흘리던 도라지의 웃음이 점점 잦아들었다. 한양이 어디에 붙어 있었나…… 도라지는 머릿속으로 파고드는 잡다한 셈들을 정리하기 시작했다. 그리고 점점 결론에 가까워졌다.

은 덩어리가 도라지의 손에서 달랑거렸다.

소향의 원한이 도라지의 손에서 달랑거렸다.

한바탕 난장에 대한 기대가 이 흉포한 사내의 손에서 달랑거렸다.

"이제 집에 가는 거야?"

운종가에 땅거미가 지자 주인을 도와 세책점의 좌판을 정리하고 나온 문정에게 강하가 물었다. 문정은 알고 있었다. 황혼이 운종가에 깃들 때부터 강하가 세책점 앞 골목 저 모퉁이에서 내내 기다리고 있었다는 것을. 문정이 세책점 주인에게 인사하고 책 보따리를 들고 나설 때까지 기다리고 있던 강하가 그제야 문정에게 다가왔던 것이다. 송도로 떠난 뒤 처음으로 얼굴을 비춘 강하였다.

"나 기다린 거야?"

"나? 뭐 심부름 왔다가 그냥……."

"한양엔 언제 왔어?"

"그저께."

"일은? 성공했어?"

성공했으니 살아서 여기 이 자리에 와 있을 것이다. 강하가 우물쭈물 말끝을 흐렸다.

"뭐…… 응."

그런 강하를 빤히 보던 문정이 걸음을 재촉했다.

"따라와."

동생들을 재운다고 기다리라 문정이 말했다. 저녁을 먹이고 안 잔다고 보채는 동생들을 타박해 문정이 재울 동안 강하는 행랑채 툇마루에 무던히도 앉아 있었다. 뭔가 중요한 말이 있는 듯 문정은 강하를 보내지 않고 기다리게 했다. 겨우 동생들이 잠들자 문정이 다 먹은 밥상을 들고나와 안방 문을 닫았다. 밥상을 툇마루에 올려두고는 강하에게 눈길 한번 안 주고 마당을 가로질러 문정이 행랑채로 들어갔다.

뭔 일인가 황망히 보고 있는 강하는 아예 무시하고 문정이 행랑채 안에서 이부자리 까는 일로 분주했다. 호롱불도 밝히지 않은 어둠 속에서 문정이 척척 이부자리를 만들었다.

"너 뭐 하냐?"

흘깃 강하를 보던 문정이 대꾸도 없이 베개를 이리저리 놓아

보며 자리를 만들었다. 강하는 뭔가 모르게 불안해졌다.

"뭐 하냐니까?"

어둠 속에서 문정의 인광이 빛났다.

"문 닫고 들어와."

강하는 순간 어둠 속에서 빛나고 있는 두 개의 인광이 이유 없이 두려워졌다. 들어올 생각도 없이 우두커니 선 강하를 보다가 문정이 옷고름을 풀기 시작했다.

"애들 언제 깰지 몰라. 얼른 문 닫고 들어와."

강하는 문정의 의도를 알 수 있었다. 이부자리와 베개, 그리고 저 가녀린 속살들. 하지만 수컷의 욕정은 강하에게 찾아오지 않았다. 뭔가 무겁고 찬 기운이 아랫도리를 타고 돌았다. 강하가 중얼거렸다.

"됐어. 하지 마."

강하의 의사 따위 아랑곳없이 문정이 태연하게 버선을 벗었다.

"참. 부엌에 수건 좀 가져와. 대야에 물도 떠 오고."

동생들이 자고 있는 안방과 덩그러니 놓인 툇마루의 밥상과 반쯤 문 열린 부엌을 힐끔거리던 강하가 말했다.

"야. 저고리 그거 다시 입어."

치마끈을 풀던 손을 놓고 문정이 강하를 쏘아보았다.

"왜 때깔 좋은 기생들만 보다가 나 보니까 성에 안 차?"

잘못 짚어도 한참 잘못 짚었다. 강하가 문정을 찾아온 이유가 있었다. 강하의 입안에서 한동안 맴돌던 말이 겨우 밖으로 나왔다.

"못 죽였어."

치마끈을 마저 풀던 문정의 손길이 그대로 멈췄다.

"뭐?"

"니 아버지 죽인 놈…… 못 죽였어."

어둠 속 번뜩이던 문정의 인광이 박제된 듯 움직이지 않았다.

"성공했다는 건 뭐야?"

강하가 콧잔등을 긁었다.

"황정균. 송상 대행수. 아저씨 죽이라고 지시한 사람."

"아버진 누가 죽인 건데?"

"그 밑에 있는 놈. 월악산패 두목. 그놈은 살아 있어."

"그놈 복수한다고 간 거 아냐?"

강하가 말을 시원하게 뱉어내지 못하고 우물거렸다. 장독이라도 깨트린 아이처럼 강하는 주눅 들어 있었고 말이 입안에서 맴돌다가 겨우 빠져나오곤 했다.

"어떤 놈인지 몰랐어. 일이 끝나고 나올 때 그놈이 제 입으로 자기가 장 씨 아저씨 목 땄다고…… 그때 알았어……. 그놈이란 거……."

문정이 크게 숨을 먹고는 꼼짝도 하지 않았다. 그대로 죽어 버린 건 아닌가? 강하의 귀에 문정의 숨 쉬는 소리가 들리지 않았다. 이윽고 서걱거리는 날숨이 문정에게서 흘러나왔다.

"그럼 그렇지······"

문정이 신경질적으로 치마끈을 묶기 시작했다.

"너 같은 애송이가 뭔 복수를 하겠다고 나서?"

강하는 대답할 말이 없었다.

"니들 인왕산 정말 기가 막힌다."

강하의 눈길이 바닥을 훑었다.

"장안에서는 천하를 다 쥔 무뢰배처럼 거들먹거리더니 복수한답시고 진짜 애를 보내?"

동생들을 혼낼 때 나오는 말투로 문정이 딱딱하게 입을 열었다.

"송도, 가긴 간 거 맞아?"

강하가 억울하다는 듯이 고개를 쳐들었다.

"간 거 맞아."

문정이 냅다 베개를 강하에게 집어 던졌다. 강하가 우두커니 선 채로 피하지 않았다. 베개가 강하의 얼굴을 때리고 바닥으로 떨어졌다. 문정의 격정이 악다문 이빨 사이로 새어 나왔다.

"사지에 사람 보낼 때는 우리가 책임진다 걱정 마라 온갖 듣기 좋은 말로 구슬리더니 죽어 돌아오니까 일을 그따위로 해?"

"······"

"애초에 아버지 복수 같은 건 관심도 없었지? 니들 배 채우는 일만 하고 온 거야, 맞지?"

"······"

"우리 아버지 송도 가실 때 나한테 했던 말 아직도 똑똑히 기억해. 이 진사만 믿고 가니까 걱정 말라고."

"……."

강하는 그 어둠 속에서도 붉어진 문정의 눈길을, 떨리는 문정의 분노를 또렷이 볼 수 있었다.

"네 아버지, 너…… 니들이 더 미워. 니들이 더 가증스러워."

뭐라도 한마디 하고 싶었다. 하지만 강하는 입이 떨어지지 않았다.

"꺼져, 이 존만아."

송도 백일몽 도라지한테 들었던 그 모욕이 문정의 입을 통해 다시 나왔다. 강하가 뻑뻑한 시선으로 문정을 보았다. 행랑채 그 어둠 속에서 문정이 이를 악다물고 강하를 노려보고 있었다. 결국 강하는 한마디 위로도 변명도 하지 못하고 천천히 발길을 돌렸다. 대문으로 가는 길은 천릿길처럼 멀었고 발걸음은 천근만근으로 무거웠다. 무기력하고 우중충한 밤공기가 대문으로 나서는 강하에게 달라붙어 골목길 저편까지 따라왔다.

문정은 행랑채 어둠 속에 웅크리고 앉아 강하의 빈자리를 노려보며 움직이지 않았다.

울음소리도 들리지 않았다.

한번 눈물이 터지면 멈출 자신이 없었다.

눈을 부릅뜬 채 문정은 밤새도록 그 행랑채 어둠 속에 웅크리고 있었다.

18. 귀환(歸還)

　　인왕산 싸전 2층 창고 탁자 위에 전국의 인삼밭이 망라된 조
선팔도의 지도와 온갖 계약서, 인삼밭과 인삼가공법에 관한 문
서와 두루마리들이 펼쳐져 있었다. 송도 협상이 성공적으로 끝
난 뒤로 우도와 이륜은 인삼 사업의 확장에 박차를 가하고 있
었다. 그 자리로 하 씨 부인의 안채 몸종이 쟁반에 호리병과 잔
을 받쳐 들고 호위 하나와 함께 올라왔다. 쭈뼛거리는 몸종을
두고 호위가 보고했다.

　"안채에서 보내신 거랍니다."

　안채 몸종이 우도와 이륜 앞에 조심스럽게 쟁반을 내려놓았다.

　"수정과입니다. 마님께서 손수 담그시어 대주 어르신께 드리
신다고."

　우도가 물끄러미 몸종을 보았다.

　"그 사람이?"

"네, 어르신."

일을 마친 몸종과 호위가 내려가고 나자 우도는 이륜의 설명을 재촉했다. 밤을 새워서라도 할 일이 산더미였다. 이륜이 지도 이곳저곳을 가리키며 사업 계획에 분주했다.

"산삼은 영호남의 나삼(羅蔘)과 관서와 강원에서 나는 강삼(江蔘), 관북에서 나는 북삼(北蔘)이 유명합니다. 저희는 나삼과 강삼을 모두 확보할 예정이고 그 일이 끝나면 북삼을 전매할 생각입니다."

우도가 끄덕이며 안채에서 보내온 호리병에 든 수정과를 잔에 따랐다.

"아직 갈 길이 멀어. 결국은 팔도의 삼들을 전부 확보해야 송상이 납작 엎드릴 게야."

이륜이 우도의 손길에 오르는 수정과를 흘깃거렸다.

"맞습니다."

우도가 잔을 들었다.

"산삼이라면 나삼이 최고가 아니던가?"

이륜이 대답을 접고 갑자기 잔을 든 우도의 팔을 잡았다.

"어르신."

이륜의 얼굴에 떠오른 근심을 우도가 황망히 보았다.

"왜 그래?"

우도가 든 수정과 잔을 이륜이 지나치게 굳은 얼굴로 보았다.

"제가…… 제가 먼저 마셔보겠습니다."

우도가 빡빡한 시선으로 자신의 소매를 잡은 이륜과 자신이 든 수정과 잔을 보았다. 이륜은 대체 무엇을 염려하는 건가? 설마?

행랑채 창고 앞에 종복들이 모여있었다. 대나무 살로 만든 초롱 주변으로 이륜과 우도가 서 있었다. 초롱 안의 닭 한 마리가 먹이를 잔뜩 토해내고는 축 늘어져 죽어가고 있었다. 싸전 2층에서 가져온 수정과 호리병을 든 종복 하나가 황망히 우도와 이륜을 보았다.

"이, 이게…… 대체 뭡니까요?"

이륜이 아득해졌다. 자신이 시험 삼아 먹어보겠다는 수정과를 닭에게 먹일 궁리를 한 건 우도였다. 우도의 얼굴이 새파란 노기로 떨렸다. 안채에서 보내온 수상한 호리병, 수상한 수정과가 결국 일을 치른 것이다. 이륜이 급히 머리를 숙였다.

"날이 더워 상했을 수도 있습니다. 제가 좀 더 알아보겠습니다."

우도가 버럭 소리를 질렀다.

"보고도 몰라!"

안채 마당이 들썩거렸다. 우도가 잔뜩 굳은 얼굴로 안채 마당에 나타나자 몸종들이 너나 할 것 없이 놀라 길을 트고 조아리기 바빴다. 우도가 안채에 나타난 건 삼 년도 전이었다. 어느

겨울 새벽 하 씨 부인이 지병으로 쓰러져 숨길이 오락가락하던 그때 이후로는 처음이었다. 이륜이 황망히 우도의 뒤를 따랐다. 우도가 부릅뜬 눈으로 몸종들을 쏘아보았다.

"어디 있는 게야?"

무슨 일인지도 모른 채 몸종들이 안채를 보며 겁을 집어먹었다.

"방에…… 방에 계십니다."

이륜이 정신없이 겁에 질린 몸종들을 다스렸다.

"너희들은 물러나 있거라."

몸종들이 이륜의 말에 얼른 물러나자 내내 안방을 쏘아보던 우도가 신발도 벗지 않은 채 대청마루로 오르더니 곧장 안채 장지문을 부서질 듯 열어젖혔다. 하 씨 부인은 소반에 호리병과 수정과를 올려놓고 우도를 기다린 듯 앉아 있었다. 바깥의 소란 따위 다 예상이라도 한 듯 꼿꼿하게 앉아 우도를 빤히 보았다. 우도가 시퍼렇게 눈을 부릅뜬 채 문 닫을 생각도 없이 신발 신은 걸음으로 안방으로 들어섰다. 이륜은 차마 따르지 못하고 대청마루 장지문 앞에 몸을 틀어 외면하며 섰다. 주인 부부의 일을 들여다보는 건 불경이었다. 하 씨가 방 안으로 들어서는 우도를 보며 느긋하니 말했다.

"법도를 모르십니까?"

우도가 거친 숨결을 다스리지 못하고 하 씨 부인을 노려보았다. 하 씨 부인은 지나칠 정도로 차분하고 고요했다.

"아무리 부부라도 남녀가 유별한데 기별도 없이 대낮에 쳐들어오다니요? 아랫것들 보기에 부끄럽지도 않습니까?"

그러고는 이내 코끝을 쳐들고 능청을 부렸다.

"아— 법도를 알 리가 없지. 그런 게 궁금하지 않으니까."

우도의 격정이 쏟아지기 직전이었다. 우도의 입에서 이 갈리는 소리가 새어 나왔다.

"도대체…… 무슨 짓을 하는 건가?"

호리병에 든 수정과를 잔에 따른 하 씨 부인이 한 모금 마실 듯 잔을 들었다.

"보내드린 수정과는 잘 드셨는지요?"

눈에서 퍼런 인광이 왈칵 쏟아져 나온 우도가 고성과 함께 냅다 하 씨 부인이 든 수정과를 쳐버렸다.

"결국 미친 게야?"

사방으로 수정과가 튀었다. 하 씨 부인의 얼굴에도 저고리에도 치마에도 바닥에도 창호에도 수정과 검은 물이 튀었다. 하 씨는 동요하지 않았다. 엷은 비웃음이 얼굴에 천천히 떠올랐다.

"제가 보내드린 수정과가 상했던가요? 저는 괜찮던데."

우도의 수염이 분노로 꿈틀거렸다.

"이제 날…… 독살까지 하려 해?"

비웃음을 문 하 씨 부인의 입꼬리가 더 올라갔다.

"독살이라니요? 그것 먹고 죽을 요량이면 새벽 찬 공기는 어찌 감당하십니까?"

우도가 달려들어 하 씨 부인의 멱살을 움켜잡았다.

"뭘 탄 게야? 뭘 타서 날 죽이려 한 게야!?"

결국 이륜이 앞뒤 없이 뛰어들었다. 우도의 손을 떼어낸 이륜의 목소리가 갈라졌다.

"어르신! 고정하십시오!"

하 씨 부인의 입꼬리는 내려오지 않았다.

"수정과는 멀쩡합니다. 호리병이 문제라면 문제겠지요."

우도의 눈이 터질 듯 부릅떠졌다.

"이런 미친……!"

비웃음을 담은 하 씨 부인의 서늘한 말들이 우도를 이리저리 찌르기 시작했다.

"죽지는 않을 겁니다. 사람이 죽을 양은 아니니까."

우도는 그저 부르르 떨었다.

"그저 피똥이나 싸고 말 정도?"

"뭐?"

"제가 상익이 낳을 때 배 아팠던 거에 비하면 약소하지요."

바닥에 쓰러진 잔을 집어 든 하 씨 부인은 그 잔에 다시 수정과를 따랐다. 이제는 다가서지 못하는 우도가 무릎까지 떨며 그런 하 씨 부인을 노려보고만 있었다. 하 씨 부인이 수정과를 한입 베어 물었다.

"그 정도에 이리 호들갑 떠는 인간이라면…… 어쩜 제풀에 죽을지도 모르고."

하 씨 부인이 우도를 빤히 쳐다보면서 수정과를 비우기 시작했다. 한 방울도 남기지 않고 수정과를 모두 비웠다. 저 지독한…… 어찌 저렇게 흉할 수가…… 어찌 저렇게 모질고 악독할 수가…… 우도는 말을 잃고 그저 부르르 떨었다. 그 떨림이 우도의 팔을 잡고 있는 이륜에게 그대로 전해져 왔다.

분노와 당혹으로 천하의 우도가 떨었다.

이륜은 그저 우도가 쓰러지지 않게 잡는 수밖에 없었다.

만약 우도가 지금 쓰러진다면 다신 일어나지 못할 것 같은 불안과 두려움이 이륜에게 스멀스멀 기어 왔다.

안채를 나온 우도는 아픈 무릎 따위 깡그리 잊은 채 거칠고 빠른 걸음으로 사랑채 마당을 가로질렀다. 사랑채 하인들과 몸종들이 쥐새끼처럼 곳곳으로 숨어 들어갔다. 이륜이 황급히 우도를 따라잡았다.

"어르신. 참으셔야 합니다. 달리 마음먹으시면 안 됩니다."

우도는 미간을 잔뜩 찌푸리고 뭔가에 골몰한 얼굴이었다.

"봤잖아. 무슨 짓을 벌이는지 다 봤잖아."

"마님 말씀이 맞습니다. 죽을 양은 아닙니다. 닭이 먹고 그 정도면 사람은 절대 죽지 않습니다."

우도가 우뚝 걸음을 멈추고 이륜을 노려보았다.

"지금 그걸 말이라고 해?"

이륜은 어떻게든 지금 이 상황을 정리해야 했다.

"도련님 모셔오겠습니다. 아직 강화도에 있으니 사람을 미리 보내 알리고 제가 다녀오겠습니다."

우도가 황망히 이륜을 보다가 긴 한숨을 허공으로 쏟아냈다.

"도대체 집안 꼴이 이게……!"

이륜이 깊이 허리를 숙였다.

"모두 제 불찰입니다. 탓해도 저를 탓하십시오."

혀를 끌끌 차며 이륜을 보다가 걸음을 옮기던 우도가 다시 멈춰 섰다.

"자네는 어떻게 안 게야? 그 수정과."

"마님께서 뭔가를 보내오신 적이…… 한 번도 그러신 적이 없으셔서…… 순간 이상한 기분이 들었습니다."

우도는 기가 막혔다.

"자네도 아는 게야. 저 인간이 어떤 인간인지."

이륜이 답하지 못하고 허리를 숙인 채 고개를 들지 않았다. 우도가 휙 하니 돌아서서 사랑채 대청마루로 향했다. 그저 우두커니 선 이륜은 우도가 사랑채 안으로 사라질 동안 꼼짝도 하지 않았다. 시커먼 구름이 서쪽 하늘에 잔뜩 웅크리고 있었다.

"어르신, 너무 뜨거우면 말씀하십시오."

사랑채 몸종이 방 안에 들여놓은 나무 욕조에 뜨거운 물을 부으며 말했다. 벌거벗은 우도가 욕조 안에 들어가 있었다. 머리는 사나웠고 속은 쉽사리 진정되지 않았다. 뜨거운 물에 목욕이라도 하고 나면 진정될까, 우도가 목욕물을 가져오라 말한 것이다.

"괜찮다. 다 부어라."

몸종들이 욕조가 넘칠 때까지 뜨거운 물을 부었다. 부엌에서 끓인 물을 담은 물통이 연신 사랑채로 넘어왔다. 몸종들이 물을 나르고 욕조에 붓고 방바닥에 넘쳐흐르는 물을 닦으며 바빴다. 뜨거운 물로 몸이 더워지면서 조금은 살 것 같았다. 우도의 입에서 길고 긴 날숨이 흘러나올 때였다. 바깥이 소란스럽다하더니 벌컥 문이 열리며 하 씨 부인이 안으로 들어섰다. 화들짝 놀란 사랑채 몸종들이 하던 일을 멈추고 얼른 허리를 접었다.

"마님…… 오셨습니까?"

이 밤에 또 하 씨 부인이 쳐들어왔다. 우도는 기가 막힌 얼굴로 안사람을 황망히 바라보았다. 홀라당 벗은 우도에게 하 씨 부인이 성큼성큼 걸어오며 말했다.

"다들 나가 보거라."

사랑채 몸종들이 우도의 하명도 없는데 우르르 몰려나갔다. 우도가 할 말을 잃고 그 꼴을 보다가 겨우 입을 뗐다.

"뭐 하자는…… 겐가?"

하 씨 부인이 욕조 앞까지 다가와 우도의 꼴을 훑었다.

"왜 이상한가요? 안채는 기별도 없이 오더니 제가 오니까 갑자기 법도가 궁금해지십니까?"

우도가 벌게진 얼굴로 욕조에 걸어놓은 수건을 당겨 슬그머니 아랫도리를 감췄다.

"지금 내가 뭐 하고 있는지 몰라?"

하 씨 부인의 얼굴에 비아냥이 흘렀다.

"왜요? 어린 몸종들한테는 잘도 보여주면서 저한테는 부끄러우십니까?"

지쳤다. 저 냉소, 저 비아냥, 저 얼굴. 저 목소리. 우도가 큰 소리내기도 지친 얼굴로 손을 내저었다.

"돌아가게. 할 말 있음 내일 날 밝으면 다시 와."

빤히 우도를 보던 하 씨 부인이 옷고름을 풀기 시작했다. 우도의 미간이 날카롭게 갈라졌다. 하 씨 부인이 저고리를 벗는가 하더니 이제 치마끈을 풀었다. 우도 앞에서 속곳까지 모두 벗고 나신이 되어 하 씨 부인이 우뚝 섰다. 도대체 무슨 의도로…… 우도의 벌건 얼굴이 하얗게 질리다가 점점 어두워져 갔다.

"미쳐도 단단히 미친 게야."

별다른 대꾸도 없이 하 씨 부인이 욕조 안으로 거침없이 들어왔다. 욕조의 물이 거칠게 넘쳐 흘렀다. 우도가 움찔하면서 뒤로 물러나 앉았다. 하 씨 부인이 우도를 빤히 보면서 우도 앞에 자리 잡았다. 벌거벗은 두 남녀가 좁은 욕조 안에서 서로를 노려보며 마주 앉았다. 우도가 이를 갈았다.

"무슨 수작이야?"

뜨거운 욕조의 물이 하 씨 부인을 채웠지만 그 얼굴은 얼음

장처럼 차가웠다.

"수작은 당신이 부렸지요. 제 나이 열여섯에 만나 열여덟에 상익이를 낳았던 거 모두 당신 수작 아닙니까?"

우도는 치밀어오르는 분노를 애써 눌렀다. 하 씨 부인이 몸을 숙이더니 천천히 우도에게 다가왔다.

"그 귀한 아들까지 만들어 준 이 몸이 이제 늙어 싫고 민망합니까?"

우도의 몸이 뒤로 젖혀졌다. 그런 우도에게 바짝 다가온 하 씨 부인이 느닷없이 뭔가를 움켜쥐었다. 우도의 눈이 휘둥그레지며 아래를 보았다. 하 씨 부인이 가려놓은 수건 안으로 손을 집어넣어 우도의 아랫도리를 움켜쥐고 있었다. 우도의 입가가 부르르 떨렸다. 조롱을 머금고 하 씨 부인의 입꼬리가 올라갔다.

"아직 건강하십니다. 수정과 몇 사발 마신들 죽지는 않겠습니다."

우도의 목소리가 주체할 수 없는 노기로 떨렸다.

"놓아라……."

"아직 제가 가지고 싶은 모양입니다."

"미친 것……."

하 씨 부인은 손을 놓을 생각이 없었다. 우도의 코앞까지 하 씨 부인이 얼굴을 들이밀었다.

"상익이 데려오세요."

그저 자신을 쏘아보는 우도에게 닿을 듯 얼굴을 들이민 하 씨 부인이 속삭였다.

"상익이가 내 눈앞에 보일 때까지, 당신은 언제 죽을지 모르는 두려움 속에서 하루하루 보내실 겁니다."

우도는 눈앞이 아득해졌다. 이 여자라면 얼마든지…… 뜨거운 욕조 안에서 속절없이 손발이 차가워졌다.

"아니면 이 진사와 그 아들이 죽거나."

하 씨 부인의 검은 눈이 사방을 휘감으며 우도를 덮쳐왔다.

"것도 아니면 아예 내 목을 치거나."

우도의 아랫도리를 움켜쥔 하 씨 부인은 손을 놓지 않았다. 우도는 분노와 격정으로 숨이 가빠졌다. 심장 저 아래에서부터 격렬한 파동이 밀려왔다. 그리고 그 파동의 맨 밑바닥에는 공포와 혐오가 뒤섞여 우도를 흔들어대기 시작했다.

강화도 나루터에 상익이 서 있었다. 미리 기별을 받은 상익이 준비하고 있었던 것이다. 경강 마포 나루에서 쉬지 않고 달려온 황포돛배가 그 나루터로 다가왔다. 배가 나루터에 서자 이륜이 급히 배에서 내려 상익에게 조아렸다.

"그간 무고하셨는지요, 도련님."

"뭐 그럭저럭. 요즘은 사냥도 다니고 바빴소."

이륜이 상익의 길을 트며 다시 한번 조아렸다.

"지체 없이 모시겠습니다."

상익이 코끝을 처들고 강화도의 찬바람을 들이마시고는 배에 올랐다.

"어머니한테 얘기한 거요?"

"네, 했습니다."

"송도에는 강하가 다녀왔다고?"

"들으셨습니까?"

뱃전에 마련된 자리에 앉는 상익이 엷은 웃음을 흘렸다.

"다 들려오지. 여기 있어도."

"……."

"걔가 인왕산 소대주로 갔다 왔다네?"

위험한 순간이었다. 긴말은 민망할 수도 있다. 이륜은 간결하게 상황을 정리하고 싶었다.

"송도 일만 임시로 그리 한 것입니다."

상익이 뱃전 너머 저기 먼 육지에 시선을 던져놓고 하 씨 부인의 얼굴로 말했다.

"이거 어쩌오? 내가 가면 강하 놈 그 자리 지키기 힘들 텐데?"

심장이 뚝 떨어지는 소리였다. 이륜은 흔들리지 않게 돛 기둥을 잡았다.

"내가 물러나 있어야 되나?"

엄연한 위협이고 묵직한 경고였다. 이륜이 황급히 머리를 숙였다.

"무슨 말씀입니까. 행여 도련님이 돌아오지 않으시더라도 언감생심 강하의 자리가 아닙니다. 황정균을 제거하고 유형준을 상대할 임시방편으로 그리 한 것입니다."

상익이 피식 웃었다.

"그래도 애잖아."

그 웃음 뒤에 비릿한 냉소가 따라왔다.

"한번 앉혀놨다가 물리면 많이 삐칠걸?"

이륜은 답을 찾지 못하고 돛 기둥만 잡고 서 있었다. 황포돛 배가 바다로 나아가기 시작했다.

"여러모로 내가 가면 김빠지는 인간들이 많겠구만. 여튼 이 진사, 애썼소."

이륜은 어지러웠다. 날은 맑고 구름은 없으나 파도는 높았다. 경강으로 나아가는 배는 파도 위에서 이리저리 흔들렸다. 이륜의 먹먹한 시선이 그 파도의 골짜기를 이리저리 헤매며 저 멀리 경강이 숨어드는 땅으로 꾸물꾸물 기어갔다.

"소자. 이번 일로 아버님께 크나큰 불효를 지었습니다. 백 번 저를 내치셔도 할 말이 없습니다. 집에 돌아왔다고 절대 방만 하지 않을 것이며 언제나 백척간두에 서 있는 심정으로 반성하고 또 반성하겠습니다."

우도의 사랑채 마당에 꿇어앉은 상익은 눈물을 쏟으며 머리를 땅에 박았다. 석고대죄하는 죄인의 모습으로 상익이 울고 상익 처가 울고 상익의 아이가 울었다. 우도는 타박도 위로도 하지 않았다. 그저 딱딱한 얼굴로 서 있던 우도가 상익 옆에서 고개 숙이고 있는 이륜에게 눈을 돌렸다.

"가르쳐 준 대로 잘 외우고 있는 것이야?"

엎드려 있던 상익의 미간이 갈라졌다. 이륜이 황급히 우도에게 조아렸다.

"아닙니다, 어르신. 저 말씀은 오로지 도련님의 진심입니다."

우도가 시큰둥한 얼굴로 외면하며 방으로 걸음을 옮겼다.

"잘도 그러겠다."

인왕산 본가의 하인들과 호위대들 모두 사랑채 마당에 엎드린 상익을 보며 담벼락마다 병풍을 치고 있었다. 강하는 소대주의 옷을 벗고 일반 호위의 옷을 입고 있었다. 이륜이 오자마자 강하에게 시킨 일이었다. 우도가 들어가고 이륜이 얼른 부축하자 상익이 제 몸을 털며 일어났다. 벌써 눈물이 모두 말라 버린 상익이 먼발치에서 인사하는 호위들을 보며 히죽 웃었다. 그 서늘한 웃음이 강하에게 날아들었다.

사랑채 마당에서 한바탕 눈물을 쏟아낸 상익이 곧장 안채를 찾았다. 상익은 어머니 하 씨 부인에게 큰절을 올렸다. 하 씨 부인이 보료 위에 담담히 앉아 찻잔을 들었다. 상익은 잔뜩 울음 먹은 몸짓으로 고개를 떨구고 있었다. 강화에서 집으로 이르는 길을 누가 만들었는지 상익은 알고 있었다.

"어머님…… 죄송합니다."

하 씨 부인은 생이별할 뻔한 아들을 버선발로 반겨주지도 안

아주지도 않았다.

"항상 어머님께 자랑스러운 아들이 되고자 했는데……"

찻잔 너머 아들의 울상을 빤히 보던 하 씨 부인이 냉랭하게
말했다.

"그 우는 얼굴 보기 싫다."

상익이 찔끔 놀라며 울상을 거두었다.

"지금은 울 때가 아니야."

상익의 고개가 떨어졌다.

"네, 어머님."

"궁리할 때지."

상익이 무슨 말인가 고개를 쳐들었다.

"잘 궁리해 봐."

무엇을 궁리하란 말인가.

"네가 어떻게 이 인왕산의 주인이 될지."

상익의 눈빛이 꿈틀거렸다.

"어떻게 이 세상을 네 판으로 만들지."

상익의 눈빛에 생기가 돌아왔다.

"네."

하 씨 부인이 차 한 모금을 물었다.

"우는 얼굴…… 그건 내 아들 얼굴이 아니야."

상익이 더 세차게 끄덕였다.

"네, 어머니."

찻잔을 내려놓는 어미를 바라보는 상익의 얼굴이 점점 상기
되었다. 계산이 맞았다. 상익의 천군만마는 이 안채에 웅크리
고 있었다. 진정한 하 씨 일가의 뿌리. 그 유산의 진정한 상속
자. 아비 하우도는 그저 생물학적인 본질일 뿐, 이 인왕산이 가
진 부와 힘과 명분의 근원은 어머니 하 씨 부인에게서 온 것이
었다.

더 이상 울 일이 아니었다. 이제 궁리해서 쟁취하면 된다. 빼
앗긴 것이 있다면 찾아오면 될 일. 거추장스러운 것들은, 걸리적
거리는 것들은 쳐내기만 하면 될 일. 상익은 어미를 따라 허리
를 꼿꼿이 세우고 다시 앉았다.

상익이 돌아왔다는 소식은 금방 퍼져나갔다. 저잣거리를, 인
왕산 앞길을 수시로 기찰 도는 우포청 채경수의 귀에 그 소식
이 안 들어올 리가 없었다. 경수와 만복은 인왕산을 나서 연화
루로 찾아 든 상익을 놓치지 않았다. 골목길 모퉁이 어둠에 숨
어, 술 취한 나장들과 별감들과 기생들의 연화루 대문을 지켜
보며 눈을 빛냈다.

"오자마자 기생방이다, 저놈."

"강화도에 숨어 있었다 하던데요. 아주 그냥 근질근질했겠지."

"참— 한결같아서 마음에 드는 놈이야."

만복이 키득거리며 웃었다.

"그죠?"

그런 경수와 만복의 농지거리 뒤로 소리 없는 인기척이 나타났다. 본능적으로 육모방망이에 손이 간 만복이 뒤를 돌아보았다. 인왕산 호위대 다섯 명이 어느 틈엔가 경수와 만복을 둘러싸고 서 있었다. 그중에는 물레방앗간에서 얻어터졌던 놈도 보였다. 모두가 옷 안으로 죽장검을 숨기고 있는 티가 났다. 경수가 인왕산 호위들을 아래위로 훑었다.

"뭐냐? 인상 좆 같이 해서는?"

만복에게 한바탕 고문을 당했던 물레방앗간의 그 호위가 정중히 고개를 숙였다.

"도련님이 뵙고 싶어 합니다."

경수가 연화루 입구로 시선을 던졌다.

"뭐 술 한 잔 사준대?"

그들이 이렇게 나타난 건 인왕산도 경수의 동선을 주시하고 있었다는 뜻이다. 경수가 쇠좆매를 꺼내 들어 뒷짐을 지고는 연화루 입구로 휘적휘적 걸음을 놓았다.

"그럼 오랜만인데 낯짝이나 함 볼까나?"

상익이 기다리던 기생방의 상석은 경수의 차지였다. 상익이 내어준 기생도 경수가 끼고 앉아 술잔을 받고 있었다. 상익이 기다란 술상 끝자락을 차지하고 기생도 없이 혼자 앉아 있었다.

"일간 꼭 만나 뵈어야 할 것 같아서 모셨습니다."

기생의 손을 희롱하며 안주를 오물거리던 경수가 피식 웃었다.

"뭐 목 딸라고?"

상익이 넉살을 부렸다.

"아이고— 아이고! 무슨 그런 무서운 말씀을!"

기생이 채워주는 잔을 경수가 넙죽 받아 마셨다.

"너랑 나랑 그렇게 히죽거리면서 볼 사이는 아닌 것 같은데?"

상익이 자기 잔을 채우며 여유만만한 웃음을 보냈다.

"포교 채경수. 알고 보니 보통 분이 아니십디다. 우포청에서도 칭찬이 자자 하시고요. 착호군에서 인물 하나 넘어왔는데 담력 좋고 근본 좋고 수완 좋고."

경수가 듣는 둥 마는 둥 기생 손만 만지작거리고 있자 상익이 술병과 자기 잔을 들고 옆자리로 다가왔다.

"제가 술 한 잔 올리겠습니다."

경수가 긴장하며 물러나는 옆자리 기생을 보며 말했다.

"난 이 아이가 주는 술이 좋은데."

상익이 기생의 자리를 차지하며 기생을 내보냈다.

"넌 나가 있어라."

기다렸다는 듯이 기생이 후다닥 일어나 도망가듯 밖으로 나갔다. 기생이 나간 지게문 밖으로 만복과 인왕산 호위들이 문 앞을 지키며 마당에 서 있는 모습이 보였다. 기생이 문을 닫자 상익이 경수의 잔을 채우며 헤벌쭉 못난 칠푼이 웃음을 지었다.

"일전엔 인사가 좀 험했지 않습니까. 다 제 불찰입니다."

"많이 험했지."

"포교 나리 원하시는 게 있으면 제가 다 맞춰 보겠습니다."

"그래?"

상익이 자기 잔에도 얼른 술을 채웠다.

"얼마든지요. 얼마든지."

경수가 술잔을 든 채 곰곰이 생각에 젖은 투로 말했다.

"내가 원하는 거라……."

"무엇이든 말씀하십시오!"

경수가 잔을 비웠다. 입을 소매로 슥슥 닦던 경수가 찢어진 눈으로 상익에게 말했다.

"양화진 네가 했지?"

상익의 웃음기가 사라졌다.

"니들이랑 계약 맺은 그 칼잡이들…… 반촌패 말이야. 니들은 암행대라고 부르나? 하여튼, 걔들 부려서 한 거 맞잖아."

술병을 든 상익이 석상처럼 굳어있다가 갑자기 너털웃음을 터트렸다.

"캬! 역시 담력 좋고 근본 좋고!"

경수가 안주 하나를 물고는 빈정거리듯 말했다.

"너만 하겠니?"

상익이 경수 앞에 놓인 빈 잔에 다시 술을 따르기 시작했다. 잔이 다 차오르는데도 상익이 멈추지 않았다. 경수를 빤히 보며 허여멀건 웃음을 띠고 상익이 하염없이 잔을 채웠다. 잔이

284

흘러넘치기 시작하는데도 상익이 멈추지 않았다. 잔을 흘러넘친 술은 술상을 적시고 경수의 가랑이까지 적시기 시작했다. 상익은 술 붓기를 멈출 생각이 없어 보였다.

"안 좋은 일로 보긴 했지만 사이좋게 지냅시다. 압니까? 술동무 되다 보면 형님 아우 될지?"

물끄러미 자신의 가랑이를 내려다보던 경수가 느닷없이 상익의 뒤통수를 잡아 술상에 박아 버렸다. 번개 같은 동작이었고 머리통이 부서질 만큼 소리가 요란했다. 그 소리에 기생방의 지게문이 요란하게 열리며 인왕산 호위들이 뛰어들듯 안을 훑었다. 그 입구를 만복이 우뚝 막아서고 있었다. 만복이 한바탕 벌일 기세로 호위들을 노려보았다. 상익이 손을 들어 호위들을 물렸다. 경수가 쇠좆매를 꺼내 술상을 가볍게 탕탕 두드렸다.

"양화진…… 네가 했지, 그지?"

아직도 술상에 머리가 눌린 상익이 낮고 묵직한 소리를 냈다.

"너 이러다가 포고고 지랄이고 진짜 쥐도 새도 모르게 죽는 수가 있어."

이제 경수가 술병을 들어 상익의 머리에 붓기 시작했다.

"이제껏 몇 놈이나 죽였냐?"

한동안 쏟아지는 술을 머리에 맞고 있던 상익이 발작적으로 소리 질렀다.

"형니임! 술 아깝잖소!"

시큰둥하니 보던 경수가 이윽고 손을 떼면 온통 술을 뒤집어

쓴 상익이 천천히 고개를 들었다. 그 벌게진 눈으로 상익이 히죽 웃었다.

"내가 졌소. 형님 하쇼! 내 아우 하께!"

번들거리는 웃음과 넉살로 상익이 와락 경수의 어깨를 안았다.

"뭐든 말하쇼! 맘에 딱 드는데…… 내 사람 합시다!"

경수가 어깨를 감싼 상익의 손을 쇠줏매로 천천히 걷어냈다.

"치워. 마빡에 불나기 전에."

상익이 뚱한 표정을 지었다.

"아이 거참! 진짜!"

경수가 자리에서 일어나 밖으로 나가자 호위들이 긴장하며 물러섰다. 툇마루에 앉아 신발을 신던 경수가 상익을 돌아보았다.

"담에 또 나쁜 짓 하면 그땐 진짜 제대로 맞는다."

나가려던 경수와 만복 앞을 호위들이 막아서고는 상익의 허락을 기다렸다. 경수와 만복이 가소롭다는 듯이 피식거렸다. 상익이 길을 터주라 손짓을 하자 호위들이 물러났다. 경수가 연화루 대문으로 향해 팔자걸음을 놓았다.

"지랄도 참 가지가지 한다."

만복이 경수의 젖은 가랑이를 보았다.

"아무리 급해도 그렇지 안에서 쌌소?"

경수의 손이 결국 만복의 뒤통수를 올려붙였다.

"에라이―"

시시덕거리며 대문 밖으로 사라지는 경수와 만복을 상익이 노려보고 있었다. 벌게진 이마와 눈으로 상익이 그들을 보았다. 술을 뒤집어쓴 그 꼴로 상익의 입꼬리가 올라갔다. 번들거리는 웃음 속에 날카로운 쇠붙이들이 제멋대로 삐죽거렸다.

"햐! 저거…… 참 맘에 드는 개호로 새끼네……!"

인왕산 싸전 2층 창고로 오후의 햇살이 들이쳤다. 그 갈라지는 햇살 사이사이로 인왕산 호위들이 모두 모여 자리를 채우고 있었다. 우도의 쪽방 앞에는 우도와 이륜이 자리했고 호위대 맨 앞에는 강하가 서 있었다. 상익은 보이지 않았다. 이륜이 우도에게 요청한, 상익을 위한 안배의 자리. 이륜이 긴장하고 선 호위들을 향해 말문을 열었다.

"도련님이 돌아왔으니 너희들이 들을 게 있다."

"네, 진사 나리!"

호위들이 일사불란하게 대답했다.

"강하는 임시로 소대주로 있었던 것이다. 도련님이 돌아왔으니 응당 그 이름도 그 자리도 강하의 것이 아니다."

우도도 강하도 말이 없다.

"이런저런 사정으로 인왕산의 소대주 자리는 당분간 공석으로 두시겠다는 것이 대주 어르신의 생각이시다."

우도가 낮은 한숨을 흘렸다. 이륜이 말을 이었다.

"이젠 지난 공과를 빨리 정리하고 앞으로의 일들에 매진해야 할 것이다."

호위들이 답했다.

"네, 진사 나리!"

이륜이 강하를 보았다.

"강하는 인왕산 본가의 호위로서 이전의 일들을 이어가면 될 것이야."

강하가 답했다.

"네, 진사 나리!"

우도가 뭔가 마뜩잖은 얼굴로 입을 열었다.

"아직 술잔이 식지도 않았다."

우도가 햇살이 갈라지는 창살로 시선을 돌렸다.

"강하가 송도에서 돌아와 우리가 나눴던 술잔 말이다. 그 술잔이 식기도 전에 이런 꼴이 다 무어야? 내가 낯을 들 수가 없다."

자신의 아들을 버리고 책사의 아들을 후계자감으로 세우려던 우도의 의도는 이륜의 잠자리를 괴롭혔다. 그게 우도의 진심이든 아니든 이륜은 무서운 생각들로 잠들지 못했었다. 우도가 창밖을 보며 가만히 입을 다물고 있다가 강하에게 눈길을 돌렸다.

"강하가 인왕산 호위대장을 맡는다."

어깨가 들썩일 정도로 이륜이 놀랐다. 강하는 아버지 이륜이 그렇게 당황한 모습을 본 적이 없었다.

"강하는 아직 많이 어립니다. 어르신."

우도가 고개를 저었다.

"어리지 않아. 내가 강하를 알아. 저 아이라면 충분해."

우도가 강하를 똑바로 응시했다.

"할 수 있지?"

이륜이 떨리는 박동을 애써 누르고 강하를 보았다. 호위들도 모두 강하를 주시했다. 바닥만 내려다보며 묵묵히 서 있던 강하가 고개를 들었다.

"네, 하겠습니다."

속 시원하다는 듯 우도가 탁자를 손으로 내리쳤다.

"됐어!"

우도가 시립하고 선 호위들을 둘러보았다.

"내가 너희들에게 했던 말은 한 치도 변함이 없다. 인왕산 호위들은 강하를 중심으로 똘똘 뭉쳐서 이 인왕산을 지켜내야 해. 알아듣겠느냐?"

"네, 대주 어르신!"

싸전 창고 안이 쩌렁쩌렁 울렸다. 강하는 아비 이륜을 보았다. 이륜은 흔들리는 눈빛을 누르고, 꽉 다문 입술로 자리를 지키고 서 있었다. 어떤 이유인지는 잘 모르겠지만, 강하는 아비가 무언가로 격심하게 흔들리고 있다는 걸 직감할 수 있었다.

강가 나대지 나무 그늘 아래 말고삐를 잡은 홍길이 앉아 어딘가를 보고 있었다. 과녁으로 매달아 놓은 거적때기가 바람에 흔들렸다. 이륜이 활쏘기 연습을 하는 강가는 오후의 햇살로 한가로웠다. 연습하듯 연신 빈 활시위를 당겨보던 이륜이 연습을 마치고 화살을 재었다. 보고 있던 강하가 옆으로 다가왔다. 너른 강가, 아비와 아들의 시간이었다. 강하가 이륜의 활쏘기 자세를 잡아 주었다.

"팔이 아니라 어깨로."

무과를 준비하던 아이. 아들 강하의 활 솜씨는 아비 이륜이 따라갈 실력이 아니었다. 이륜이 묵직한 숨을 내쉬고 활을 쏘았다. 과녁을 빗나가는 화살. 뻣뻣하게 과녁을 보던 이륜이 강하에게 활을 내밀었다. 한번 쏘아보라는 뜻. 강하가 화살을 메기고는 지체 없이 시위를 당겼다. 과녁 중앙에 꽂히는 화살. 칭찬도 감탄도 없이 이륜이 묵묵히 그 과녁을 보았다. 강하가 활을 다시 아비에게 건넸다.

"왜…… 인왕산이 되신 겁니까?"

화살을 재던 이륜의 손길이 느려졌다.

"너를 낳고 네 어미가 아팠다."

천천히 화살을 재고 과녁을 겨누는 이륜.

"돈을 쥐었을 땐…… 너무 늦었어."

어렴풋이 수변에서 흘려듣긴 했으나 한 번도 아비의 입을 통해서 직접 듣지는 못했던 이야기였다. 강하는 투명한 시선으로 이륜을 보았다. 호흡을 멈추고 활을 쏘는 이륜. 보기 좋게 또 빗나가는 과녁. 활을 내리고 자신이 닿지 못한 그 과녁을 보며 이륜이 말했다.

"호위대장이란 자리가 어떤 의미인지 아느냐?"

"호위들 관리하고…… 대주 어르신, 상익 도련님, 본가의 식솔들, 아버님까지 그 안전을 도모하고 출타 시에 신변 경호를 책임지는 일. 그리 알고 있습니다."

이륜은 과녁에서 시선을 떼지 않았다.

"인왕산 본가에 근속하는 호위 삼십 인에, 시전의 싸전들 관리하는 호위가 백이십 인, 양화진에서 광나루까지 경강 각 포구 여각에 파견 나가 있는 인왕산 호위가 육백 인, 본가에 일이 생길 시 바로 출동하는 예비 호위들이 이백 인. 도합 총 인원 구백오십 인의 수장이 호위대장이다."

구백오십 인? 인왕산 본가의 서른 명 호위들을 관리하는 자리가 아니었다. 전혀 몰랐던 사실. 강하가 놀란 눈으로 이륜을 보았다. 이륜의 시선은 여전히 과녁에 머물러 있었다.

"화급한 상황이 오면 천 명에 가까운 그 인원을 모두 인왕산 호위대란 이름으로 불러들이고 세력을 과시할 수 있는 권한을 지니는 것이다."

당황한 강하가 우물거렸다.

"그건…… 몰랐습니다."

"도련님이 대주가 되시기 전까지는, 실질적인 무력 행사에서의 권한만 놓고 보면 소대주 자리보다 호위대장이 훨씬 강력하다."

더더욱 몰랐던 사실이다. 당치도 않은 자리. 떨리는 눈으로 강하가 물었다.

"대주 어르신은 왜 제게…… 그런 걸 주신 겁니까?"

이륜의 눈길이 과녁을 넘어 희미하고 둔탁한 어떤 것을 쫓았다.

"나도 모른다. 대주 어르신께서 이 일은 나와 상의하지 않고 결정하신 게야."

"그럼 지금까지 호위대장은 누구셨습니까? 한 번도 그 직책을 가진 자가 누군지 들어보지 못했습니다."

이륜이 대답 대신 천천히 활을 들어 시위를 당겼다. 과녁을 향해 날아가는 화살. 바람이 도왔다. 당치도 않은 곳으로 날아가던 화살이 휘어 들어와 거적때기 과녁 끝자락에 겨우 맞으며 달랑거렸다. 이륜은 좋아하지 않았다. 아직 이륜의 시선은 과녁 너머를 쫓고 있었다.

"적당한 인물이 나타나기 전까지라는 단서를 달고, 내가 인왕산 책사라는 자리와 함께 중임하고 있었다."

이것도 몰랐던 사실이다. 무력 동원의 실질적 책임자. 반촌패 암행대뿐만 아니었던 것이다.

"아버님…… 이요?"

"그래. 이제 그 일을 네가 하게 되는 것이야."

강하의 어깨가 가늘게 떨려왔다. 내가? 도대체 무엇을 어떻게? 활을 내리고 과녁으로 걸어가는 이륜을 강하가 따라붙었다.

"장철기의 딸을 만났더냐?"

강하가 움찔하며 움츠러들었다.

"네?"

"송도에 다녀온 후에 만났던 것이냐?"

강하가 무거운 얼굴이 되어 답했다.

"네."

"안 좋은 말을 들었느냐?"

문정에게 쫓겨나듯 그 집을 나온 이후, 강하는 한 번도 문정을 찾지 않았다. 집과 인왕산에서 강하의 얼굴은 굳어있었고 처진 어깨로 돌아다녔다. 아비 이류이 놓칠 리가 없었다. 강하가 고개를 떨구며 걸었다.

"결국 장 거간의 복수…… 못 했으니까. 월악산패 두목 아직 살아있습니다."

이류이 여전히 과녁 너머를 보며 걸었다.

"힘을 가지지 못한 자는 평생을 원망으로 살게 된다."

강하는 아비를 보았다. 이류의 시선이 일직선으로 어딘가를 향하고 있었지만 그곳이 어딘지 강하는 알 수 없었고 어떤 말도 거들 수 없었다.

"주위를 원망하고 스스로를 원망한다."

"……."

"힘이 없는 자의 복수는 자멸로 귀결되는 법."

"……."

"결국 아무것도 지켜내지 못한다."

이륜과 강하가 과녁 앞에 이르렀다. 거적때기 과녁 중앙에는 강하의 화살이 꽂혀 있었고 끄트머리에 이륜의 화살이 달랑거렸다. 떼어낼 생각도 없이 이륜이 그 화살 두 개를 물끄러미 보았다.

"힘을 가진 자는 복수하지 않는다."

과녁 너머에서 무수히 새 떼가 날아올랐다. 강하의 의문에는 관심 없다는 듯이 이륜은 그 새 떼로 시선을 던졌다.

"단지 심판하고 처단할 뿐이다."

강하도 아비의 시선을 따라갔다.

"허나, 섣불리 힘을 가지려 하면 안 된다. 무르익지 않은 힘은 반드시 자신을 겨누게 돼."

이륜은 다시 쇠붙이같이 단단한 무표정으로 돌아와 있었다. 창고 안에서의 그 당혹감은 어디에도 보이지 않았다.

"적어도 세 번은 거절했어야 했다."

"뭐를…… 말입니까?"

"호위대장 자리."

우도의 제안을 한 번에 받아들였던 강하. 그게 그저 도리라고 생각했을 뿐이었다. 그 대답의 어떤 의미도 어떤 무게도 강하에겐 없었다.

"네 탓만은 아니다. 내가 챙기지 못함이야."

이륜이 거적때기 끄트머리에 달린 자신의 화살을 빼내 들고는 뒤돌아 걷기 시작했다.

"대주 어르신의 의중…… 전혀 예상하지 못한 일이었다."

강하는 혼란스러웠다. 자신이 그 의미를 다 알아차리기 전에 많은 일들이 갑작스럽고 벅차게 돌아가고 있는 느낌이었다. 문정의 일만으로도 강하는 제 감정을 다 추스를 수 없는데 다른 것들이야…… 하지만 하나 확실한 건 송도에서의 일이 강하의 얼굴을 바꿔놓고 있다는 것. 피바람의 한복판을 걸어 나오면서 강하는, 아버지의 어깨를 누르고 있는 천 근 같은 무게감을 희미하게나마 느낄 수 있었다. 그런 게 어른이 된다는 것인가.

강하도 과녁 중앙에 박힌 자신의 화살을 뽑아 들었다.

아비를 따라가는 강하의 주위로 새 떼들이 요란하게 날았다.

검은 구름을 만들며 사방팔방으로 무리 지어 날았다.

19. 김관주(金觀柱)

"양귀비도 울고 간다 진주 땅의 산홍이—"

으리으리한 북촌의 대갓집 담 너머로 넉살 좋은 사내의 소리가 흘러나왔다. 갖가지 진귀한 수목과 화초의 배열들 사이로 자리한 후원의 정자에서 나오는 소리였다. 후원 정자에는 기생 여섯이 긴장한 채 서 있었고 이 기생들을 끌고 온 조방꾼[62] 사내 하나가 목청을 높이고 있었다. 한양 땅에서 둘째가라면 서러운, 철저한 직업의식으로 뭉친 조방꾼 박봉달.

한양 기방가의 조방꾼으로 기방의 기생들이나 매춘으로 살아가는 은근짜들을 오입판에 소개하는 일로 살아가는 포주 박봉달이 급기야 북촌 대갓집까지 진출한 것이었다. 그런 봉달의 앞으로 망건만 달랑 쓰고 저고리 풀어 헤치고 느긋하니 장침에 기댄 채 비단 보료 위에 비스듬히 누워 장죽을 물고 있는 초로

---

62. 조방꾼 : 오입판에서, 남녀 사이의 일을 주선하고 잔심부름 따위를 하는 사람.

의 사내가 보였다.

잿빛 수염이 얼굴을 뒤덮은 나이지만 아직 날카로운 눈매와 예리한 턱선과 탕자의 기벽으로 무장한 사내, 호조판서 김관주(金觀柱).

대왕대비 정순왕후의 육촌이자 호조판서의 벼슬을 하는 김관주는 대왕대비 정순왕후의 집안인 경주 김씨 일가 외척이었다. 임금 정조의 모후(母后)[63]이자 왕대비인 혜경궁 홍씨의 외척 집안인 풍산 홍씨들이 실권을 잡은 조정에서 평시서와 호조를 주무르는 호조판서를 맡고 있었다. 정순왕후로 대변되는 노론 벽파의 중심인물로 이 노론 대감들의 뒷돈 금고 역할을 맡아 노론 벽파 대신들을 쥐락펴락하고 있는 인물이었다.

봉달의 소개로 기생 하나가 곱게 인사하는데 김관주가 장죽을 지시봉처럼 휘둘러댔다.

"좁아터진 엉덩이다. 다음!"

봉달이가 얼른 조아리더니 다음 기생을 소개했다.

"평양 절색 추월이―"

김관주가 시큰둥하니 다시 장죽을 휘둘렀다.

"절벽이라 앞뒤 구별이 안 간다. 다음!"

봉달이 바빠지기 시작했다.

"붉디붉은 일점홍이―"

김관주는 더 들을 생각이 없었다. 대기 중인 기생들을 하나

---

63. 모후(母后) : 임금의 어머니.

하나 가리키며 한바탕 불만이 쏟아져 나왔다.

"못난이! 짜리몽땅! 세안도 안 하고 분만 덕지덕지! 그리고 너는 애를 밴 게야?"

그렇게 기생들을 훑고 가던 김관주의 장죽이 봉달에게 멈췄다.

"그리고 너!"

무릎이 달달 떨려왔지만 봉달이 묵직하게 목소리를 깔았다.

"네, 대감마님."

"네가 장안의 색주가를 휘어잡는 조방꾼이라고?"

"그런 말들이 돌고는 있습니다만······"

"분명히 말했을 텐데. 지난달 홍 대감 후원 연회에서 봤던 그 가야금 아이."

"대감마님. 그 아이는 그날 바로 이판 대감의 별채로 옮겨 갔습니다."

김관주가 봉달을 보며 냉소를 물었다.

"그래서 이런 떨거지 삼패(三牌)[64]들로 대신 채우러 왔다?"

봉달이 껄껄껄 웃으며 여유를 부렸다.

"허허허— 그럴 리가 있겠습니까. 그래도 이것들은 모두 소리와 춤이 장안에서 제일인 일패(一牌)[65]들입니다. 춘면곡(春眠曲) 처사가(處士歌) 소리에 남무(藍舞)[66]와 검무(劍舞)까지 보시면 무산선녀가 따로 없는······"

---

64. 삼패(三牌) : 노골적으로 매춘을 하는 작부 기생. 탑앙모리라 불리기도 한다.
65. 일패(一牌) : 태의원(太醫院), 상의원(尚衣院)에 딸려 기예만 공여하는 일급 기생.
66. 남무(藍舞) : 기생이 쪽빛 창의를 입고 추는 춤.

봉달의 말이 끝나기도 전에 김관주의 호통이 날아들었다.

"헛소리 마라! 기생의 본질은 수청에 있다. 품어서 향내가 나지 않는데 널뛰고 소리만 질러댄다고 기운이 돋느냐?"

이 양반이 누구던가. 호조판서 김관주. 색주가에 떠도는 소문으로 책을 묶어도 열 수레가 넘는 그자. 일이 성사되면 엄청난 재화가 굴러들어오지만 조금만 눈 밖에 나면 명줄이 위태로울 수 있는 권력자. 봉달이 냅다 엎드리며 조아렸다.

"죽여— 주시옵소서—"

김관주가 콧방귀를 뀌었다.

"죽여도 사흘 후에 죽여주마."

소문대로라면 그러고도 남을 인간이었다. 봉달이 고개를 번쩍 들었다.

"네?"

"사흘 안으로 그 아이를 여기 이 자리에 세운다."

"대감마님! 어찌 다른 이도 아니고 이판 대감께서 주인이신데……"

김관주의 냉소가 후원 담장을 넘었다.

"기생은 길가의 버들가지요 담 밑에 핀 꽃이라 했다. 누구나 꺾을 수 있는 꽃에 주인이 있을 리가 있느냐?"

이조 판서의 기첩으로 들어간 기생을 데려오란 소리가 아닌가. 게다가 이판이 누군가. 대세 중의 대세, 왕대비인 혜경궁 홍씨의 최측근, 풍산 홍씨 집안의 인물. 봉달은 어디로 튀던 죽을 자리만 보이는 자신의 신세에 똥줄이 탔다. 애초에 여기 오는 게 아니었다. 세 배는 더 쳐준다는 소리에 솔깃했던 욕심이, 죽을 자리를 파고 말았다. 아이고— 소리가 정자 바닥에 이마를 찧은 채 일어날 줄 모르는 봉달의 입에서 연신 흘러나왔다.

봉달이 기생들을 데리고 김관주의 집을 나와 북촌 골목길을 막 빠져나올 때였다. 봉달의 앞으로 일단의 험상궂은 사내들이 막아섰다. 적당히 겁을 주어 돈이나 뜯는 저잣거리의 무뢰배들과는 차원이 다른 살기가 풍겨 나왔다.

"네가 박봉달이?"

확실했다. 그저 우연히 만난 무뢰배들이 아니었다. 봉달을 노리고 기다린 사내들. 칼 비린내를 온몸으로 뒤집어쓰고 있는 사내들이었다.

봉달은 남촌의 외진 주막까지 사내들에게 끌려왔다. 주막을 통으로 전세 놓은 듯, 자신을 끌고 온 사내들의 무리들로 보이는 자들만 가득했고 나그네나 한양 사람은 하나도 보이지 않았다. 평상에 앉아 국밥을 먹고 있는 대장 같은 사내가 주막 안으로 늘어서는 봉달을 빤히 보았다. 뺨으로 길게 나 있는 칼자국 흉터의 대장 사내. 월악산 도라지였다.

월악산 패거리들에게 이끌려 도라지와 마주 앉은 봉달은 영문도 모르고 발발 떨었다. 돈을 빌리고 안 갚은 데가 몇 군데 있었으나 이 정도의 인물들을 사주할 만큼 큰돈은 아니었다.

도라지가 국밥을 뜨며 물었다.

"박봉달이?"

봉달이 바짝 긴장한 채 허둥댔다.

"네? 네!"

"네가 북촌에서 제일 잘 나가는 조방꾼이야?"

"그렇긴 하온데……"

"호판 대감도 네 판이고?"

봉달이 화들짝 놀라며 도라지를 보았다. 호판 대감? 그 김관주 대감? 도대체 무슨 일에 지금 엮이고 있는 것일까? 봉달이 마른침을 꼴딱꼴딱 삼켰다.

"저기…… 무슨 일인지는 모르겠으나…… 그 호판 대감을 함부로 생각하셨다가는……"

그런 봉달의 양옆으로 월악산 패거리 둘이 앉았다. 그들 품 속에 번들거리는 단도의 칼날이 보였다. 잔뜩 쪼그라든 봉달이 새파랗게 질린 채 벌벌 떨었다. 도라지가 봉달의 앞에 놓인 잔에 탁주를 채웠다.

"앞으로 친하게 지내자."

봉달이 얼른 굽실거렸다.

"네, 나리. 혹시 그럼 광통교 왕손 아재 쪽 분들은 아니신 거고?"

도라지가 빤히 봉달을 보았다.

"누구?"

"거 왜…… 엽전 놀이하는 왕손이 아재라고……"

도라지가 피식 웃었다. 주변을 둘러싸고 있던 험상궂은 사내들이 대장을 따라 피시식 웃었다. 봉달은 웃지 않았다. 도라지가 짓가락으로 봉달의 머리통을 툭툭 건드렸다.

"재밌네. 여기 놈들 많이 재밌어."

대낮 운종가 시전이 수상했다. 시전에서 가장 인기 있는 선술집에 자리 잡은 일단의 사내들을 보며 하루가 멀다 하고 드나들던 단골들이 피해 갔다. 도라지와 월악산 패거리였다. 이 험악한 손님들 눈치를 보며 국자로 술을 퍼주는 주모와 애꿎은 아궁이 불만 헤집는 중노미 사이에 봉달이 끼어 있었다. 어딘가를 정탐하고 급히 뛰어온 부하 하나가 동료가 내미는 탁주잔을 벌컥벌컥 비우고 나서 도라지에게 보고했다.

"입전(立廛)[67] 앞입니다. 주변이 훤해지는 게…… 고년 고거 아주 물건입니다."

애간장이 타는 봉달이 탁주에 총각김치를 썹어 먹고 있는 도라지를 보며 울먹였다.

"힙사 나리…… 그 아이는 다른 이노 아니고 이판 대감의……"

도라지가 봉달의 말을 끊었다.

---

67. 입전(立廛) : 중국산 비단 등을 파는, 운종가 육주비전의 하나.

"봉달아."

봉달이 공손하게 허리를 숙였다.

"네, 협사 나으리."

도라지가 총각김치를 우적거리며 손가락을 빨았다.

"조선팔도 뒷구녕으로 파는 오입질은 쌍놈이고 양반이고 다 똑같아. 힘센 놈이 임자야."

"그래도…… 이판 대감이 부리는 자들이 보통 놈들이 아니라서……"

한번 콧방귀를 흘리던 도라지가 탁주 잔을 마저 비우며 일어났다.

"땀 흘리는 게 우리 일이니까 넌 구경이나 하시고…… 네 명줄 연장 값이니까 계산이나 허고."

모퉁이 골목에 빈 가마를 멘 월악산 패거리들과 도라지와 봉달이 모여있었다. 운종가 입전 앞이 보이는 자리. 비단을 고르는 여염집 아낙네와 삼삼오오 기생들 사이, 화려한 비단 저고리와 치마에 해 가리는 일산(日傘)을 쓰고 몸종을 거느린 여인 하나가 보였다. 옷 고르는 여인네들 사이에서도 군계일학, 연화루의 그 상급 기생, 화홍이었다. 봉달은 주위를 두리번거리며 애가 탔다. 이런 대낮에 이렇게 전격적으로? 이건 이판 대감에 대한 선전포고나 다름없었다.

"저기 협사 나리 어르신…… 어디 한적한 곳으로 이끈다든가 해서……."

도라지가 콧구멍을 벌름거리며 시큰둥하니 부하들에게 말했다.

"뭣들 하냐? 신고 날러."

그 명령에 월악산 패거리들이 우르르 화홍을 향해 달려갔다. 수많은 인파가 다니는 운종가에서, 게다가 백주 대낮에 여인네를 납치하는 월악산 패거리들의 손놀림은 거침이 없었다. 비명을 지르는 화홍에게 재갈을 물리더니 보따리를 뒤집어씌우고, 말려보겠다고 나서는 몸종을 한방에 기절시키고, 살기 등등한 기세로 주변을 물리치며, 화홍을 냅다 가마에 태워 어디론가 달려가 버렸다. 눈 깜짝할 사이에 모든 게 끝났다.

봉달이 그 전광석화 같은 납치극을 망연자실 보고 있는데 도라지가 부하들이 사라진 방향을 향해 느긋하니 걸어가기 시작했다. 한양 구경이라도 온 듯 도라지는 태평했다. 노래까지 흥얼거리며 도라지가 운종가를 활보했다.

"도라지 도라지 백도라지— 심신 삼천에 백도라지—"

김관주의 후원 정자에 화홍이 섰다. 보쌈 보따리에서 풀려나온 화홍은 눈을 부라리며 장죽을 물고 장침에 기댄 사내를 보았다. 북촌 대감들의 후원 연회에서 보았던 호조판서 김관주였다. 입에 재갈이 물리고 손이 뒤로 묶인 화홍은 서슬 퍼런 눈으로 김관주를 노려보았다. 김관주의 눈짓에 화홍의 재갈과 포박을 풀어주던 하인들이 물러나자 화홍이 입안에 든 이물질을 거칠게 뱉어냈다. 봉달이 정자 바닥에 납작 엎드려 긴장하고 있었다. 김관주가 장죽의 긴 연기를 뿜어내고는 감탄사를 늘어놓았다.

"호오! 그년 눈깔이 승냥이로다."

화홍이 김관주를 빤히 노려보았다.

"소녀는 천하디천한, 한낱 노는 계집이라 공맹의 예는 물론이거니와 사대부의 법도도 모르옵니다. 게다가 벌건 대낮에 납치해서 이리 내던져질 천품이라 여기셨다면 승냥이보다 더한 것도 감수하셔야지요."

"물건이다 자랑하는구나."

"소녀, 마음을 준 정인이 있고 그 정인이 눈에 불을 켜고 찾고 있을 터…… 이만 장난을 거두시지요."

김관주가 장죽 연기 하나를 더 피워올렸다.

"네가 이판 대감을 믿고 이리 방자하구나."

"제가 여기서 혀를 물고 자결이라도 하오리까? 그러면 이 천것의 억울한 원한을 다 받으실 텐데…… 감당하실 수 있겠나이까?"

김관주가 느긋한 시선으로 엎드린 채 발발 떨고 있는 봉달을 보았다.

"이년이 감당하느냐고 묻는다. 이판이랑 힘 싸움이라도 해보란 요량인데 어찌 생각하느냐?"

"제 생각엔……"

봉달의 말을 끊는 꺼칠한 사내의 목소리가 정자 아래에서 들려왔다.

"해볼 만한 싸움이지 않겠습니까?"

김관주가 보면, 정자 아래 허리 굽혀 머리 숙이고 있던 사내가 고개를 들었다. 도라지였다.

"저놈은 무어냐?"

봉달이 얼른 대답했다.

"아— 제가 특별히 부탁해서 이번 화홍이년 납치 작전을 설계하고 총지휘한 협사이옵니다."

김관주가 도라지에게 물었다.

"네놈은 뭐라 부르느냐?"

도라지가 딱 부러지게 머리를 조아렸다.

"천한 것이라 그저 주변에서 도라지라 부릅니다."

빤히 보던 김관주가 장죽을 땅땅 쳤다.

"맹랑한 놈이구나. 올라오너라!"

기다렸다는 듯이 도라지가 정자에 훌쩍 오르더니 김관주 앞에 엎드려 절을 올렸다.

"전하의 삼룡을 이리 뵙게 되어 일신의 영광이옵니다."

김관주가 사내의 꼴을 보았다. 오랫동안 피 맛을 보아 온 사내의 과거가 보였다.

"해볼 만한 싸움이라 했는데…… 생각해 둔 게 있느냐?"

"이판 쪽에서 사람들을 보내올 것입니다."

"해서?"

"한 놈 남김없이…… 반쯤 죽여 보낼 생각입니다."

"해서?"

"장안의 난다긴다하는 왈짜들을 꾸려 다시 보내겠지요."

"해서?"

"모조리 반쯤 죽여 보낼 생각입니다."

"해서?"

"뒤판 힘에서 밀린 이판은 대감마님을 뵙자 할 것입니다."

"해서?"

"도리를 따져 물을 것입니다."

"해서?"

"사대부의 도리야 소인이 어찌 알겠습니까? 게다가 대감마님의 궁량을 소인이 어찌 따라갈 수 있겠습니까?"

"그놈…… 싸움은 네놈이 벌이고 뒷감당은 내가 하라?"

"다만, 기첩의 송사로 조정이 시끄럽게 된다면 어전에도 소리가 들어갈 것이고, 이는 또한 엄정한 반가의 체면이 아닐 터, 나라에서는 두 분을 중재하고 그 원흉을 솎아내려 할 것입니다."

김관주가 느물느물한 시선을 화홍에게 던졌다.

"원흉을 솎아낸다는 것은……?"

김관주의 시선을 따라간 도라지가 꺼칠하고 묵직한 목소리로 대답했다.

"그 기생년의 목을 베지 않겠습니까?"

화홍의 숨이 턱 하니 막혀왔다. 무릎 힘이 빠졌다. 비틀거리는 몸을 겨우 가누고 도라지와 김관주를 보았다. 장죽 연기를 올리는 김관주의 입꼬리가 올라가고 있었다.

만족한 듯 엷은 웃음이 도라지를 보는 김관주의 얼굴에 떠올랐다.

그런 김관주에게 화답하듯 도라지의 비릿한 웃음이 흘렀다.

구사일생으로 살았다 싶은 봉달의 헤벌레 웃음이 하늘 끝까지 올랐다.

"이런 개아들노무 새끼들…… 감히 이판 대감의 그림자를 밟어?"

이판 쪽에서 보내온 주먹패의 두목이 몽둥이와 손을 무명천으로 감으며 말했다. 어지러운 횃불의 행렬이 대치 중인 넓은 공터. 이판 대감의 주먹패와 도라지의 월악산패가 한판 패싸움을 위해 맞서고 있는 중이었다.

곰방대 연기를 빡빡 피워 올리며 가소롭게 보고 있던 도라지가 손을 들어 신호를 보냈다. 월악산패들이 곧장 달려 나갔다. 칼을 버리고 모두 몽둥이를 들었다. 불필요한 인명의 죽음은 일만 커질 뿐이었다. 이판 쪽에서도 사내들이 우르르 몰려나왔다. 이내 주먹패들의 난전이 벌어졌다. 주먹깨나 쓰는 하인들과 저자의 무뢰배로 꾸려진 이판 대감의 사내들은 애당초 월악산

패에게 상대가 되지 않았다. 어린아이와 어른의 싸움. 공터 곳곳에서 뼈 부러지는 소리와 이판 대감 사내들의 곡소리가 동시에 터져 나오기 시작했다.

김관주의 사랑채 문 앞에 화홍이 섰다. 여러 몸종들이 달라붙어 장안에서 제일 좋은 옷을 입히고 제일 비싼 분을 발라 꾸민 화홍이 거기 있었다. 주먹싸움에 나선 이판 대감의 사내들이 모조리 병신이 되었다는 소식이 들려오고 난 뒤였다.

사랑채 장지문이 열리자 장죽을 물고 술상을 받아 놓고 앉은 김관주가 보였다. 온갖 화려한 치장으로 단장한 화홍이 안으로 들어서자 몸종들이 장지문을 닫아주었다. 김관주를 노려보던 화홍이 이제껏 공들여 입은 옷을 하나둘 벗기 시작했다. 저고리와 치마와 고쟁이와 속속곳과 다리속곳이 하나하나 방바닥에 떨어졌다.

김관주는 만족했고 도라지의 작전은 성공했다. 대왕대비 마마의 육촌 오라버니, 북촌 대감들의 실세, 호조판서 김관주의 울타리 안으로 도라지가 성공적으로 입성한 것이다. 인왕산이 철석같이 믿고 있는 조정의 연줄, 그 최정점의 우두머리가 지금, 도라지의 행보 안으로 들어온 것이다.

운종가(雲從街).

육의전 시전과 일반 상점들이 늘어서서 구름 같은 인파를 모으는 거리.

조선을 건국하고 한양에 수도를 세울 때부터 만들어진 도로.

다섯 대의 수레가 나란히 다닐 5궤(軌)[68]의 너비를 자랑하는
큰길.

주례(周禮)[69]의 도시 설계를 그대로 갈망했던 유학자 정도전
의 꿈으로 태어난 길.

한양의 상징, 한양의 자부심, 한양의 현재를 그대로 자랑하
고 있는 그 운종가로 도라지의 일행들이 나타났다.

한양 땅 성공적인 첫 행보를 마친 도라지패는 천변 광통교에
서 유명한 군칠이 집 하나를 통으로 얻어 놀았다. 평양냉면과
개성 산적과 탁주와 청주가 넘쳐흘렀다. 모두 호판 김관주가 마
련해 준 자리였다. 그렇게 부하들을 배불리 먹인 도라지가 사
람 구경 도시 구경을 위해 운종가로 나온 것이었다.

운종가는 밤이 되어도 불야성이었다.

코피 터진 놈, 이마 까진 놈, 절룩거리는 놈들이 패싸움의 후
유증 따위 탁주 한 잔에 털어버리고 이를 쩝쩝 쑤시며 운종가
를 누볐다. 도라지가 곰방대 연기를 피워 올리는 사이로 장죽
을 문 화려한 차림의 기생 하나가 하인들이 멘 평교자(平轎子)[70]

---

68. 궤(軌) : 수레의 바퀴와 바퀴 사이의 거리를 1궤(軌)라 한다.
69. 주례(周禮) : 국가 행정 조직의 세목 규정을 상세히 설명한, 주나라 주공이 지은 중국의 경서(經
書).
70. 평교자(平轎子) : 앞뒤로 두 사람씩 네 사람이 어깨에 메고 다니던, 지붕이 없는 가마.

에 몸을 싣고 초롱을 든 몸종을 앞세워 지나갔다. 그 기생의 나른한 시선과 도라지의 느물거리는 눈이 마주쳤다. 콧대를 잔뜩 세우고 한껏 교태를 품은 기생의 눈빛이 도라지를 감싸고 돌았다.

멀어지는 기생의 평교자를 한참이나 보고 있던 도라지가 비릿한 웃음을 흘리며 뺨의 흉터를 쓸었다.

얼마 만인가. 이 한양 땅의 거리, 한양 땅의 공기, 한양 땅의 냄새.

"어이 씨발…… 진작에 우리는 여기였어……."

한양의 공기를 다 들이마실 기세로 도라지의 콧구멍이 벌름거렸다.

도라지의 걸쭉한 시선 너머로, 운종가 밤거리가, 그 화려한 욕망의 바다가 끝도 없이 펼쳐져 있었다.

〈2권에서 계속〉

묵계 1권 한양의 사람들

1판 1쇄 찍음 2024년 4월 25일
1판 1쇄 펴냄 2024년 5월 3일

지은이 | 최성현
발행인 | 박근섭
편집인 | 김준혁
펴낸곳 | 황금가지

출판등록 | 2009. 10. 8 (제2009-000273호)
주소 | 06027 서울 강남구 도산대로 1길 62 강남출판문화센터 5층
전화 | 영업부 515-2000 **편집부** 3446-8774 **팩시밀리** 515-2007
홈페이지 | www.goldenbough.co.kr

도서 파본 등의 이유로 반송이 필요할 경우에는 구매처에서 교환하시고
출판사 교환이 필요할 경우에는 아래 주소로 반송 사유를 적어 도서와 함께 보내주세요.
06027 서울 강남구 도산대로 1길 62 강남출판문화센터 6층 민음인 마케팅부

㈜민음인은 민음사 출판 그룹의 자회사입니다.
황금가지는 ㈜민음인의 픽션 전문 출간 브랜드입니다.